Heiko Kohfink
TRAPSHIP
Todeszone Mars – Science-Fiction Abenteuerroman

Zu diesem Buch: Als die Besatzung der Ares-9 Marsmission mit dem Ziel aufbricht, eine ständig bewohnte Basis zu errichten, ahnt sie nicht, was sich unter dem roten Staub des Nachbarplaneten verbirgt.
Zum ersten Mal in der Geschichte wird klar, dass die Menschheit nicht allein im Weltraum ist. Das Artefakt, das sie im Staub des toten Planeten entdecken, verändert nicht nur das Verständnis der Menschen über ihren Platz im Universum, es birgt in seinem Innersten auch ein todbringendes Geheimnis.

Heiko Kohfink, 1967 in Reutlingen geboren, ist Techniker und lebt mit seiner Frau, die ebenfalls schriftstellert, in der Nähe seiner Heimatstadt.
Inspiriert durch das Lesen, das schon immer seine größte Leidenschaft war, hat er sich vor einiger Zeit ans Schreiben gewagt. Dabei zählen vor allem SF und Fantasy, aber auch Humor zu seinen bevorzugten Genres.
Wenn er nicht gerade vor dem Bildschirm sitzt und über neuen Buchprojekten brütet, verbringt er gerne Zeit mit seinen beiden Söhnen, unternimmt lange Spaziergänge, liest viel oder bringt mit seinem oft sehr speziellen Humor seine Familie an den Rand der Verzweiflung.

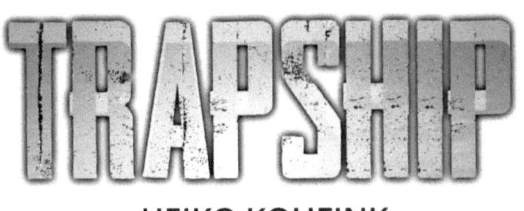

— HEIKO KOHFINK —

ISBN: 9789403667003
Selfpublishing-Verlag: Bookmundo
Copyright © 2022 Heiko Kohfink
Erste Auflage

Verfasser: Heiko Kohfink
Uhlandstr.7, 72124 Pliezhausen
Kontakt: www.heiko-kohfink.de

Covergestaltung: Constanze Kramer, www.coverboutique.de
Bildnachweise:
©ustas, ©dottedyeti – stock.adobe.com
©3000ad, ©LarTrehubova, ©klyaksun, ©tsuneomp, ©Gorodenkoff - shutterstock.com

Das Werk, einschließlich seiner Teile, ist urheberrechtlich geschützt. Jede Verwertung außerhalb der engen Grenzen des Urheberrechtsgesetzes ist ohne Zustimmung des Autors unzulässig. Dies gilt insbesondere für die elektronische oder sonstige Vervielfältigung, Übersetzung, Verbreitung und öffentliche Zugänglichmachung.

Der Autor übernimmt keine Haftung für die Inhalte der genannten Webseiten Dritter, da er sich diese nicht zu eigen macht, sondern lediglich auf deren Stand zum Zeitpunkt der Erstveröffentlichung verweist.

Für das QMZ-Team. Danke, dass ihr mich so herzlich aufgenommen und mir den Wechsel so leicht gemacht habt!

TEIL 1
Ares-9

Samuel Winter zog seinen Becher aus der Magnethalterung und führte ihn in einer geistesabwesenden Bewegung zum Mund. Abgelenkt von dem Anblick, der sich dem deutschen Astronauten bot, zog er am Saugventil, schluckte und verzog angewidert das Gesicht.

»Da können sie einen zum Mars schicken«, murrte er, »aber einen anständigen Cappuccino bekommen die besten Ingenieure nicht hin. Ist zwar heiß, schwarz und voller Koffein, doch mit Kaffee hat die Brühe weniger zu tun als der Everest mit dem Olympus Mons[1].«

Letzteren beobachtete er momentan mit tränenden Augen. Nachdem er so lange auf diesen Anblick gewartet hatte, wollte er keine Sekunde verpassen. Den Pilotensitz in Liegeposition geschwenkt blickte er seit Minuten zum roten Planeten hinauf, der scheinbar schwerelos über seinem Kopf vor dem Cockpitfenster vorbeizog.

Vor genau zehn Stunden war die Magellan in die Umlaufbahn im hohen Marsorbit eingetreten. Seither hatte sich die Crew der Ares-9 Expedition fieberhaft auf das Ende der langen Reise vorbereitet. Vor dem endgültigen Landemanöver, mit dem das erste Besiedelungsprojekt auf dem Nachbarplaneten starten würde, hatte Kapitänin Emilia Triton eine Ruhepause für alle verordnet.

---

[1] Olympus Mons: höchster Vulkan des Sonnensystems mit einer Gipfelhöhe von über 22 km (Mount Everest, höchster Berg auf der Erde – Gipfelhöhe 8,8 km)

Nur zwei Astronauten waren für die erste Wache eingeteilt und überwachten die Umkreisung des roten Planeten von der Steuerzentrale und dem Maschinenraum des knapp zweihundert Meter langen Raumschiffes.

Samuel, der die Brückenwache hatte, saß angeschnallt in seinem Schalensitz. Das blasse Leuchten einzelner Displays und das einfallende Licht des Mars, tauchten die Kommandosektion der Magellan in ein surreales rotes Zwielicht. Die fünf leeren Sessel, die neben ihm ringförmig um die Hauptsäule herum im Dämmerlicht ruhten, wirkten fast gespenstisch.

Doch nur beinahe, denn Samuel kannte jeden Vorsprung, jede Luke und jede Schraube der Brücke. Hunderte von Stunden hatte er hier schon verbracht und für ihn spielte es keine Rolle, ob sie taghell beleuchtet oder vollkommen dunkel war. Er hätte sich sogar bei absoluter Finsternis zurechtgefunden.

In drei Stunden würde dieser Teil des Schiffes von der Magellan abkoppeln und als Mars-Lande-Einheit – kurz MLE – die lange Reise zur Oberfläche des Planeten antreten. Und er, Samuel Winter, Astronaut und ehemaliger Kampfpilot mit über achthundert Flugstunden, würde endlich tun, was er monatelang in den Simulatoren des Raumfahrtzentrums Guayana bei Kourou geübt hatte und den zwanzig Meter durchmessenden Mars-Orbiter zur Planetenoberfläche hinunterfliegen.

Oder hinauf, dachte Sam, als der rote Planet sich langsam weiter nach oben schob. *Das kommt wohl immer auf den Betrachtungswinkel an!*

Am anderen Ende der Magellan stand der Bordingenieur Favio Elgardo, der von allen nur Favi gerufen wurde, im Maschinenraum und überwachte die Brennkammer des Hauptantriebs. Seit sie an ihrem Ziel angekommen waren, fuhr er den gerade mal einen Quadratmeter einnehmenden Reaktor herunter, der das mächtige Schiff zum Mars gebracht hatte.

»Verdammt schade, dass ich dich zurücklassen muss«, murmelte der Spanier leise, während er bedauernd über die glatte, kühle Außenhaut strich, »dich hätte ich gerne mit zur Planetenoberfläche genommen.«

Natürlich war ihm klar, dass der Reaktor mit dem Rest des Schiffes in der Umlaufbahn bleiben würde. Diese Reise war schließlich ein Einwegticket ohne Rückfahrt. Doch sollte etwas so schief gehen, dass sie den Mars wieder verlassen mussten, dann hatten sie mit dem Mutterschiff im Orbit wenigstens eine Chance, zur Erde zurückzukommen.

Ein leises, sich wiederholendes Piepsen riss Favi aus den Überlegungen. Er sah irritiert auf eine gelb blinkende Kontrollanzeige im Display des Tablets, das er ständig bei sich trug. Gleichzeitig tippte er auf den Kommunikator an seinem Revers und zischte ungehalten hinein.

»Samuel? Sag mal, wie lange muss ich noch auf die Abgleichdaten warten? Das ist immerhin ein

Nuklearreaktor, den ich hier abschalten soll und kein Kühlschrank, bei dem man einfach den Stecker zieht!«

In der Steuerzentrale zuckte Sam zusammen und wandte sich endgültig von dem spektakulären Blick auf den roten Planeten ab. Er beeilte sich, dem genervten Bordingenieur die gewünschten Daten durchzugeben, und trank dann einen weiteren Schluck des mittlerweile lauwarmen Cappuccinos.

»Puh, hat der eine Laune«, seufzte Sam leise und wandte sich wieder dem Anblick vor dem Cockpitfenster zu, »höchste Zeit, dass wir aus dieser Blechdose rauskommen.«

In den letzten Tagen hatten die Spannungen zwischen den Besatzungsmitgliedern zugenommen. Höchste Zeit, endlich auf dem Mars zu landen. Die Crew hatte sich zwar jahrelang auf den sechs Monate dauernden Flug zum Nachbarplaneten vorbereitet. Doch es war etwas vollkommen anderes, für diese Mission zu üben, als dann wirklich wochenlang zusammengepfercht durch die Leere des Weltalls zu reisen.

Sam war zuversichtlich, dass der Unfrieden nach der Landung auf dem Mars schnell verfliegen würde. Dort konnte endlich jeder seinen eigentlichen Aufgaben nachgehen. Er freute sich auf die vergleichsweise großzügige Weite der Basisstation an den steilen Hängen des Korolev-Trichters[1]. Hier würden sie schon bald den ersten

---

[1] Der Korolev-Krater ist ein Einschlagtrichter im Mare Boreum. Er misst 81 km im Durchmesser und wurde nach Sergei Koroljow, einem sowjetischen Raketeningenieur benannt.

Brückenposten einer überlebensfähigen Kolonie auf dem Mars beziehen. Das ausschließlich von Robotern errichtete Habitat, das ungefähr eintausend Kilometer südlich des Nordpols lag, würde sie in der ersten Zeit beschützen und ihnen den Aufbau einer ständig bewohnten Basis auf dem Mars ermöglichen.

Saatgut und Lebensmittel lagerten in den fünf großen Lastentransportern, die bereits vor einem halben Jahr unweit des Basiscamps gelandet waren. Und über die Wasser- und Sauerstoffversorgung brauchten sie sich dank der fast zwei Kilometer dicken Eisschicht auf dem Kraterboden keine Sorgen zu machen.

Doch vor allem waren die von automatischen Drohnen aufgespürten, ausgedehnten Höhlensysteme, die sich bis weit unter die Marsoberfläche erstreckten, überlebenswichtig. Ohne diese wäre eine langfristige Besiedelung des Mars undenkbar gewesen. Zu stark war die Strahlenbelastung an der Oberfläche. Und auch die extrem schnellen und langandauernden Staubstürme, die vor allem im Marsfrühjahr über die Ebenen fegten, waren ohne sichere Zuflucht in den Höhlen ein unkalkulierbares Risiko.

Der rote Planet rotierte träge weiter. Die Landezone kam an der Kante des Cockpitfensters in Sicht. Der mächtige Krater, der von hier oben wie eine kleine braunrote Blase auf der Marsoberfläche wirkte, wanderte langsam in seinen Sichtbereich. Es war ein fantastischer Anblick und Sam stieß ein verzücktes Pfeifen aus. Von den gigantischen Staubstürmen, die dort unten oft wochenlang tobten, war in der nördlichen Hemisphäre momentan glücklicherweise keiner unterwegs.

Das fehlte noch, dachte er, *dass uns eins dieser Staubmonster davon abhält, zu landen.*

Ein leises Kratzen lenkte seine Aufmerksamkeit vom Studium des Planeten ab. Er schwenkte den Pilotensessel nach hinten und blickte in den langen, spärlich ausgeleuchteten Rumpf der Magellan. Zu sehen war niemand, was Samuel nicht wunderte. Die übrigen Crewmitglieder schliefen in ihren Quartieren im Habitatsring, der am Ende der vier Zugangsröhren langsam um das lang gestreckte nadelförmige Schiff rotierte. Wie ein Rad kreiste der Wohnbereich dabei um seine Achse und simulierte so die Schwerkraft, die sie auf der Marsoberfläche erwartete.

Eine undichte Wasserflasche trieb in der Mitte des langen Schiffsrumpfs einsam und schwerelos dahin, während ihr Inhalt tröpfchenweise austrat. Doch sie konnte das eigenartige Kratzen nicht hervorgerufen haben. Trotzdem breitete sich ein beunruhigendes Gefühl in Samuel aus, als er in das dunkle und gespenstisch ruhige Raumschiff hineinblickte und den winzigen glitzernden Wasserkugeln dabei zusah, wie sie langsam in Richtung der Bordwände schwebten. Eine von ihnen benetzte bereits eine Eingabekonsole, die aber glücklicherweise abgeschaltet war.

Schlamperei, dachte er, während er die Beklommenheit abschüttelte, *wer hat diese verdammte Flasche denn ungesichert und unverschlossen zurückgelassen?*

Der durchsichtige Plastikbehälter näherte sich langsam einer der Aufstiegsröhren in der Schiffswand und zog eine glitzernde Spur von Wassertropfen hinter sich her. Wenn er den Zugangskorridor in den Habitatsring erreichte, würde er durch den langen Gang hindurch, bis zu den Mannschaftsquartieren der Magellan fallen.

Sam beschloss, den Ausreißer einzufangen und zu sichern, bevor dieser etwas beschädigen konnte. Er löste das Gurtschloss vor seiner Brust, stieß sich vom Pilotensessel ab und schwebte auf den Trinkbehälter zu. Routiniert griff er im Vorbeischweben danach und musterte seinen Fang neugierig. In die Oberfläche war der Name Andrea Leonowski eingraviert. Die Flasche gehörte also der Navigatorin aus Russland, die wie die übrige Schiffsmannschaft in ihrer Kabine lag und schlief.

»Wieder mal – verdammter Leichtsinn«, murmelte er verärgert und verstaute das Gefäß in dem dafür vorgesehenen Fach. Während er das ausgetretene Wasser aufsaugte, kreisten seine Gedanken um die russische Wissenschaftlerin, der er diese Putzaktion zu verdanken hatte.

Andrea war in den letzten Wochen nachlässig geworden. Auf Sam wirkte sie seltsam unruhig und unkonzentriert. Die neunundzwanzigjährige Frau hatte – wie Sam aus sicherer Quelle wusste – die psychologischen Prüfungen nur mit Mühe geschafft. In das Ares-Programm wurde sie nur deshalb aufgenommen, weil die Verantwortlichen nicht auf Favio Elgardo verzichten wollten. Der Spanier war ein überaus talentierter Wissenschaftler und international der führende Experte, wenn es um Atomreaktoren der neuesten Bauart ging. Und darüber hinaus war er mit Andrea verheiratet.

»Was ihrer Teilnahme an der Ares-9 Mission sicher nicht geschadet hat«, brummte Sam leise, während er die Flasche in ihre Halterung einklinkte.

Bisher waren die kleinen Fehler der ansonsten fähigen Wissenschaftlerin glücklicherweise ohne Konsequenzen geblieben. Doch die schwebende Trinkflasche im Mittelrumpf der Magellan war etwas anderes. Die Bordelektronik konnte irreparablen Schaden davontragen, wenn Wasser in die Schaltkreise eindrang. Samuel nahm sich vor, später mit Andrea darüber zu sprechen.

Als er die Klappe mit einem leisen Klicken schloss, hörte er erneut das schabende Geräusch. Diesmal aus Richtung des Maschinenraums, der sich weit hinten, am anderen Ende des Schiffes befand. Sam berührte einen blau leuchtenden Sensor auf seiner Brust.

»Bordingenieur«, befahl er und das Interkom stellte ihn zu Favio Elgardo durch.

»Sam, was gibt es?«, tönte sofort dessen tiefe Stimme aus dem kleinen Gerät.

»Ich weiß nicht«, antwortete Sam irritiert. »Ein leises Kratzen, das ich bislang noch nie gehört habe. Bei dir alles in Ordnung? Irgendwelche ungewöhnliche Geräusche?«

»Sí claro«, drang Favis Stimme ironisch aus dem kleinen Kommunikator. »Geräusche hab ich hier jede Menge. Schließlich heißt das hier nicht umsonst Maschinenraum, weißt du! Wie soll ich hier denn bitte schön ein Kratzen hören?«

Damit hatte er natürlich recht. Der lauteste Ort im ganzen Schiff war eindeutig der, an dem sich der spanische Ingenieur im Moment befand.

»Ja, sicher«, antwortete Sam daher, »hab mich vielleicht auch getäuscht. Entschuldige bitte die Störung.«

Er unterbrach die Verbindung, zuckte noch einmal ratlos mit den Schultern und stieß sich nach einem anmutigen Überschlag wieder in Richtung Cockpit ab. Als er seinen Sicherheitsgurt mit einem leisen Klicken vor der Brust schloss, brach ohne Vorwarnung die Hölle aus. Ein lauter Knall, gefolgt von dem hohen Zischen entweichender Luft, machten Sam nur allzu klar, was los war. Gleichzeitig sprang der Alarm an und die Lichter im Schiff flackerten und flammten dann hell auf.

»Warnung: Druckabfall Sektion drei«, dröhnte die unpersönliche Stimme der Bordintelligenz aus den Lautsprechern des Schiffes. »Warnung: Druckabfall Sektion drei.«

Samuels Finger glitten in beeindruckender Geschwindigkeit über Tastaturen, Touchpanels und Schalter, während er verzweifelt herauszufinden versuchte, was los war.

»Sam, was ist passiert?«

Er musste seine Arbeit nicht unterbrechen, um nachzusehen, wem die melodische, aber dennoch befehlsgewohnte Stimme gehörte, die hinter ihm erklang.

»Druckabfall«, wiederholte er unnötigerweise die automatische Ansage, die noch immer in ohrenbetäubender Lautstärke durch alle Abteilungen quäkte. »Keine Ahnung, was passiert ist. Ich tippe auf einen Mikrometeorit, der uns getroffen hat.«

»Wo genau?«, wollte Emilia Triton, die Kommandantin der Magellan, wissen, während sie sich auf ihren Platz schwang und die Sicherheitsgurte einrasten ließ. Sie gab einige Befehle in die Steuerkonsole ein und vor ihnen flammte ein Hologramm auf, das die Magellan in allen Einzelheiten darstellte.

»Habitatsring«, stieß Sam gequält aus. »Verdammt, es hat unser Quartier erwischt.«

Entsetzt starrte er auf das rot blinkende Areal des Hologramms, das die Wohneinheit von Alisca und ihm zeigte. Furcht schloss sich wie eine eisige Faust um seine Brust und hinderte ihn, zu atmen, zu denken oder zu handeln.

Schon vor vielen Jahren hatte er sich in die hochgewachsene Frau mit den glatten blonden Haaren und dem sarkastischen Humor verliebt. Aus einer stürmischen Affäre während der Ausbildung war Liebe geworden und seit elf Jahren waren sie ein Paar. Von panischer Angst um seine Partnerin paralysiert, konnte er nur bewegungsunfähig zu Emilia hinüberstarren. Auch in ihren Augen flackerte die Sorge um die finnische Schiffsärztin Alisca Gustavson auf, doch sie hatte sich – wie immer – unter Kontrolle. Sie aktivierte die Touch-Displays vor sich, berührte den Kommunikator auf ihrer Brust und fing an, den Schiffsstatus zu checken.

»Liss?«, rief sie zeitgleich, »Liss, melde dich. Ist alles in Ordnung mit dir?«

Doch weder aus dem kleinen Lautsprecher des Komgeräts, noch aus der Röhre, die zum Habitatsektor drei führte, kam Antwort. Endlich erwachte auch Sam aus seiner Bewegungslosigkeit und nestelte am Gurtschloss herum.

»Verdammt, ich muss ihr helfen«, fluchte er leise, »was für ein Mist. Ich gehe jetzt da rauf!«

Er schnallte sich ab. Emilia realisierte, was er vorhatte, und hielt ihn mit einer herrischen Bewegung und einem gebieterischen Kommando zurück.

»Bleib auf deiner Position, Samuel«, fuhr sie ihn befehlend an, »ohne dich als Pilot haben wir keine Chance, zu überleben! Sollte Liss rausgekommen sein, dann wird sie es auch zu uns runterschaffen. Und wenn nicht – der Wohnbereich ist hermetisch abgeriegelt und kann erst geöffnet werden, wenn das Leck von außen abgedichtet wurde. Du weißt, was das heißt!«

Sam wusste, dass Emilia recht hatte, doch das war ihm egal. Er würde nach seiner Frau sehen und niemand konnte ihn von seinem Vorhaben abbringen. Trotzig schüttelte er den Kopf und stieß sich ab, um nach hinten zu den Aufstiegsröhren zu schweben. In diesem Moment wurde eine der Korrekturdüsen getroffen und aktivierte sich in einem lautlosen Aufflammen. Die plötzliche

Beschleunigung erwischte den überraschten Piloten vollkommen unvorbereitet und schleuderte ihn auf die Mittelsäule. Er schlug hart mit dem Kopf gegen ein Display und ihm wurde schwarz vor Augen, während weitere Einschläge das Schiff erschütterten.

»Druckabfall Sektor zwei, Druckabfall Sektor vier, Druckabfall Maschinenraum«, überschlugen sich die Meldungen und gleichzeitig färbten sich die entsprechenden Bereiche des Hologramms rot.

»Verdammt«, stöhnte Sam. Er schüttelte die Benommenheit ab und stieß sich erneut in Richtung der Habitatsröhre drei ab, die zu Aliscas und seinem Quartier führte. Emilia griff im Vorbeischweben nach ihm, konnte ihn aber nicht erreichen.

»Sam. Komm sofort zurück!«

»Ich lasse Liss nicht einfach hier sterben.«

»Du kannst ihr nicht mehr helfen und du weißt das.«

Störrisch schüttelte der Pilot erneut den Kopf und fing sich an einem der Netze am Rand der Zugangsröhre ab. Doch als er hindurchschlüpfen wollte, knallte ein schweres Schott direkt vor seiner Nase zu. Nur wenige Sekunden später hätte es ihn zerquetscht.

»Habitatsröhre drei versiegelt«, tönte die Bordintelligenz. »Explosive Dekompression in Sektion drei.«

»Nein«, schrie Sam und trommelte mit den Fäusten gegen die schwere Stahlplatte, die ihm den Weg zu seiner Frau versperrte. »Nein, Nein, Nein!«

»Sam«, hörte er wie durch einen roten Nebel die Stimme von Emilia, »Sam, hör auf. Du kannst sie nicht mehr retten. Sie ist tot!«

Sie glitt durch den Rumpf der Magellan auf ihn zu und legte ihm die Hand auf die Schulter, während der Pilot vor seelischer Qual aufstöhnte.

»Wir stecken mitten in einem Meteoritenschwarm und müssen die Abkopplung vornehmen. Nur du kannst uns hier rausfliegen.«

Durch einen dichten Tränenschleier sah Sam nur noch verschwommen. Doch das kalte Schott vor ihm machte ihm unmissverständlich klar, dass er hier nichts mehr ausrichten konnte, und so kehrte er zu seinem Platz zurück.

Die automatische Ansage der Magellan fuhr währenddessen fort, immer weitere Areale aufzuzählen, die von Einschlägen betroffen waren. Überall im Schiff knallten schwere Schotte zu und riegelten die beschädigten Sektionen ab.

»Maschinenraum an Brücke«, drang Favis Schrei aus den Lautsprechern. Unterschwellige Panik schwang in der sonst so ruhigen und emotionslosen Stimme mit, in welcher der Bordingenieur üblicherweise sprach. »Wir haben einen Einschlag in der Brennkammer. Der ganze Reaktorraum ist bereits strahlengeflutet und hat sich hermetisch verriegelt. Ich kann hier nicht mehr raus!«

»Oh Gott, nein, Favi!«, schrie die Navigatorin Andrea Leonowski, die in diesem Moment aus einer der Wohnbereichsröhren glitt und sich sofort dem hinteren Teil der

Magellan zuwandte. In dem Augenblick, als sie sich kraftvoll abstieß, wurde auch sie von Emilia zurückgerufen.

»Andrea, komm zurück!«, stieß diese befehlend aus. »Wir haben maximal drei Minuten Zeit, bis der Kernreaktor überhitzt und die Magellan in Fetzen reißt. Wir brauchen dich hier, sonst schaffen wir die Landung nicht!«

»Njet«, schrie die Russin in Richtung der Kommandozentrale, »ich lasse Favi nicht sterben. Niemals!«

»Andrea Leonowski«, brüllte Emilia hinter der davonschwebenden Navigatorin her, »das ist ein Befehl. Komm sofort zurück und hilf uns hier. Du kannst nichts mehr für Favi tun. Der Reaktorraum ist automatisch abgeriegelt worden. Wir haben keine Möglichkeit, ihn von außen zu öffnen!«

»Lass es sein, Andrea, du kannst ihm nicht mehr helfen«, stimmte nun auch Sam mit vor Trauer zitternder Stimme zu. »So wenig, wie ich Liss noch retten kann!«

Erst jetzt reagierte Andrea. Sie fing sich an einem der Fangnetze ab, die sich durch den gesamten Schiffsrumpf zogen und mit deren Hilfe die Bewegung und vor allem das Abbremsen in der langen, schwerelosen Mittelachse des Schiffes für die Besatzungsmitglieder möglich wurde. Die Maschen des flexiblen Gummigeflechts bremsten sie ab und mit einem halben Salto drehte sie elegant um. Unschlüssig starrte sie in Richtung von Sam und Emilia, als Favio Elgardos Stimme erneut ertönte.

»Sie haben recht«, keuchte er leise. »Für mich ist es längst zu spät. Aber zumindest werde ich keinen langsamen und qualvollen Strahlentod sterben. Der Reaktor implodiert in genau fünfeinhalb Minuten. Bis dahin müsst ihr weit genug weg sein, sonst wird die MLE in Stücke gerissen. Ich versuche, euch noch ein paar Extrasekunden rauszuholen.«

Andrea, die bereits auf dem Rückweg ins Cockpit war, schrie gequält auf.

»Ich kann dich doch nicht einfach sterben lassen«, heulte sie auf. »Ich liebe dich, Favi!«

»Ich liebe dich auch, mi amor!«, kam seine leise Antwort aus dem Maschinenraum, »Und genau deshalb musst du mich zurücklassen. Bring die Mission zu Ende und lass unseren gemeinsamen Traum wahr werden. Ich werde immer bei dir sein, egal was passiert.«

Von Weinkrämpfen geschüttelt zog sich Andrea auf ihren Platz, schnallte sich mechanisch an und kauerte sich schluchzend zusammen. Emilia beugte sich in ihrem Sitz zur Seite und strich der Navigatorin bedauernd über den Arm.

»Für Favi können wir leider nichts mehr tun. Aber du kannst uns retten. Du musst einen Abstiegskurs berechnen, der uns nahe genug an das Basislager heranbringt. Schaffst du das nicht, dann sterben wir genauso wie Favi, nur später!«

»Und deutlich qualvoller«, murmelte Sam.

Es war sicher besser, von der explodierenden Magellan in Sekundenbruchteilen verdampft zu werden, als langsam zu ersticken, weil der Sauerstoff zur Neige ging. Doch daran wollte er im Moment keinen Gedanken verschwenden. Vielmehr musste er sich darauf konzentrieren, die MLE auf den von Andrea berechneten Kurs zu bringen und eine ordentliche Landung hinzulegen. Wenn sie überhaupt rechtzeitig das Abdockmanöver schafften.

»Fertig zum Lösen der Andockklammern!«, rief er und blickte zu Emilia hinüber, während sein Finger über dem roten Auslöser schwebte, der die Schleuse zur Kommandokapsel schließen und die Sprengvorrichtungen aktivieren würde.

Sie sah ihn traurig an, und auch in ihren Augen glitzerten die Tränen. Sam wusste, was in der Frau, die über Leben und Tod entschied, vorging. Von Mortimer Green, dem letzten Crewmitglied, fehlte jede Spur. War er ebenfalls dem Druckabfall in einer der Schiffssektionen zum Opfer gefallen und bereits erstickt?

Emilia und der stets gut gelaunte britische Exobiologe, der durch seine tapsige Art häufig mehr an einen Bären erinnerte als an einen hochintelligenten Wissenschaftler, waren ebenfalls nicht nur Freunde. Daher wunderte Sam sich nicht, dass sie zögerte, den Befehl zur Abtrennung zu geben. Und genau in dem Moment kam Mortimer polternd aus einem der Quartierskorridore gefallen, knallte auf der gegenüberliegenden Seite gegen die Bordwand und schwebte bewusstlos auf sie zu. Doch noch war er zehn Meter zu weit entfernt und würde an

Bord des sterbenden Schiffes zurückbleiben, wenn nicht ein Wunder geschah.

»Scheiß drauf«, knurrte Sam, schnallte sich erneut ab und stieß sich in Richtung des ohnmächtigen Biologen ab. Er erwischte ihn am Arm, wurde durch den eigenen Schwung herumgewirbelt und knallte gegen ein vorstehendes Display. Pfeifend entwich die Luft aus seinen Lungen und kurz wurde ihm schwarz vor Augen.

Als er sich wieder unter Kontrolle hatte, zog er Mortimer hinter sich her und schnallte den Mann in dessen Schalenliege an. Dann stieß er sich ab, glitt auf die andere Seite der Zentrale hinüber auf seinen Sitz und aktivierte die Steuerkontrollen.

Ein weiterer Meteoriteneinschlag schüttelte die Magellan durch, doch die Triebwerksanzeigen der MLE glühten weiterhin in beruhigendem grünem Licht.

»Bereit zum Abkoppeln«, rief er der dankbar in seine Richtung blickenden Kapitänin zu. »Auf dein Kommando!«

Höllenritt zum Mars

Mit lautem Knall explodierten die Haltebolzen und gaben die Landefähre frei, die sich träge von der Spitze der Magellan löste. Langsam fiel das schlanke Schiff dem Mars entgegen, während das Mutterschiff mit dem sich behäbig drehenden Habitatring hinter ihm zurückblieb. Nichts wies von außen auf den sich bereits kurz vor der Explosion befindlichen Reaktor hin, den der zurückgebliebene spanische Ingenieur noch immer verzweifelt zu stabilisieren versuchte.

Favi tippte in fieberhafter Eile auf einem Display im Maschinenraum herum. Das Atmen fiel ihm schwer, denn die Umgebungstemperatur war bereits auf sechzig Grad Celsius angestiegen und kletterte rasend schnell weiter.

»Als ob man vom Inneren eines Ofens aus versuchen würde, die Backtemperatur zu reduzieren«, knurrte er, während seine Finger hoch konzentriert über die Touchkontrollen des Bildschirms wischten. Sein Dosimeter, das die maximal zulässige Strahlenbelastung anzeigte und anklagend vor sich hin piepste, hatte er von seiner Uniformjacke abgerissen und in eine weit entfernte Ecke des Maschinenraums geschleudert. Er brauchte kein Gerät, das ihm sagte, wie stark er schon verstrahlt war. Dass er die nächsten Minuten nicht überleben würde, war sowieso klar. Und ganz sicher würde er nicht an den Folgen der harten Gammastrahlung sterben, die momentan von dem zusammenbrechenden Reaktor freigesetzt wurde. Die Skalenanzeigen auf seinem Monitor überschritten die zulässige Grenze bereits bei Weitem, als ein pfeifendes Geräusch das Aufbrechen des Reaktormantels ankündigte.

»Maldita mierda, elender Rea ...«, fluchte er leise vor sich hin. Bevor er seinen Satz beenden konnte, brach die Abschirmung der Brennkammer endgültig zusammen und der Reaktor explodierte in einem grellen Blitz.

Favio Elgardo kam nicht einmal mehr dazu, die Hände vors Gesicht zu reißen, als er im Bruchteil einer Sekunde aufhörte, zu existieren.

Nur wenig später fegte die Explosionswelle über den Habitatsring hinweg und verdampfte auch die tot in ihrem Quartier liegende Alisca Gustavson, als die Magellan in einem lautlosen grellen Blitz im Weltraum verglühte.

Von alledem bekamen die Überlebenden in der Landefähre nichts mehr mit. Diese fiel bereits durch die obersten Schichten der dünnen Marsatmosphäre, während Sam mit der Steuerung kämpfte. Ein rotes Licht, das kurz nach dem Abkoppeln aufgeflammt war, zeigte ihm, dass sie bei dem letzten Meteoritentreffer mehr abbekommen hatten als zunächst vermutet.

»Triebwerk vier hat was abgekriegt«, rief er zu Emilia hinüber, »ich schalte es ab und kompensiere mit den Übrigen.«

Die Kommandantin nickte ihm bestätigend zu und wandte sich mit einer knappen Frage an die Frau, die im Schalensitz neben ihr kauerte: »Sind wir auf Kurs?«

Andrea Leonowski saß tränenüberströmt da und schluchzte vor sich hin. Zu tief saß der Schock über den plötzlichen Verlust ihres Mannes Favi. Ein weiterer scharfer Befehl riss sie endlich aus ihren Gedanken.

»Andrea, konzentrier dich!«, fauchte Emilia Triton sie an, »ohne dich sind wir verloren! Sind wir auf Kurs?«

Die Navigatorin zuckte zusammen und sah aus, als ob sie eben aus einem tiefen Albtraum erwachen würde. Dann wandte sie sich ihren Anzeigen zu und studierte diese mechanisch, bevor sie antwortete.

»Sam, korrigiere den Schub mit den Daten, die ich dir rübergebe«, stieß sie aus und tippte auf ihr Display. Ihre Berechnungen wurden in den Steuerrechner der Landefähre übertragen und Sam gab diese nach kurzer Kontrolle frei.

»Roger!«, bestätigte er, »Korrekturtriebwerke zünden. In drei, zwei eins, jetzt!«

Die MLE schüttelte sich, als die feuernden Feststofftriebwerke sie auf den neuen Kurs zwangen. Doch auch das vierte Triebwerk war nicht komplett ausgefallen. Im selben Moment, in dem die Kurskorrektur beendet war und die Schubdüsen ausgingen, sprang das defekte Aggregat an und versetzte der Fähre einen harten Stoß, der sie wie ein Fausthieb traf und herumriss. Sie trudelte durch die dichter werdende Atmosphäre und Sam wurde durch die plötzlichen Beschleunigungskräfte in seinen Sitz gepresst. Graue Schlieren trieben vor seinen Augen und er war kurz davor ohnmächtig zu werden, während er verzweifelt um die Kontrolle über das störrische Schiff kämpfte. Erst als er das beschädigte Triebwerk endlich abstellen konnte, ließ sich die Landefähre wieder steuern.

Nur Sekunden waren vergangen. Doch die hatten genügt, um das kleine Schiff weit vom ursprünglichen Kurs abzubringen. Es raste durch die unteren Atmosphärenschichten und wurde durch diese abgebremst.

»Wir schaffen es nicht, mit den übrigen Treibstoffreserven!«, stieß Andrea verzweifelt aus, während ihre Finger wie von selbst über Kontrollen und Tastaturen glitten. Fieberhaft berechnete sie, wie weit die MLE von ihrer Route abgewichen war.

»Bring uns einfach so dicht wie möglich an den Korolev ran«, rief Emilia und sah beruhigend zu der angespannten Navigatorin hinüber. »Du bekommst das schon hin.«

Mit laut brüllenden Triebwerken jagte das Schiff währenddessen der Marsoberfläche entgegen und schüttelte sich dabei wie ein bockendes Rodeopferd. Sam hatte alle Hände voll zu tun, um dem kleinen Flugkörper seinen Willen aufzuzwingen. Viel zu schnell verringerte sich die Höhenanzeige. Durch das vordere Cockpitfenster konnte er bereits Oberflächenstrukturen ausmachen. Und was er da sah, trug nicht unbedingt zu seiner Beruhigung bei. Sie überquerten einen ausgedehnten, zerklüfteten Gebirgszug, der kaum Möglichkeiten bot, das Schiff sauber zu landen. Während er automatisch die im Training tausendfach geübten Kommandos in die Konsole eingab und die MLE damit aus dem horizontalen Gleitflug in eine aufrechte Position brachte, überlegte er fieberhaft, wo sie sich wohl befinden mochten.

Wie das Landegebiet im Simulator sieht das da unten jedenfalls nicht aus, dachte er panisch, befahl sich aber selbst, ruhig zu bleiben. *Erst mal müssen wir sauber runterkommen, dann sehen wir weiter.*

Und eine Wahl hatten sie sowieso nicht. Ein schneller Blick auf die Treibstoffanzeigen zeigte ihm, dass die Triebwerke nur noch wenige Sekunden feuern würden. Diese Zeit musste ausreichen, das Schiff sicher herunterzubekommen. Sam arbeitete in fieberhafter Eile. Erneut zündete er die Schubdüsen und ihre Geschwindigkeit nahm schlagartig ab. Der Pilot stöhnte leise auf, als die Gravitationskräfte ihn tief in den Sitz pressten. Schließlich schwebte die Landefähre aufrecht über einem mächtigen, verhältnismäßig ebenen Krater.

Einen besseren Landeplatz werden wir wohl nicht finden, dachte der Pilot, während er mit ruhiger Stimme die bevorstehende Landung verkündete.

»Fünfzig Meter«, rief er mehr zu seiner eigenen Beruhigung, als um die Mitglieder der Crew zu informieren. Ein kurzer Blick hinüber zu Andrea zeigte ihm, dass dies sowieso nichts genutzt hätte. Sowohl die junge Navigatorin, wie auch der Exobiologe hingen schlaff in ihren Sitzen und waren ohnmächtig. Nur Emilia blickte ihn entschlossen an und nickte.

»Bring uns runter«, war alles, was sie sagte.

Sam aktivierte die Landestützen, die mit einem hydraulischen Surren ausfuhren. Gleichzeitig schaltete er auf den Landecomputer um, der die Steuerung der Triebwerke übernahm. Mit mulmigem Gefühl sah Sam, wie die Anzeigen der Treibstofftanks sich rasend schnell verringerten.

»Landestützen sind ausgefahren und verriegelt«, las er die Meldung vor seinen Augen ab. Unnötig eigentlich, denn Emilia hatte die gleichen Daten vor sich auf dem Display. Doch Sam brauchte nun, da er die Kontrollen über die Landefähre dem Bordcomputer übergeben hatte, etwas zu tun.

»Zwanzig Meter«, stieß er daher aus, »Vertikale Geschwindigkeit über Grund bei null Komma zwei. Sieht gut aus, kommen sauber runter!«

Emilia nickte bestätigend.

»Zehn Meter«, zählte Sam weiter mit, »fünf, vier, drei, zwei, ein Meter ... und Landung. Wir sind unten!«

Erleichtert jubelte er die letzten Worte, während die Triebwerke verstummten und sich die Krallen an den drei Landestützen der MLE tief in den Marsstaub gruben.

»Verankerungen sind ausgefahren«, kommentierte er diese vollautomatische Aktion des kleinen Schiffes. »Wir stehen stabil mit nur fünf Prozent Neigung. Alles im grünen Bereich.«

Minutenlang saßen die beiden Astronauten ausgelaugt in ihren Schalensitzen. Die Anspannung fiel langsam von Sam ab und er begann unkontrolliert zu zittern. Ein leises Stöhnen entrang sich seiner Kehle. Erst jetzt konnte er die Trauer über den Verlust seiner geliebten Liss zulassen und Tränen flossen ihm heiß an den Wangen herab.

Der Stokes-Krater

Der rote Sand knirschte unter Samuel Winters schweren Stiefeln. Er bückte sich, hob einen Stein auf und betrachtete diesen eingehend. Ein poröses Stück Fels, das sich viel zu leicht anfühlte und in seiner Faust zerbröckelte, als er diese ballte. Staub rieselte zu Boden und Sam wandte sich der Landefähre zu, die zweihundert Meter tiefer im Krater die blassen Strahlen der Sonne reflektierte. Er blieb kurz stehen und ließ seinen Puls zur Ruhe kommen, während er durch sein automatisch abdunkelndes Helmvisier die Umgebung der MLE betrachtete. Nach allen Seiten erstreckte sich der mächtige Trichter, in dem sie vor fünf Stunden gelandet waren. Sie waren irgendwo in der Nähe des Stokes-Kraters runtergegangen. Zumindest, wenn man den Angaben von Andrea glauben durfte, die sich in Bezug auf ihre momentane Position aber alles andere als sicher war. Und genau deshalb hing sie jetzt zehn Meter hinter ihm an der Sicherungsleine und kämpfte sich langsam und vorsichtig den Kraterrand hinauf.

»Wieso haben wir noch gleich keine der automatischen Flugdrohnen losgeschickt, um unsere Position zu ermitteln?«, wollte Sam keuchend wissen, nachdem er die Umgebung eingehend betrachtet hatte.

»Weil der Transponder zu schwer für diese Minihubschrauber ist«, entgegnete Andrea, die schweratmend neben ihm stehen blieb. »Und die brauche ich, um die exakte Position zu bestimmen. Der Stokes war mehr geraten, als auf wissenschaftlicher Basis ermittelt.«

»Aber das sagte ich dir bereits«, fügte sie laut atmend hinzu und stapfte – nachdem sie einen kurzen Blick zum Kraterrand hinaufgeworfen hatte – an Sam vorbei.

»Gleich geschafft«, schnaufte sie, »los komm, ich will endlich wissen, wo wir genau sind.«

Auf der eisigen Ebene des Korolev-Kraters und damit an unserem ursprünglichen Landeplatz sind wir jedenfalls nicht, antwortete Sam in Gedanken. *Das ist mal offensichtlich. Und so wie es im Moment aussieht, werden wir da in diesem Leben auch nicht mehr hinkommen!*

Die steilen Kraterwände machten den Einsatz des Rovers jedenfalls unmöglich. Das schwere, achträdrige Fahrzeug, das in der Lage war, fünfhundert Kilometer und mehr zurückzulegen, stand vollkommen nutzlos neben der Landefähre am Grund des Kraters. Die Automatiksonden hatten in der letzten Stunde das Umgebungsprofil des Trichters vollständig aufgenommen und es gab nur einen engen Durchbruch im Osten durch die steinerne Barriere.

Doch dieses schmale Tal führte leider nicht hinaus, sondern endete an der einhundert Meter hohen, senkrecht ansteigenden Felswand eines Plateaus, das sich direkt neben dem Krater erhob.

Die Aufgabe der beiden Astronauten bestand im Moment vor allem darin, herauszufinden, ob mit Bordmitteln ein Durchgang freigelegt werden konnte, der breit genug war, den Rover passieren zu lassen. Für seismische

Untersuchungen am ursprünglichen Landepunkt hatte die MLE mehrere Stangen Plastiksprengstoff geladen, mit dem es vielleicht gelingen konnte, den Weg freizumachen. Dann wäre die Fahrt zur Basisstation im Norden zumindest möglich.

»Los, komm hoch hier und schau dir das an«, ertönte die aufgeregte Stimme der Navigatorin in Sams Interkom. »Das ist sagenhaft!«

»Bin ja schon fast da«, entgegnete er und stapfte die letzten Meter hinauf. Oben eröffnete sich ihm ein Panorama, für das sich die Kletterei gelohnt hatte. Nach Osten erstreckte sich unter ihnen der kreisrunde Plateauberg, der den Weg versperrte. Im Westen lag eine scheinbar endlose Steinwüste hinter dem Krater, die nichts außer Geröll zu bieten hatte. Ebenso im Norden. Als Sam sich jedoch umwandte, stockte ihm der Atem.

Im Süden, vier- bis fünfhundert Kilometer entfernt, tobte ein Staubsturm von gigantischen Ausmaßen. Blassrote Wolken türmten sich zu mächtigen Gebilden bis weit in den Himmel. Blitze zuckten zwischen den Schwaden und warfen gespenstische Lichter in den Staubwolken hin und her. Der Sturm wälzte sich wie ein alles verschlingendes Monster über Ebenen, Krater und Hügelketten.

»Hast du schon mal etwas Vergleichbares gesehen?«, fragte Andrea, die das Naturschauspiel staunend betrachtete. Sam schüttelte nur stumm den Kopf, während er wie gebannt Richtung Süden starrte. Erst die Stimme von Emilia Triton riss ihn aus den Gedanken.

»Hey, ihr zwei Entdecker. Vergesst nicht, warum ihr da oben seid. Samuel, du überprüfst bitte die Talsperre auf Schwachstellen.«

»Roger. Bin auf dem Weg.«

Er trabte bis an den Rand des Canyons und begann mit seinen Untersuchungen. Auch Andrea riss sich von dem imposanten Anblick des Staubsturmes los, rammte den Transponder, der bisher in einem Rucksack sicher verstaut gewesen war, in den Boden und aktivierte das antennenförmige Gerät.

»Andrea, läuft die Positionsbestimmung schon?«, erklang erneut die fragende Stimme der Kommandantin.

»Habe sie gerade gestartet«, antwortete die Navigatorin. »Erste Daten kommen rein, Stand-by.«

Sie blickte gespannt auf den kleinen Bildschirm, der mit Klettbändern an ihrem linken Unterarm befestigt war.

»Wir befinden uns im Mare Boreum, ungefähr siebenhundert Kilometer südlich der Basisstation. Nicht so weit ab vom Kurs, wie ich zunächst dachte. Der Stokes ist noch mal vierhundert Kilometer südwestlich von uns.«

Siebenhundert Kilometer, stöhnte Sam in Gedanken, *und das nennt sie nicht so weit?*

Der Rover war nur für Fahrten bis fünfhundert Kilometer ausgelegt. Selbst wenn sie aus diesem verdammten Krater herauskamen, war keineswegs sicher, dass sie die lange Reise schafften. Und davor stand zunächst die Herausforderung, den Talausgang in der Kraterwand freizubekommen. Was von seiner aktuellen Position aus gar nicht so einfach aussah. Insgesamt keine rosigen Aussichten.

»Samuel, wie sieht es bei dir aus?«, wollte Emilia von ihm wissen.

»Stand-by, bin noch bei der Auswertung.«

»Roger, wir warten.«

Sam musterte den Canyon eingehend mit dem Fernglas. An der südlichen Felswand entdeckte er schließlich eine Stelle, an der es vielleicht möglich war, durchzubrechen. Allerdings bezweifelte er, dass ihre Sprengsätze mit den Felsmassen dort unten fertig wurden. Und ob der Rover anschließend fähig war, die Geröllfelder, die durch die Sprengungen entstehen würden, zu überqueren, war ebenfalls fragwürdig. Doch eine andere Möglichkeit gab es nicht. Der Sauerstoffvorrat der Landefähre, des Rovers und der Anzüge, die sie dabeihatten, würde ungefähr vier Wochen ausreichen. Eine Rettungsmission konnten sie vergessen, die würde erst in knapp sechs Monaten auf dem Mars ankommen. Und das auch nur, wenn sie sofort starteten.

Was Sam augenblicklich ebenfalls infrage stellte. Schon die Ares-9 Expedition war nur mit einem gigantischen Aufwand möglich gewesen. Und ihr Misserfolg hatte ziemlich sicher die Einstellung aller folgenden Marsmissionen zur Folge. Dazu kam, dass das Kontrollzentrum auf der Erde bislang gar nicht wusste, dass die Mission gescheitert war, da die Sendeantennen der MLE bei der Abtrennung von der Magellan stark beschädigt worden waren. Die Empfangsanlage im Rover war zu schwach, um ein Signal Richtung Heimat zu schicken. Vielleicht gelang es ja, wenn sie unterwegs waren. Hier in diesem Trichter jedenfalls war jegliche Kommunikation mit der Erde zum Scheitern verurteilt.

»Und ob wir aus dem verdammten Krater je rauskommen, steht im Moment noch in den Sternen«, murmelte er leise vor sich hin, während er das Fernglas absetzte.

»Was hast du gesagt?«, kam es fragend von Emilia.

Mist, er hatte vergessen, das Interkom auszuschalten. »Nichts, nichts«, beeilte er sich zu sagen, »hab nur laut vor mich hingedacht. Es wird nicht einfach werden, aber ich sehe eine Möglichkeit, den Weg für den Rover frei zu sprengen.«

Die Sprengung

Knapp achtundvierzig Stunden später war es soweit. Mithilfe des schweren Bohrgeräts, das sie mit dem Rover bis zum Ende des Kratereinschnitts geschafft hatten, waren zwanzig tiefe Löcher entstanden. Wenn Emilias Berechnungen stimmten, waren diese so platziert, dass die folgende Sprengung den Felsvorsprung zum Einsturz bringen würde, der ihnen den Weg zur Basis versperrte.

Die Anzugkühlung arbeitete auf höchster Stufe, dennoch schwitzte Sam. Und das nicht nur, weil die Arbeit so anstrengend war. Er aktivierte die Sprechverbindung und sah zu Mortimer hinüber, der auf sein Kommando wartete. Der Biologe hatte bei der Kalkulation der richtigen Sprengstoffmenge und deren Platzierung geholfen. Falls er dabei Fehler gemacht hatte, würde der Misserfolg zumindest nicht lange an ihnen nagen. Denn dann endete ihre Expedition zum Mars in wenigen Wochen, wenn der Sauerstoff ausging.

»Vorsicht! Sonst blasen wir nicht nur diesen Felsvorsprung weg, sondern uns gleich mit.«

Langsam bückte er sich und griff nach dem gut zwei Meter langen Stab aus Plastiksprengstoff, dessen Sprengkraft mit Sicherheit ausreichte, um Mortimer und ihn in Sekundenbruchteilen zu verdampfen. Ursprünglich war das Zeug für die seismischen Vermessungen am Korolev-Trichter bestimmt gewesen. Doch Sam verzichtete gerne auf präzise Untersuchungen des dortigen Höhlensystems, wenn sie mit dem C4 eine Chance hatten, aus diesem verdammten Krater hier herauszukommen.

»Auf drei heben wir das Ding an.«

»Mann, mach dich locker«, brummte der Exobiologe gutmütig. »Das Zeug ist ohne Zünder vollkommen ungefährlich. Du könntest Fußball damit spielen und nichts würde passieren.«

»Ich bin trotzdem lieber vorsichtig«, gab Sam zurück, »und ich trete nicht gerne nach Dingen, die vielleicht explodieren könnten. Ok, na dann: Drei, zwei, eins und los!«

Zumindest theoretisch sollte es hinhauen, dachte er, während sie die Sprengpatrone in das letzte Bohrloch schoben und er den Zünder in die weiche Masse steckte.

»Geschafft«, schnaufte er erleichtert und klopfte dem britischen Wissenschaftler mit der behandschuhten Hand auf die Schulter, »das war die letzte Ladung.«

Er blickte in Richtung des Rovers, der weit hinter ihnen in der Schlucht stand und in dem Emilia und Andrea auf sie warteten.

»Lass uns hier verschwinden, solange die Sicht gut ist. Wir ziehen uns zum Rover zurück und aktivieren die Zünder von dort aus.«

Es wurde höchste Zeit, dass sie hier wegkamen. Als Sam sechs Stunden zuvor zum zweiten Mal den Steilhang erklommen hatte, um eine Kamera aufzustellen, welche die Sprengung von oben aufzeichnen sollte, war er bei dem Anblick, der sich ihm im Süden bot, erschrocken zusammengezuckt.

Der Staubsturm, der am Vortag noch viele hundert Kilometer entfernt gewesen war, hatte sich in erschreckender Geschwindigkeit genähert und schien zudem an Intensität gewonnen zu haben. Dutzende Blitze durchzuckten nun gleichzeitig die brodelnden Wolkenmassen, die sich wie die Glutlawine eines gigantischen Vulkanausbruchs über die Ebenen wälzte.

Sollte dieser Moloch sie vor ihrem Aufbruch erreichen, dann war ihre Reise in den Norden zu Ende, bevor sie begonnen hatte. Sicher boten die Kraterwände einen gewissen Schutz, doch wenn dieses Staubmonster wochenlang über ihnen tobte, wurde eine Flucht unmöglich. Die elektrostatisch aufgeladenen Wolken würden ihre Scanner und Richtantennen blockieren und der Staub die Solarzellen lahmlegen. Im Zentrum eines solchen Sturmes war die Sicht so gering, dass sie blind und nur nach Gefühl navigieren müssten. Jeder Abhang, jeder Stein und jedes Loch konnten da für den Rover ein tödliches Hindernis darstellen.

»Ich habe noch nie so eine Felsformation gesehen«, drang Mortimers Stimme aus den Helmlautsprechern und riss ihn aus den Gedanken. »Das ist schon imposant, findest du nicht?«

Der englische Wissenschaftler war dicht an die Steilwand herangegangen, die ihnen den Weg aus dem Krater versperrte. Er berührte mit den Händen die nahezu senkrechte Wand, die von hier aus beinahe wie eine Talsperre auf der Erde wirkte.

»Ja schon. Aber wir sollten jetzt wirklich los. Ich habe keine Lust darauf, noch hier zu sein, wenn der Sandsturm uns erreicht!«

Sam klopfte dem Exobiologen erneut auf die Schulter und trabte auf den Rover zu. Von dort würden sie die Zündvorrichtung betätigen. Und dann würde sich entscheiden, ob ihr Abenteuer auf dem Mars weiterging oder nicht.

»Wir sind wieder zurück«, schnaufte er unnötigerweise und nahm seinen Helm ab, als die Innenschleuse des Rovers grünes Licht anzeigte. Mortimer und er begaben sich in das Vorderteil des bulligen Fahrzeugs. Wenn die Sprengung erfolgreich verlief, wollten sie sich sofort auf die lange und gefährliche Reise zu ihrer Basis im Korolev-Krater machen.

»Lös den Zünder aus, wann immer du so weit bist«, kam das Kommando von Emilia. Die Anspannung in ihrer Stimme war deutlich herauszuhören.

»Verstanden«, gab Sam zurück und blickte zu der Stelle, an der die Sprengsätze auf sein Signal warteten.

»Das ist für dich, Liss«, flüsterte er und betätigte den Zünder. Im selben Moment erhob sich eine rote Staubwolke in atemberaubender Geschwindigkeit und fegte die Kraterwände hinauf. Ein tiefes Grollen rollte durch die Schlucht und die Druckwelle brachte den schweren Rover gefährlich ins Schwanken. Sam klammerte sich reflexartig an den Armlehnen seines Sitzes fest, während die

Staubwolken über ihr Fahrzeug hinweg tosten und allen die Sicht raubten.

»Hat es funktioniert?«, drang die fragende Stimme von Mortimer zu ihm durch. »Sam, hat es funktioniert?«

Der Pilot überprüfte die Fahrzeugsensoren, doch der aufgewirbelte Staub war so dicht, dass er keine verlässlichen Daten bekam.

»Weiß noch nicht«, krächzte er und sah abwechselnd zwischen den Anzeigen und der Frontscheibe des Rovers hin und her.

»Gerade werden die ersten Einzelheiten sichtbar. Ich überspiele die Aufnahmen der Krater-Kamera auf den Hauptbildschirm.«

Emilia Triton saß angespannt auf dem Fahrersitz des Rovers. Genau wie Mortimer Green und Andrea Leonowski wartete sie gebannt auf die ersten Bilder der Kamera. Sie wusste, dass die folgenden Sekunden über Tod und Leben entschieden. Aber auf das, was der Pilot kurz darauf durchgab, war keiner von ihnen gefasst.

»Verdammt, das gibt es doch gar nicht!«, hallte sein verblüffter Schrei durch das Fahrzeug. »Das ist absolut unglaublich!«

»Ist die Barriere zerstört?«, fragte Emilia unbeeindruckt von seinem Ausbruch nach. »Können wir den Trichter verlassen?«

»Seht es euch am besten selbst an«, antwortete Sam. »Ich übertrage die Kameradaten jetzt!«

Der Hauptbildschirm flackerte auf und zeigte das Hochplateau, das sie bereits von ihren Exkursionen kannten. Auf dem Tafelberg zuckten grüne und rote Blitze hin und her. Staubwolken wirbelten kilometerhoch in die Atmosphäre. Der gesamte Plateauberg schien abzurutschen und darunter kam eine linsenförmige Struktur aus dunklem Metall zum Vorschein, die ganz offensichtlich nicht natürlichen Ursprungs war. Die Felsmassen glitten über die Kanten des gigantischen Objekts und polterten mit den Steilhängen aus rotem Fels zu Tal. Doch statt sich hier zu unüberwindlichen Geröllhalden aufzutürmen, verschwand die Lawine aus Felsen und Sand einfach spurlos am Fuß des Plateauberges, als hätte es sie nie gegeben.

Währenddessen bebte der Boden unter dem Rover ohne Unterlass. Das schwere Fahrzeug wurde wie ein Spielzeug durchgeschüttelt. Die Erschütterungen schleuderten Mortimer aus seinem Sitz und warfen ihn zu Boden. Doch niemand beachtete den Exobiologen, der sich fluchend auf seinen Platz zurück kämpfte.

Als die Staubwolken sich endlich legten, breitete sich dort, wo vorher Felsmassen den Ausgang aus dem Canyon versperrt hatten, eine vollkommen glatte Ebene vor der verblüfften Ares-9 Crew aus.

Und dahinter ragte etwas so Fremdartiges in den blassroten Marshimmel, das keiner von ihnen je für möglich gehalten hätte.

Der Koloss

Wie ein Vorplatz aus Marmor, dachte Sam, *nur dass dieses Material hier offensichtlich alles auflöst, was damit in Berührung kommt.*

Er stocherte mit dem Sensorstab vorsichtig in der Oberfläche der weißglänzenden Substanz und beobachtete geschockt, wie das Ende seiner vier Meter langen Carbonlanze widerstandslos in das fremdartige Material eintauchte. Nicht einmal Rauch stieg auf und als er den Stab wieder herauszog, fehlte von dem Sensor, den er an der Spitze angebracht hatte, jede Spur. Alles, was mit diesem schimmernden Zeug in Berührung kam, wurde augenblicklich desintegriert.

»Das ist absolut irre«, flüsterte er, während er die vollkommen glatte Schnittstelle der Lanze mit einem Testspatel antippte. Argwöhnisch betrachtete er das Stäbchen in seiner Hand, bevor er es an Mortimer weiterreichte. Auf dem zähen Kunststoffmaterial war nichts zu sehen.

»Hmm, überaus interessant!«, brummte der Exobiologe, der neben Sam stand und kurz vom Display seines tragbaren Massenspektrometers aufsah, nachdem er das Teststäbchen in eine dafür vorgesehene Öffnung gesteckt hatte. »Es ist wohl keine Säure.«

»Und kannst du auch sagen, worum es sich handelt«, wollte Sam mit säuerlichem Unterton in der Stimme wissen, »oder weißt du nur, was es nicht ist?«

Mortimer zuckte mit den Achseln und wandte sich wieder seinem Spektrometer zu. Minutenlang tippte er auf dem kleinen Gerät herum, während er unverständliches Zeug murmelte. Schließlich sah er Sam ratlos an.

»Nichts, das uns bisher bekannt ist. Ich kann noch nicht einmal sagen, dass es sich um ein fremdes Material handelt, denn die Spektralanalyse zeigt nicht das Geringste an. Vielleicht ist es eine Art Energiefeld. Doch sicher bin ich mir nicht, dazu fehlen einfach die Daten!«

»Jedenfalls hält es uns davon ab, den Krater zu verlassen«, meinte Sam, »und es hindert uns auch daran, diese absolut fantastische Entdeckung da vor uns genauer zu untersuchen. Verdammt, ich würde meinen linken Arm dafür geben, an diesen grauen Koloss näher heranzukommen und herauszufinden, worum es sich bei diesem Ding handelt!«

Frustriert bückte er sich nach einem kleinen Felsbrocken und warf ihn in das materievernichtende Feld hinein. Durch die geringe Marsschwerkraft flog der Stein erstaunlich langsam und verschwand schließlich in der elfenbeinfarbenen Fläche, als würde er in eine Wolke eintauchen.

»Hier kommen wir nicht weiter«, meinte Mortimer und klappte kopfschüttelnd das Spektrometer zu. »Das ist frustrierend und faszinierend gleichzeitig.«

Er wandte sich ab und trabte zum Rover hinüber, den sie in sicherer Entfernung zu der materieverschlingenden Fläche im Canyon geparkt hatten. Doch schon nach wenigen Schritten blieb der Exobiologe erneut stehen.

»Ich bekomme ein Geräusch über die Außenmikrofone rein.«

»Bestätigt«, brummte Sam, »ich höre es auch. Klingt wie eine der Drohnen, die Andrea losgeschickt hat.«

Er legte den Kopf in den Nacken, wobei er seinen ganzen Körper nach hinten bog um mit dem klobigen Raumanzug den Himmel absuchen zu können. Im selben Moment schoss ein viermotoriger Flugkörper über den Rand des Artefakts und flog durch den Canyon auf die Kratermitte zu.

»Los, lass uns zu Emilia und Andrea in die MLE zurückkehren«, rief Mortimer aufgeregt. »Bestimmt hat die Drohne interessante Neuigkeiten aufgezeichnet.«

»Roger, bestätige. Wir gehen zurück.«

Sam starrte an der vollkommen glatten Wand hinauf, die steil vor ihm aufragte, während ein beklemmendes Gefühl in ihm aufstieg.

»Ich würde zu gerne wissen, worum es sich bei dir handelt«, murmelte er. Dann wandte er sich endgültig ab und folgte Mortimer in den Rover.

Kurze Zeit später saßen sie nebeneinander im Kontrollraum der MLE und analysierten mit Emilia und Andrea die Daten der Drohne. Fasziniert beobachteten die vier Astronauten, wie sich die dreidimensionale Karte aufbaute. Auf dem Hologramm, das sich mitten in der Kommandosektion langsam vervollständigte, waren das dunkelgraue Objekt, der Kraterrand und die nach Osten verlaufende Passage zu sehen, die Mortimer und er eben noch erkundet hatten. Die glatten Wände des Bauwerks dahinter reckten sich fast senkrecht in die Höhe, wo sie in eine flache, leicht gewölbte Kuppel übergingen. Nirgends waren Kanten oder Öffnungen zu erkennen. Das Ding wirkte wie aus einem Stück gegossen. Nur das mächtige Dach war von scheinbar zufällig verlaufenden Rinnen überzogen, die dem Objekt das Aussehen einer riesigen Schildkröte gaben.

»Jedenfalls hat die Sprengung funktioniert und die Barriere ist weg«, überlegte Emilia. »Doch das wird uns wohl nicht viel nützen, oder?«

»Das ist richtig«, bestätigte Sam. »Die Spitze meiner Sondierungslanze wurde rückstandslos aufgelöst. Und so, wie die Felsen am Boden einfach verschwunden sind, würde ich lieber nicht mit dem Rover darüber fahren wollen. Das müssen doch Tausende Tonnen von Gestein gewesen sein, die dort die Hänge hinabgestürzt sind.«

»Ungefähr hundertfünfzig Megatonnen«, erwiderte Mortimer. Als Emilia ihn ungläubig anstarrte, fügte er fast entschuldigend hinzu: »Ist aber nur eine grobe Schätzung!«

»Wir brauchen mehr Informationen«, murmelte Sam. »Wie lang noch, bis sämtliche Daten der Drohne übertragen sind?«

»Zwei Minuten«, antwortete Andrea. »Die letzten Werte werden gerade transferiert.«

Sie tippte auf ein Touchpanel und das Bild des grauschwarzen Kolosses, der nun vollständig zwischen ihnen rotierte, wurde von Gitterlinien, Entfernungsangaben und Vektoren überzogen.

»Verdammt, ist das ein Monstrum! Ziemlich genau einhundert Meter hoch«, stieß Sam verblüfft aus, als er die Anzeigen mechanisch ablas, »zwölf Kilometer breit, von der Form her ein mittig durchgeschnittenes Ellipsoid mit einer Erhebung im Zentrum. Könnte das vielleicht so etwas wie die Zentrale sein?«

»Hm, faszinierend«, murmelte Mortimer, »erinnert mich an die Abbildungen von Ufos, findet ihr nicht auch? Ob die Struktur sich unter der Oberfläche wohl fortsetzt? Und seht euch nur diesen erstaunlichen materieauflösenden Streifen davor an. Der ist vollkommen eben und überall exakt zweihundert Meter breit. Das ist absolut fantastisch!«

Während die holografische Aufnahme weiterhin träge rotierte, blickte Sam zu einem der seitlichen Bullaugen der MLE hinaus. Ihre einzige Hoffnung lag hinter der Ebene, auf der zwanzig Rover nebeneinander fahren konnten. Eigentlich war der Weg frei, doch sie hatten alle gesehen, was mit Materie passierte, die das weiß schimmernde Band berührte.

Die Dämmerung senkte sich langsam herab und am Ende des wie mit einem Messer in den Kraterrand geschnittenen Canyons konnte er das gigantische graue Objekt sehen, dessen Kanten im Licht der untergehenden Sonne blutrot leuchteten. Sandwirbel des herannahenden

Sturmes ließen das Ding noch unwirklicher aussehen, als es sowieso schon war.

Wie ein riesenhaftes lauerndes Urzeitwesen kauerte der Koloss vor dem Krater. Sam war nie ein ängstlicher Mensch gewesen, aber in diesem Moment kroch ihm die Angst wie ein kalter Schauer den Rücken hinab und raubte ihm den Atem.

Als würde es nur darauf warten, bis wir uns herauswagen, dachte er, *um uns dann alle zu verschlingen.*

»Drohnen zwei und drei kehren zurück.«

Andreas Stimme riss ihn aus seinen düsteren Gedanken. Sie deutete auf die Monitore, welche die Umgebung um die Landefähre zeigten. »Wollen wir hoffen, dass uns deren Aufzeichnungen weiterbringen.«

Die Navigatorin hatte die robusten Flugmaschinen vor Stunden auf den Weg geschickt. Sie waren darauf programmiert, das gigantische Konstrukt in einer Höhe von zwei Metern zu umrunden und anschließend zur Landefähre zurückzukehren. Leider waren die Übertragungen bereits abgebrochen, als die Drohnen die Grenze des Vorplatzes überflogen. Erst als sie erneut über diese unsichtbare Barriere zur MLE zurückkehrten, setzten die Datenströme wieder ein.

»Hoffentlich haben ihre internen Speicher etwas aufgezeichnet, das uns hilft«, hoffte Mortimer und kletterte zur Luftschleuse hinunter, in die Sam die beiden Fluggeräte steuerte, nachdem er die Kontrolle übernommen hatte.

»Warte, ich komme mit und helfe dir!«, rief Andrea dem Exobiologen hinterher. Auch sie verschwand durch die schmale Luke in den unteren Bereich der Landefähre und ließ Emilia und Sam allein in der Kommandozentrale der MLE zurück. Als der Pilot das Zischen der Luftschleuse hörte, die sich hinter den beiden Wissenschaftlern schloss, wandte er sich an die Kommandantin.

»Sag mal, Emilia, kommt Andrea nur mir komisch vor, seit wir auf dem Mars gelandet sind?«

»Was meinst du?«

»Na ja, gestern konnte ich sie gerade noch davon abhalten, die Handüberbrückung der Hauptschleuse zu aktivieren, obwohl die Innentür geöffnet war. Das hätte uns alle das Leben gekostet. Und vorher habe ich sie dabei beobachtet, wie sie die Antriebszellen der MLE herausgenommen und untersucht hat.«

»Wie bitte?«, fuhr Emilia auf. »Und warum erzählst du mir das nicht gleich?«

»Ich dachte eben, sie ist noch durcheinander wegen Favi. Immerhin waren die beiden seit fast zehn Jahren zusammen.«

»Beinahe so lange wie du und Alisca«, gab Emilia leise zurück, »doch du hast dich unter Kontrolle, weil du weißt, dass unser Leben hier an einem seidenen Faden hängt. Jede Unachtsamkeit kann in einer Katastrophe enden.«

Der Name seiner Frau fuhr Sam wie ein Messerstich durchs Herz. In den letzten Tagen hatte er sich selbst verboten, an Liss zu denken, um handlungsfähig zu bleiben. Doch Emilia hatte recht: Er konnte sich momentan keine Trauer leisten, wenn sie hier alle mit heiler Haut herauskommen wollten. Und natürlich galt das ebenso für den Rest der Besatzung. Auch für die Navigatorin, ohne die sie nie den Weg zur Basis im Norden finden würden.

»Ja, du hast recht«, erwiderte er traurig. »Wir müssen auf Andrea aufpassen. Sie darf keine Fehler machen, so sehr der Verlust auch schmerzt.«

Emilia nickte. »Ich rede mit ihr, sobald sie wieder zurück ist. Sie wird verstehen, dass wir erst trauern können, wenn die Sicherheit der Basisstation erreicht ist.«

Vorausgesetzt, dass wir das überhaupt schaffen, dachte Sam.

Gleichzeitig arbeiteten Mortimer und Andrea zehn Meter tiefer in der Luftschleuse an den beiden Flugdrohnen, die sicher gelandet waren. Der Exobiologe beugte sich gerade über eins der Fluggeräte und entnahm diesem vorsichtig die Speicherkarte mit den Flugdaten.

»Lass uns hoffen, dass wir darin etwas entdecken, das uns hilft, zur Basis am Korolev zu kommen. Ich bin gespannt, ob wir ...«, rief er und wandte sich dabei zu Andrea um, die bisher wortlos hinter im gewartet hatte. Seine Augen weiteten sich ungläubig und er riss die Hände schützend vors Gesicht. Doch es war zu spät, denn in diesem Moment traf ihn eine der Energiezellen aus der Landefähre, die die Navigatorin lautlos aus ihrem Schacht gezogen hatte.

Mortimers Kopf wurde durch den Aufprall nach hinten geschleudert und er knallte hart gegen die geöffnete innere Schleusentür. Mit einem erstaunten Ausdruck im Gesicht rutschte er zu Boden.

»Ich will ohne Favi nicht zur Basis«, keifte sie den Bewusstlosen an, »und ihr sollt das genauso wenig schaffen. Ihr habt ihn auf der Magellan sterben lassen. Das verzeihe ich euch nie!«

»Äußere Schleusentür der Landefähre wird geöffnet«, verkündete die Computerstimme der MLE. Emilia und Sam sahen sich erstaunt an, bevor beide denselben Gedanken hatten.

»Andrea!«

»Kannst du das unterbrechen?«, rief der Pilot. Doch Emilia schüttelte den Kopf.

»Keine Chance, das geht nur in der Schleuse.«

»Verdammt! Los, schnell, lass uns nachsehen.«

Die beiden hasteten aus der Zentrale. Sam glitt hinter Emilia die Leiter hinab, ohne mit den Füßen die Sprossen zu berühren. Die Reibungshitze an seinen Händen ließ ihn aufstöhnen. Doch Brandblasen waren im Moment seine geringste Sorge. Unten angekommen rüttelte er an der Schleusentür, aber sie war blockiert. Durch das kleine Bullauge konnte er Andrea sehen, die gerade die Außentür öffnete.

»Verdammt, wir kommen zu spät«, fluchte er. »Sie hat die Luke bereits geöffnet. Ich kann sie von hier aus nicht mehr aufhalten!«

Emilia beugte sich über den bewusstlosen Exobiologen und tastete ihn mit geübten Griffen nach Verletzungen ab.

»Morti, was ist passiert? Mensch, komm zu dir und erzähl uns, was los ist«, rief sie und tätschelte dem besinnungslosen Wissenschaftler das Gesicht. Er zuckte zusammen, kam langsam wieder zu sich und setzte sich leise stöhnend auf.

»Emi? ... Ich weiß nicht ... Andrea ... Sie hat mich niedergeschlagen?!«

»Äußere Schleusentür geöffnet, äußere Schleusentür geöffnet«, dröhnte die automatische Ansage mechanisch durch das Schiff, während Sam frustriert gegen das Bullauge hämmerte. Die Navigatorin kletterte die Außenleiter hinab und verschwand aus seinem Sichtfeld. Er rammte die Faust auf die Sprechtaste des Interkoms und brüllte hinein.

»Andrea, was zum Teufel tust du da?«

Sekunden vergingen, dann knackte es in den Lautsprechern.

»Ihr habt meinen geliebten Favi sterben lassen!«, kreischte die irre Stimme der Navigatorin durch die MLE. »Dafür werdet ihr alle zahlen. Ihr werdet niemals bis zur Basisstation kommen.«

»Sie ist verrückt geworden«, flüsterte Sam fassungslos. Dann fiel sein Blick auf die Energiezellen. Vier davon steckten in ihren Schächten und blinkten in beruhigendem Blau. Die fünfte Aufnahme war leer. Sam wurde blass, als ihm aufging, was die Navigatorin vorhatte.

»Verflucht, sie will den Rover sprengen.«

»Wie soll das gehen?«

Emilia blickte ihn verständnislos an.

»Die Batterie! Verstehst du denn nicht? Sie wird das verdammte Ding dort einsetzen. Die Energiezelle der MLE ist viel zu stark und nicht für das Fahrzeug ausgelegt. Andrea wird die Elektronik im Rover überlasten und ihn zur Überladung bringen. Damit sprengt sie sich und womöglich auch uns in Stücke.«

Emilia wurde blass und ließ Mortimer, der sich gerade stöhnend aufrichtete, sanft gegen eine Wand gleiten. Sie sprang auf und riss einen der Druckanzüge, die neben der Schleuse hingen, an sich.

»Das kann ich nicht zulassen!«

»Und ich lasse nicht zu, dass du dich in Gefahr bringst«, entgegnete Sam. »Wenn sie den Rover wirklich sprengt, kommst du auf jeden Fall zu spät. Und draußen bist du lediglich durch die dünne Haut des Anzugs vor der Explosion geschützt. Hier drin haben wir wenigstens eine Überlebenschance!«

»Verflucht noch mal«, schimpfte Emilia frustriert, »diese Irre wird unsere einzige Möglichkeit, zur Basis zu kommen, zerstören.«

Doch sie wusste, dass Sam recht hatte. Draußen war sie der Detonation schutzlos ausgeliefert. Bis sie selbst die Schleuse verlassen konnte, hatte die russische Navigatorin ihren Plan längst in die Tat umgesetzt. Sie fasste einen Entschluss und zeigte auf die Druckanzüge, die neben der Luftschleuse hingen.

»Los, sofort anziehen. Und dann ab nach oben in die Schalensitze. Bei einem Druckabfall sind wir dort auf jeden Fall am besten geschützt!«

Zwanzig Meter entfernt öffnete Andrea Leonowski die Innenschleuse des Rovers und kletterte in das geräumige Fahrzeug. Sie verzichtete darauf, den Anzug abzulegen. Nur den Helm löste sie mit einer leichten Rechtsdrehung aus der Halskrause und warf ihn achtlos zur Seite. Dass dabei die Visierscheibe zersplitterte, kümmerte sie nicht. Sie würde ihn sowieso nicht mehr benötigen.

Die Navigatorin drehte alle Sauerstoffventile im Rover auf und während diese zischend ihren Inhalt ins Innere des hermetisch abgeschlossenen Fahrzeugs entließen, rammte sie die Energiezelle aus der Landefähre in den Ersatzsockel neben der aufgeladenen Roverbatterie. Dann schwang sie sich auf den Fahrersitz.

Sie aktivierte sämtliche Energiesysteme, ließ die Bordheizung, die Antriebsaggregate und alle elektrischen Systeme des Gefährtes auf höchster Leistung laufen, ohne dabei jedoch die Bremsen zu lösen. Die Elektromotoren heulten gequält auf. Im Rover wurde es schnell unerträglich heiß.

Ein letztes Mal drückte Andrea Leonowski die Sprechtaste des Interkoms und ihre Stimme schallte erneut durch die Lautsprecher der Landefähre, in der sich die verbliebenen drei Crewmitglieder in der Kommandozentrale auf ihren Liegen festgeschnallt hatten.

»Fahrt alle zur Hölle!«

In diesem Moment erreichte die Temperatur der Energiezelle die kritische Grenze. Die überladenen Systeme sprühten knisternde Funken, entzündeten das hochexplosive Sauerstoffgemisch, und der Rover verwandelte sich in einen donnernden Feuerball, der sich rasch ausdehnte und über die Landefähre hinweg brandete. Die Wucht der Detonation war so stark, dass eine der Landestützen wie ein Strohhalm wegknickte. Das massive Teleskopbein brach mit einem lauten Knirschen, die Fähre neigte sich wie in Zeitlupe zur Seite und prallte schließlich auf den Kraterboden, wo sie die Überreste des Rovers unter sich begrub.

Das Licht der LED-Beleuchtung flackerte gespenstisch durch die nebelige Kommandozentrale, als Sam stöhnend zu sich kam. Alles stand auf dem Kopf und verwundert sah er sich in dem vollkommen zerstörten Raumschiff um.

Überall waren Geräte aus ihren Halterungen geschleudert worden und lagen nun verstreut herum. Leitungen hingen abgerissen aus den Wänden und der Hauptsäule. Links unter ihm züngelte ein Elektrobrand, den die automatische Feuerlöschanlage nicht vollständig erstickt hatte.

Emilias Schalensitz konnte er nicht ausmachen. Dort, wo er sich bisher befunden hatte, ragten nur noch die

Aufhängung und einige Kabel aus der Wand. Mortimer Green hing etwa zwei Meter über dem Boden schlaff in seinem Sitz. Er schien ohnmächtig zu sein, doch Sam machte sich im Moment mehr Sorgen um die Kommandantin als um den Biologen.

Doch wenigstens war er noch am Leben. Stöhnend hing er in seinem Sitz, als die Erinnerung schlagartig wieder einsetzte und er nochmals die letzten Sekunden durchlebte, nachdem die verrückt gewordene Navigatorin das Bodenfahrzeug in die Luft gejagt hatte. Die Explosion hatte die MLE voll erwischt. Das Raumschiff lag nun schwer beschädigt auf der Seite.

Und nun hing er gute zehn Meter über dem Boden, der früher einmal die gegenüberliegende Wand gewesen war, in seinem Sitz.

Wie zum Teufel soll ich hier nur wieder runterkommen?, fragte er sich.

Sobald er die Sicherheitsgurte löste, würde er nach unten fallen. Auch wenn die deutlich geringere Schwerkraft auf dem Mars ihm half, konnte er sich dabei schwer verletzen. Selbst mit nur einem guten Drittel des Gewichtes, das er auf der Erde hatte, würde der Aufschlag sicher schmerzhaft werden. Das Einzige, was zwischen ihm und dem weit entfernten Boden lag, war die zentrale Gerätesäule, die sich schräg unter ihm durch die Mittelachse des Raumes zog.

»Wenn ich die erreiche, dann schaffe ich es vielleicht unbeschadet hinunter«, knurrte er. Seine Stimme klang hohl und erst jetzt wurde im klar, dass er noch immer in seinem Druckanzug steckte. Er kontrollierte das Display, das innen auf die Sichtscheibe projiziert wurde. Der Druck in der MLE war in Ordnung, Sauerstoffsättigung der Atemluft ebenfalls.

Im Moment lasse ich den Helm lieber noch auf. So wie die Zentrale aussieht, kann es jederzeit zu einem Riss in der Außenhülle kommen.

Sam spannte die Muskeln an, tastete mit der Hand über das Gurtschloss und löste es mit einem festen Schlag. Gleichzeitig streckte er die Beine und drückte sich so vom Sitz weg. Statt direkt nach unten zu stürzen, fiel er auf die Mittelsäule zu, auf der er hart aufprallte. Mit rudernden Armen fing er an, abzurutschen.

»Verdammt, verdammt, da soll mich doch ...«, fluchte er vor sich hin, während er verzweifelt Halt suchte. Erst im letzten Moment bekam er eine Monitorhalterung zu fassen, an der er sich festklammerte. Vorsichtig zog er sich an der Säule hoch und blieb keuchend oben liegen. Nachdem sich seine Atmung beruhigt hatte, kroch er bis zur Spitze der Landefähre hinüber. Dort angekommen ließ er sich an der gewölbten Wand hinuntergleiten.

»Das wäre geschafft«, flüsterte er leise und sah noch einmal nach oben, wo sein Schalensitz von Rauchschwaden umgeben an der Decke hing. Jetzt, da er sicher auf dem Boden – oder besser gesagt auf der Außenwand – stand, wagte er es, die Helmversiegelung zu öffnen und diesen in der Halskrause nach hinten zu klappen. Sollte ein Druckabfall stattfinden, dann konnte er ihn schnell wieder über den Kopf stülpen und schließen.

Der beißende Gestank verschmorter Kabel stieg ihm in die Nase. Hustend und mit vors Gesicht gehaltenem Handschuh torkelte er einige Schritte weiter und öffnete ein Fach, in dem ein Kohlendioxidlöscher lag. Sam riss das kleine rote Gerät aus seiner Halterung und richtete es auf den schwelenden Kabelbrand, der immer noch knisternd und rauchend unter einer halb weggerissenen Abdeckung brannte. Zischend entlud sich das Gas auf den Brandherd und im selben Moment erlosch das Feuer. Sam ließ den Löscher achtlos fallen und ging zu Mortimer Green hinüber, der leblos in seinem Sitz hing. Er kletterte zu dem Exobiologen hinauf, öffnete dessen Helm und fühlte – nachdem er seinen eigenen Handschuh ausgezogen hatte – nach dem Puls des Bewusstlosen.

Mit dem Biologen schien so weit alles in Ordnung zu sein und erleichtert schloss er die Versiegelung von Mortimers Anzug und ließ sich zum Boden hinabgleiten.

»Dir fehlt wohl nichts«, murmelte er, »aber was ist mit Emilia geschehen?«

Sam verließ die Kommandozentrale durch die Bodenluke, die nun vier Meter über ihm in der Wand hing und deren Rand er durch einen beherzten Sprung zu fassen bekam.

»Ein Hoch auf die geringe Schwerkraft«, freute er sich. Doch schon Sekunden später wischte ihm der Anblick der Kommandantin, die angeschnallt in ihrem Sitz neben der Ausstiegsschleuse lag, das Grinsen aus

57

dem Gesicht. Als Sam vorsichtig die Gurtschlösser öffnete, sah er, dass ihr Helmvisier blutverschmiert war.

»Verdammt, Emilia«, stieß er aus und beugte sich über die ohnmächtige Frau. Hastig entriegelte er den Helm und legte ihn achtlos zur Seite. Entsetzt starrte er auf ihr blutüberströmtes Gesicht. Aus einer tiefen Platzwunde auf ihrer Stirn sickerte Blut und rann am Hals hinab.

Neben der Schleuse hing ein Erste-Hilfe-Kasten. Sam riss die Box von der Wand, nahm die Fixierpistole heraus und klammerte die klaffende Stirnwunde. Dann trug er Gewebekleber auf, der die Wundränder verschloss, zog ihr den Anzug aus und untersuchte sie routiniert. Er war kein Arzt, doch jeder von ihnen hatte eine medizinische Grundausbildung während ihres Trainings für diese Mission durchlaufen. Und auch auf der langen Reise zum Mars hatte seine Frau Übungen durchgeführt, die ihm nun zugutekamen. Soweit er es feststellen konnte, schien Emilia keine weiteren Verletzungen zu haben.

»Was gäbe ich drum, Liss hier zu haben«, flüsterte er. Bei dem Gedanken an seine fröhliche finnische Ärztin traten ihm die Tränen in die Augen und er fing an zu schluchzen. Doch auch jetzt hatte er nur einen kurzen Moment Zeit, sich seinem Kummer hinzugeben.

Aus der Kommandozentrale war Husten, lautes Poltern und ein deftiger Fluch zu hören.

»Bloody hell!«, hallte Mortimer Greens Stimme herüber. »Was zum Teufel ist hier passiert? Wo seid ihr denn alle?«

»Hier drüben!«, rief Sam und wischte sich die Tränen aus den Augen. »Wir sind an der Schleuse. Emilia ist verletzt, aber ich weiß nicht wie schlimm. Wie sieht es bei dir aus?«

Der Exobiologe antwortete sofort: »Mir geht es gut, keine Sorge. Hab mir nur das Knie angeschlagen, als ich aus dem Sitz gekippt bin. Warte, ich komme zu euch.«

»Ja, klar, ich warte«, brummte Sam in sich hinein, »wo soll ich in diesem Schrotthaufen auch schon hin?«

Erst jetzt wurde ihm die Ausweglosigkeit ihrer Lage voll bewusst. Emilia hatte möglicherweise innere Verletzungen, der Rover war hinüber und die Luftvorräte ebenfalls. Die hatten sie ja bereits gestern in das schwere Landfahrzeug verladen und die MLE brach womöglich jeden Moment auseinander. Schlimmer konnte es wohl nicht mehr werden.

»Was machen wir jetzt?«

Emilia sah von ihren Bestandslisten auf während ihre Frage unbeantwortet im Raum stand. Zwei Stunden waren seit der Katastrophe vergangen und glücklicherweise war sie schnell wieder zu sich gekommen und schien keine ernsthaften Verletzungen davongetragen zu haben. Die drei Astronauten hatte sich in der Zentrale versammelt, nachdem das Wrack der MLE komplett durchsucht worden war.

»Verhungern und verdursten werden wir nicht«, fing Sam mit seinem Bericht an. »Wasser und Lebensmittel reichen noch für drei Monate. Bei sparsamem Einsatz sogar für vier. Die Schiffshülle scheint so weit ebenfalls intakt zu sein. Allerdings wird diese Landefähre nirgendwo mehr hinfliegen. Selbst wenn wir es irgendwie schaffen, Treibstoff zu synthetisieren, könnten wir die MLE mit unseren Mitteln niemals aufrichten.«

»Was ist mit den Sauerstoffreserven?«

»Da sieht es leider nicht so gut aus«, antwortete Mortimer. »Wir haben noch für eine Woche Atemluft. Aber nur, wenn wir alle Aktivitäten auf ein Minimum einschränken und viel ausruhen. Und es gibt keine Möglichkeit, Sauerstoff herzustellen. Dazu hätten wir selbst in intaktem Zustand der Fähre nicht die notwendigen Mittel an Bord gehabt.«

Niedergeschlagen schüttelte er den Kopf. Doch nicht lange, dann hellte sich seine Miene wieder auf.

»Aber ich habe was anderes gefunden«, fuhr er mit einem so schwärmerischen Unterton in der Stimme fort, dass Sam und Emilia neugierig aufblickten.

»Ihr erinnert euch an die beiden Drohnen, die kurz vor der Katastrophe wieder gelandet sind?«

»Klar erinnern wir uns daran«, brummte Sam, »erstens ist das ja noch nicht ganz so lange her und zweitens hab ich die Dinger eigenhändig reingebracht. Also was ist nun damit?«

Als der englische Wissenschaftler nicht sofort antwortete, stieß ihm Emilia den Ellbogen in die Rippen. Er schnaufte hörbar auf.

»Hey, Vorsicht, meine Liebe«, rief er empört.

Doch dann ließ er sich nicht mehr länger bitten und aktivierte einen der wenigen intakten Bildschirme, auf dem bisher die Strukturdaten der MLE angezeigt wurden. »Ihr werdet nicht glauben, was ihr da gleich zu sehen bekommt!«

Die Anzeige flimmerte kurz und zeigte dann die Videoaufzeichnungen der beiden Drohnen, die sich in entgegengesetzten Richtungen um den grauschwarzen Koloss bewegten.

Nach der Katastrophe mit dem Rover hatte Sam schon fast vergessen, was für eine unglaubliche Entdeckung sie da gemacht hatten. Dort draußen stand der untrügliche Beweis dafür, dass die Menschheit nicht die einzige intelligente Lebensform im Universum war.

Und wenn ich so darüber nachdenke, was Andrea unserer Mission angetan hat, dann stelle ich das mit der menschlichen Intelligenz sehr infrage.

Der Monitor zeigte die Filmaufzeichnungen der beiden Sonden direkt nebeneinander. Vor dem Start hatte die Navigatorin, deren sterbliche Überreste nun unter der MLE begraben lagen, die Kameras der Flugdrohnen so programmiert, dass sie sich während der Umrundung stets auf die Struktur des Gebäudes ausrichteten. Die Aufnahmen zeigten so ständig das gleiche Bild: die graue, metallisch schimmernde Außenhülle, die sich kilometerweit erstreckte und aus der die kreisrunde Kuppel komplett zu bestehen schien. Unten lief ein Zähler mit, der die zurückgelegte Strecke und die Zeit anzeigte, die seit dem Start vergangen waren.

»Und was ist nun so unglaublich an diesen Aufzeichnungen?«, wollte Emilia wissen und auch Sam nickte bestätigend. Er sah momentan ebenfalls nicht, was den Exobiologen so aus dem Häuschen brachte.

»Schaut euch den Zähler der linken Drohne an«, erwiderte Mortimer geheimnisvoll. »Bei genau fünfzig Minuten und dreißig Sekunden passiert es. Noch drei, zwei, eins und jetzt!«

Er fror die Aufzeichnung ein. Das zweite Video auf der anderen Seite lief weiter. Auf dem Standbild war wie schon zuvor die graue Wand zu sehen. Doch zusätzlich erkannte Sam etwas, das ihn erregt auffahren ließ. Er stieß mit Emilia zusammen, die ebenfalls wie von der Tarantel gestochen von ihrem Sitzplatz aufgesprungen war. Während die beiden Astronauten ungläubig näher an den Bildschirm herantraten, kicherte Mortimer wissend hinter ihnen.

»Na, was hab ich euch gesagt?«, fragte er leise, »wenn das keine Sensation ist, dann weiß ich auch nicht!«

Emilia nickte. Sam konnte nur trocken schlucken und starrte wie versteinert auf das Standbild. Die ewig graue Wand, die sie bislang gesehen hatten, öffnete sich hier zu einem blau leuchtenden Portal, hinter dem verschwommen ein Gang zu erkennen war, der ins Innere der

Struktur hineinführte. Auch das elfenbeinfarben schimmernde Band, das bisher unter der Drohne dahingeglitten war, machte vor diesem Eingang einer mit rotem Marssand bedeckten ebenmäßigen Fläche Platz.

»Wie groß ist das?«, fragte Sam aufgeregt.

»Kannst du das heranzoomen?«, wollte Emilia im gleichen Moment wissen. Die beiden redeten wild durcheinander, bis der Biologe sie stoppte.

»Stop waffling[1], nicht alle auf einmal«, brummte er und setzte dann zu einer Erklärung an. »Der Eingang dürfte dreißig Meter breit sein, der Weg, der auf ihn zuführt, ungefähr neunzig bis hundert Meter. Die Sonde ist vom Talausgang in südöstlicher Richtung geflogen und war mit zwanzig Stundenkilometern unterwegs. Die Zweite flog entgegengesetzt mit der gleichen Geschwindigkeit und hat das Tor nach siebzig Minuten erreicht. Dieses Ding da draußen ist genau kreisförmig und hat einen Umfang von vierzig Kilometern!«

Sam brauchte einige Sekunden, um die Informationen zu verarbeiten. So gigantisch hatte es von der Schlucht aus gar nicht gewirkt. Er musste unbedingt dort hin und diesen Eingang untersuchen.

Emilia räusperte sich und griff seine Gedanken auf, bevor er sie äußern konnte.

»Ich denke, wir sollten das weiter analysieren. Sam, kannst du von hier aus eine der Flugdrohnen durch dieses Tor steuern, damit wir sehen, was uns im Inneren erwartet?«

---

[1] Hört auf herumzureden.

»Haben Igel Stacheln?«, grinste er. »Natürlich kann ich das. Wann legen wir los?«

»Sofort, wir haben keine Zeit zu vergeuden!«

Nur eine Stunde später schwebte die Drohne brummend in der dünnen Marsatmosphäre vor dem blau schimmernden Tor und wirbelte die feine Staubdecke auf, die sich auf dem mattgrauen, glatten Weg vor dem Eingang abgesetzt hatte. Doch niemand hörte das laute Surren der Rotoren, denn der Pilot des kleinen Flugobjekts saß zwanzig Kilometer entfernt in der zerstörten Kommandozentrale der Landefähre und starrte hoch konzentriert auf den Bildschirm vor sich.

»Achtung, Probekörper wird abgeworfen.«

Sams schweißnasse Faust umklammerte den Joystick, mit dem er den Flugkörper steuerte, während er mit der anderen Hand einen roten Schalter vor sich umlegte. An der Unterseite des Aufklärungshubschraubers löste sich ein kleiner metallischer Zylinder und fiel langsam dem Marsboden entgegen, wo er im Sand stecken blieb.

»Ist nicht versunken«, stieß Mortimer erleichtert aus, »der sandbedeckte Weg scheint begehbar zu sein. Damit haben wir dann wohl tatsächlich den Eingang entdeckt.«

Der Exobiologe hatte sich auf der rechten Seite gegen Sams Sitz gelehnt und umklammerte mit den Händen den weichen Schaumstoff der Kopfstütze, als wolle er sie abreißen.

»Fliegen wir rein?«, wollte Sam wissen und sah Emilia, die links neben ihm saß, fragend an.

»Ja, fliegen wir rein.«

Die Spannung hing knisternd wie ein elektrisches Feuer in der Luft, während Sam den Steuerknüppel leicht nach vorne drückte und die Drohne auf das irisierende Feld zusteuerte. Das Fluggerät passierte den flimmernden Vorhang und der Monitor wurde schwarz. Sam zuckte zusammen.

»Mist, wir haben sie verloren!«, stieß er enttäuscht aus.

Doch so abrupt wie die Übertragung abgebrochen war, setzte sie wieder ein. Auf dem Bildschirm erschien ein Korridor, dessen Wände im gleichen Weiß schimmerten, wie das materievernichtende Band, das ihnen den Weg mit dem Rover versperrt hatte.

Doch der war Geschichte – genau wie ihre geplante Fahrt nach Norden in die Sicherheit der Basisstation. Nun konnten sie nur noch möglichst viele Informationen über dieses fremdartige Gebilde da draußen sammeln, bevor der Sauerstoff zur Neige ging.

»Atmosphärendaten kommen rein«, murmelte Mortimer. »Hochgiftige Zusammensetzung! Wäre auch zu schön, um wahr zu sein.«

Enttäuscht starrte er auf die Messwerte, die auf dem Bildschirm eingeblendet wurden, während die Drohne langsam auf das Ende des Ganges zusteuerte, der dort durch ein zweites, ebenfalls blau schimmerndes Energiefeld begrenzt wurde. Sam hatte das kleine Fluggerät schon fast hindurch gesteuert, als er – vom Schrei des Exobiologen erschreckt – heftig zusammenzuckte.

»Bloody hell[1], stopp!«

»Verdammt, Morti, was ist denn?«, fuhr er den hinter ihm zappelnden Freund an. »Willst du mich umbringen?« Doch er zog gleichzeitig den Steuerknüppel zurück und der Marshubschrauber verharrte auf seiner Position.

»Dort, am Boden!«, rief Mortimer und deutete mit dem Zeigefinger auf den rechten unteren Rand des Monitors. »Ich habe da etwas gesehen.«

Sam zuckte mit den Schultern und drehte die Drohne in die angegebene Richtung, nachdem Emilia bestätigend genickt hatte. Immerhin hatte sie immer noch das Kommando über diese Mission. Auch wenn die deutlich weniger lang dauern würde als ursprünglich geplant.

In dem elfenbeinfarben schimmernden Korridor, gute sechzehn Kilometer von ihnen entfernt, drehte sich das ferngesteuerte Fluggerät langsam nach rechts. Seine Kamera richtete sich surrend auf das Objekt, das der Exobiologe nur für Sekundenbruchteile aus den Augenwinkeln wahrgenommen hatte. Als es vollständig auf dem Monitor in der Kommandozentrale zu sehen war, keuchten die drei Astronauten gleichzeitig auf.

»Oh, mein Gott!«, kam es von Emilia und Mortimer. Sam formulierte seine Überraschung deutlich weltlicher: »Na, damit wäre dann wohl endgültig bewiesen, dass wir nicht allein im Universum sind, oder?«

Ein Raumhelm, der entfernt an ihre eigene Ausrüstung erinnerte, lag an der Wand. Die Abmessungen, die von

---

[1] Britischer Ausruf des Erstaunens

der Kamera automatisch mit eingeblendet wurden, ließen vermuten, dass das Wesen, dem diese Kopfbedeckung einst gehört hatte, etwa drei Meter hoch gewesen sein musste. Der Helm lag auf der Seite und als Sam die Drohne langsam näher heranbrachte, konnten sie sehen, dass er hier keineswegs bewusst abgelegt worden war. In der Sichtscheibe klaffte ein gezacktes Loch, das dort ganz sicher nicht hingehörte. Der Versorgungsschlauch, der direkt darunter austrat, schien nach wenigen Zentimetern durchschnitten worden zu sein. Und es wirkte nicht so, als ob das ausgefranste Ende von den Konstrukteuren so vorgesehen gewesen wäre. Für die gewaltsame Abtrennung des Helmes sprach jedoch vor allem der Umstand, dass er nicht leer war.

Aus zwei dunklen Augenhöhlen starrte sie ein mumifizierter Schädel an. Über eine fliehende Stirn mit extrem ausgeprägten Wangenknochen spannte sich eine ledrige, schuppige Haut, die der eines Krokodiles glich. Der weit vorstehende Kiefer war leicht geöffnet und entblößte zwei Hornplatten, die wie der Schnabel eines Kraken wirkten. Zu Lebzeiten war dieser Raumfahrer sicher eine beeindruckende Erscheinung gewesen.

»Na, dem wollte ich nicht bei Nacht begegnen«, fasste Sam seine ersten Eindrücke zusammen. »Fragt ihr euch nicht auch, wo der Rest von dem Kerl abgeblieben ist?«

Mortimer ignorierte seine Äußerung. Er war so fasziniert von dieser Entdeckung, dass er alles um sich herum vergaß. Mit dem Finger fuhr er über den Bildschirm und ging so dicht heran, dass Sam kaum sehen konnte, wohin er das kleine Fluggerät steuerte.

»Hey, Morti«, rief er empört. »Nimm deinen Eierkopf aus meinem Sichtfeld, sonst haben wir die längste Zeit Entdeckungen mit der Drohne gemacht. Wenn das Ding abstürzt, ist nur noch eine übrig!«

»Sam hat recht«, stimmte ihm auch Emilia zu. »Wir sollten die Restflugzeit nutzen, um das Innere des Gebäudes weiter zu erkunden.«

»Keine Sorge«, grinste Sam den enttäuschten Exobiologen an, während er den Steuerknüppel drehte und den Marshubschrauber erneut den Gang hinab steuerte, »der wird uns schon nicht davonlaufen. So wie der Helm aussieht, liegt der ja bereits eine ganze Weile dort herum.«

Mortimer nickte missmutig. Sein Ärger darüber, den ersten Außerirdischen entdeckt zu haben und ihn nicht weiter erforschen zu dürfen, legte sich jedoch schnell.

Die Drohne drehte ab und flog auf das hell leuchtende Ende des Korridors zu. Sam zögerte einen kleinen Moment, bevor er sie durch das zweite Kraftfeld steuerte. Kaum hatte der Flugkörper dieses hinter sich, überschlugen sich die Informationen, die er an die Landefähre sendete.

»Verdammt, da soll mich doch gleich der Schlag treffen!«, stieß Sam aus und pfiff verblüfft durch die Zähne.

Emilia und Mortimer starrten nur sprachlos auf den Bildschirm und versuchten zu begreifen, was sich da vor ihnen tat.

»Hang on[1]«, murmelte der britische Exobiologe, »Daten kommen rein: Sauerstoff bei knapp dreißig Prozent, Stickstoff bei siebzig. Verschiedene Edelgase in geringen Anteilen – keines davon für uns giftig.«

Er blickte auf und langsam überzog ein breites Grinsen sein Gesicht. »So, wie es aussieht, können wir da drin atmen! Minimal mehr Sauerstoff, als wir es gewöhnt sind, aber das stellt kein Problem dar. Das heißt, wir haben eine Möglichkeit gefunden, zu überleben. Zumindest, bis uns die Vorräte ausgehen.«

»Seltsam«, wunderte sich Emilia, die sich die Daten der Flugdrohne ansah, »die Versorgungsspannung sinkt verdammt schnell, seit sie da drin ist. Und ich kann nicht erkennen warum. Moment, ich blende den Batteriepegel ein.«

»Soll ich abbrechen?«

Sam nahm irritiert zur Kenntnis, dass die Anzeige sich bereits dem kritischen Wert näherte. Der hohe Energieverbrauch war ihm vollkommen unverständlich und nur wenige Sekunden blieben ihnen noch, bevor der Kontakt abreißen würde. Emilia schüttelte entschlossen den Kopf.

»Nein, flieg weiter rein. Wir schaffen es sowieso nicht mehr zurück. Notfalls können wir immer noch die zweite Drohne starten.«

»Alles klar, du bist der Kommandant.«, meinte der Pilot und steuerte das kleine Fluggerät vorsichtig den

---

[1] wartet mal

Gang hinunter bis zu einem Durchbruch, der den Blick auf das Innere der gigantischen Konstruktion freigab.

»Unser Problem mit den Wasservorräten könnte ebenfalls gelöst sein«, rief er überrascht. »Schaut euch doch nur mal das da an!«

Aufbruch ins Ungewisse

Nachdem sie die Daten der ersten Flugdrohne untersucht hatten, war sofort die zweite gestartet worden und sendete dieselben Ergebnisse: Nur die Atmosphäre der Schleuse war hochgiftig. Hinter diesem Eingangskorridor gab es atembare Luft in dem merkwürdigen Gebäude. Doch auch dieser ferngesteuerte Marshubschrauber war – nachdem er den Eingangskorridor hinter sich gebracht und das innere Kraftfeld passiert hatte – infolge eines plötzlich auftretenden massiven Energieverlustes abgestürzt.

Daraufhin war alles schnell gegangen. Nachdem sie eine Funkbarke aktiviert hatten, die ihr gesamtes bisheriges Wissen über das Artefakt enthielt, verteilten sie die Lebensmittel und Wasservorräte auf Rucksäcke und brachen auf.

Die drei Astronauten überquerten die steinerne Barriere des Kraters und machten sich auf die lange Wanderung durch die Wüste. Dabei hielten sie sich stets in beträchtlichem Abstand zu dem Artefakt, um dem materievernichtenden Streifen nicht zu nahe zu kommen. Stundenlang trabten sie hintereinander her, während der Staubsturm, der sich in den vergangenen Tagen von Süden her vorgearbeitet hatte, rasch näherkam. Extreme Windböen zerrten bereits unangenehm an ihnen, als sie endlich die sandbedeckte Schneise erreichten, die auf den Eingang des Kolosses zuführte.

»Das ist verdammt gefährlich«, rief Sam schweratmend, während er versuchte, den Karabiner des Sicherungsseils, das ihn mit Emilia und Mortimer verband, in eine Öse seines Gürtels einzuhängen.

Der Sturm heulte mittlerweile wie ein wildes Tier. Sogar ohne eingeschaltete Außenmikrofone war er so laut, dass es in den Ohren schmerzte. Winzige Sandkörner fegten waagerecht durch die rote Düsternis und prasselten auf ihre Anzüge ein. Die Sicht war so schlecht, dass Sam kaum noch Emilia erkennen konnte, die direkt vor ihm stand. Endlich schnappte der Haken mit einem Klicken ein und Sam atmete auf.

»Gesichert«, brüllte er gegen das Kreischen der tobenden Elemente an, »wir können weiter.«

Emilia hob den Arm und streckte den Daumen nach oben. »Gut, dann los. Ich will so schnell wie möglich aus diesem Sturm herauskommen.«

»Got it![1]«, brüllte Mortimer, »aber angesichts der materievernichtenden Flächen, die sich seitlich neben uns ausdehnen, sollten wir trotzdem nichts überstürzen!«

Sam schloss so dicht hinter Emilia auf, wie er nur konnte. Er sah im wahrsten Sinne des Wortes die Hand vor Augen nicht mehr. Das Tosen um ihn herum, das mittlerweile als dumpfes Brummen alle Muskeln in seinem Körper zum Vibrieren brachte, ließ ihm die Haare zu Berge stehen. Die letzten Meter tastete er sich blind voran, immer damit rechnend, einen Schritt zu weit vom

---

[1] Habe verstanden!

sicheren Weg abzuweichen und in die tödliche Fläche zu treten, die sich irgendwo seitlich anschloss.

Der Pilot war heilfroh, als sie endlich das Eingangsportal durchschritten und der wütende Sturm draußen zurückblieb. Schlagartig herrschte absolute Stille. Und ebenso eine hochgiftige Luftzusammensetzung, wie er nach dem Analysieren der Drohnendaten bereits wusste. Das erste Kraftfeld hinderte die tobenden Elemente des Mars, hineinzugelangen, der zweite Energievorhang am Ende des Ganges hielt die Atemluft im Inneren der Konstruktion. Doch über die Funktion des Giftgases konnten sie nur rätseln. Mortimer vermutete, dass die toxische Mischung fremdartige Sporen, Bakterien oder Ähnliches zurückhalten sollte.

Im Prinzip nichts anderes als eine technologisch sehr fortschrittliche sterile Schleusenkammer, dachte Sam, während er sich mit letzter Kraft durch den Korridor schleppte, an dessen Ende der Helm des Außerirdischen lag.

Mortimer, der nach ihm die Schleuse betrat, eilte vorbei und kniete sich vor das Artefakt, um es genauer in Augenschein nehmen zu können. Erst als ihm Emilia auf die Schulter klopfte, zuckte er zusammen und wandte sich zu ihr um.

»Los, Morti«, flüsterte sie, »ich weiß, was dieser Fund für dich bedeutet. Aber unser Sauerstoffvorrat ist nahezu erschöpft. Wir können uns den Helm später immer noch ansehen.«

Der Exobiologe nickte, wandte sich widerwillig ab und trabte ihr durch das Energiefeld hinterher. Hinter dem leise knisternden Vorhang, der seinen Anzug mit statischer Elektrizität auflud, schloss sich ein Gang an, welcher der Krümmung des Gebäudes folgte und sich in der Ferne verlor. Die Wände schimmerten auch hier wie Perlmutt und tauchten alles in weißes Licht.

»Atmosphärenanalyse läuft«, murmelte Mortimer, »nicht mehr lange und wir können die Helme abnehmen.«

»Ist das wirklich notwendig?«, keuchte Sam, »schließlich haben wir kaum eine andere Wahl. Mein Sauerstofftank ist auf zwei Prozent runter!«

Doch der Exobiologe ließ sich nicht beirren. Weitere qualvolle Minuten verstrichen, bis er endlich antwortete.

»Wir können die Helme jetzt abnehmen«, gab Mortimer bekannt, nachdem er zum dritten Mal die Daten der Schadstoffuntersuchung überprüft hatte.

Trotzdem kostete es ihn Überwindung, den Helmverschluss zu öffnen und die Umgebungsluft eindringen zu lassen. Gab es unbekannte gefährliche Komponenten, die das Spektrometer nicht aufzeichnen konnte? Wer wusste schon, was für die Erbauer dieses riesigen Komplexes normal gewesen war?

Und er sah seiner Frau und Samuel an, dass es ihnen genauso ging. Doch schließlich standen sie mit nach hinten geklappten Helmen da und atmeten die frische Luft, die sie umgab, in gierigen Zügen ein. Ein Blick auf seine Sauerstoffanzeige sagte dem Exobiologen, dass es dafür auch höchste Zeit geworden war. Der Vorrat in seinen Druckflaschen war ebenfalls aufgebraucht.

»Es scheint sich bei dem Eingangsbereich hinter uns also tatsächlich um eine Luftschleuse zu handeln«, bestätigte Emilia die Vermutung, die auch Sam schon im Zugangskorridor gehabt hatte.

»Kommt, lasst uns zu dem Gebiet weitergehen, das die Drohne entdeckt hat. Ich brenne darauf, das endlich mit eigenen Augen zu sehen.«

Sam nickte zustimmend und wollte schon in den Korridor hineinlaufen, als er auf etwas trat, das unter seinen schweren Anzugsstiefeln laut knirschte. Obwohl der Boden in geradezu makelloser Sauberkeit erstrahlte, lag hier zu seinen Füßen eine Ansammlung von Fetzen, die wie Stoff aussahen, und kleineren Brocken, die ihn an Kalkstein erinnerten. Neugierig bückte er sich, doch als er die Hand danach ausstreckte, zerfielen die Stücke zu Staub. Mortimer scheuchte ihn auf.

»Sam, lass das. Wer weiß, was das für ein Zeug ist. Das muss ich erst untersuchen, bevor du es anfasst.«

»Ist ja gut«, raunte der Pilot, erhob sich aber sofort mit knackenden Gelenken. »Immerhin hatte ich ja Handschuhe an. Was soll da schon passieren?«

Emilia hatte mittlerweile den Sauerstofftornister und die schweren Rucksäcke abgenommen, die sie wie die Männer auf Brust und Rücken trug. Sie stellte die Ausrüstung vorsichtig an der Wand neben der Energiefeldschleuse ab. Während Sam und Mortimer ihrem Beispiel folgten, lief die Kommandantin bereits neugierig in den Korridor hinein.

»Warte einen Moment«, rief Sam. »Ich will noch etwas mitnehmen.«

Er öffnete eine seiner Taschen und zog ein Fernglas heraus, das er sich um den Hals hängte. Als er den Beutel bereits wieder schloss, fiel sein Blick auf einen zweiten glänzenden Gegenstand, den er nach kurzem Zögern ebenfalls herausnahm und an den Gürtel schnallte.

»Kann ja vielleicht nicht schaden«, murmelte er, während er den Reißverschluss endgültig schloss und sich dann hastig Emilia und Mortimer anschloss, die bereits den geschwungenen Gang verlassen hatten.

Von den Aufnahmen der Drohnen wusste er, dass fünfzig Meter entfernt ein bogenförmiger Durchgang weiter ins Innere führte. Doch auch die Videoübertragung der Aufklärungshubschrauber hatten den Astronauten nicht auf den Anblick vorbereitet, der sich ihm hier bot. Die beiden Kameraden waren direkt unter dem breiten Torbogen stehen geblieben und Sam wäre um ein Haar in Mortimer hineingestolpert.

»Verdammt, warum gehst du denn nicht weiter?«, fluchte der Pilot und versuchte, an den beiden Astronauten vorbei zu sehen. Doch sie versperrten ihm die Sicht und so drückte er sich entschlossen zwischen ihnen hindurch.

»Bloody hell! Das ist unglaublich«, schnaufte Mortimer hinter ihm und machte ebenfalls einen zaghaften

Schritt weiter hinein. »So was ist doch gar nicht möglich!«

»Na offensichtlich ist es das sehr wohl!«, murmelte Sam, der wie paralysiert neben dem Exobiologen stand. »Aber es ist trotzdem unfassbar, obwohl ich es mit eigenen Augen sehe!«

Keiner auf der Erde würde glauben, was sie hier entdeckt hatten, da war er sich sicher. Ein zwölf Kilometer durchmessendes linsenförmiges Artefakt, das sich durch eine Sprengung plötzlich vor ihren Augen aus dem roten Marssand erhob, war schon verrückt genug. Aber das hier?

Sie standen auf einem flachen Hügel, der direkt vor ihnen senkrecht abfiel. Links und rechts führten geschwungene Rampen in das zehn Meter tiefer liegende Areal.

Die Strahlen zweier gelber Sonnen spendeten Licht und wärmten die Gesichter der drei Astronauten, die nur stumm dastanden und diese überwältigende Szenerie auf sich wirken ließen. Die Luft war klar und Sam konnte Einzelheiten in weiter Entfernung erkennen. Kein Stäubchen trübte hier die Sicht. Vor ihnen öffnete sich der Blick auf eine steppenartige Graslandschaft mit kleinen Wäldern, Seen und Flussläufen. Etwa ein Kilometer entfernt erhob sich hinter den Bäumen und sanften Hügeln eine felsige Steilwand, die mindestens zweihundert Meter emporragte und in ein flaches Bergplateau überging. Auf dem Gipfel waren die strahlend weißen Türme einer großen Stadt zu sehen und darüber breitete sich ein blauer

Himmel aus, an dem Wolkenschleier gemächlich dahinzogen.

»Meint ihr, wir sind noch auf dem Mars?«, fragte Sam leise und zuckte vor seiner eigenen Stimme erschrocken zusammen, die ihm in der hier herrschenden Stille unnatürlich laut vorkam. Mortimer schnaufte entrüstet auf.

»Wo sollen wir denn sonst sein?«

»Na ja, vielleicht ist das Kraftfeld ja ein Transporter?«

»Hmm, glaube ich nicht. Wie kommst du darauf?«

»Sieh dich doch nur um. Scheinen auf dem Mars plötzlich zwei Sonnen, ohne dass wir es mitbekommen haben? Und die Stadt dort auf dem Berg. Die passt niemals ins Innere des Kolosses – ist viel zu hoch. Möglicherweise sind wir Lichtjahre entfernt.«

»Got it – ich verstehe, was du meinst«, brummte der Exobiologe nachdenklich, »aber sieh dir doch mal die Krümmung der Wände hier an. Wenn ich mich nicht komplett verkalkuliere, dann stimmen die mit den Außenabmessungen überein. Der Himmel, die Sonnen und sogar der Tafelberg mit der Stadt da hinten müssen Illusionen sein, da bin ich mir sicher.«

»Und wofür der ganze Aufwand?«, fragte Emilia. »Ich finde Sams Annahme gar nicht so abwegig. Lasst uns versuchen, herauszufinden, ob sie stimmt.«

Entrüstet darüber, dass sie seine Theorie anzweifelte, musterte Mortimer seine Frau, die bereits die rechte Rampe hinabging.

»Los jetzt, kommt schon«, rief sie ihnen über die Schulter hinweg zu, »oder wollt ihr da oben Wurzeln schlagen? Zuerst müssen wir herausfinden, ob das Wasser in den Flüssen hier trinkbar ist.«

Und was Essbares wäre auch nicht schlecht, sonst haben wir unsere Probleme nur verlagert, fügte Sam in Gedanken hinzu.

Doch bevor er der Kommandantin nach unten folgen konnte, erregte eine weitere Beobachtung sein Interesse und er hielt Mortimer zurück, der ihn verwundert anblickte.

»Was ist denn los?«

Sam schüttelte nur stumm den Kopf und wies mit dem Arm auf ein Objekt, das in einiger Entfernung unter einem Baum am Boden lag. Er hob das Fernglas vor die Augen und richtete es auf das reglose schwarzglänzende Ding, das er entdeckt hatte. Auf die Distanz waren keine Einzelheiten auszumachen, doch es schien sich um ein achtfüßiges Wesen zu handeln, das ihn an einen Oktopus erinnerte. Ein oberflächlicher Scan der vor ihm liegenden Landschaft brachte weitere dieser leblosen Kreaturen zum Vorschein, die über die ganze Umgebung verteilt waren. Es mussten Hunderte oder sogar Tausende dieser Wesen sein, die in den Ebenen vor ihnen reglos dalagen.

»Was hast du?«, fragte Mortimer noch einmal neugierig.

Statt einer Antwort gab Sam ihm das Fernglas weiter und zeigte mit ausgestrecktem Arm auf eines der starr daliegenden Objekte.

»Whatda hell[1]«, stieß der Exobiologe aufgeregt aus. »Verdammt, das ist eine zweite außerirdische Spezies. Das muss ich mir näher ansehen!«

Bevor Sam ihn zurückhalten konnte, hatte ihm Morti das Fernglas in die Hand gedrückt, rannte in die Ebene hinein und lief in heller Aufregung auf die Entdeckung zu.

Sam blickte dem Exobiologen zunächst verblüfft hinterher, dann rannte er ebenfalls die mit blaugrünem Grasteppich bewachsene Rampe hinab, die in diese surreale Landschaft hinunterführte. Federnd gab der weiche Untergrund nach, als er Emilia und Mortimer folgte.

Fühlt sich an, als würde man auf einer Schaumgummimatte laufen.

Er hetzte an Emilia vorbei, die stehen geblieben war und ihrem Mann erstaunt hinterherblickte.

»Morti, warte, nicht so eilig«, rief Sam, doch der englische Wissenschaftler hörte ihn nicht. Keuchend erreichte er schließlich seinen Freund, der bereits vor dem schwarzen Objekt kniete und es mit leuchtenden Augen musterte.

»Bloody hell«, murmelte er, »einfach unglaublich!«

Das Wesen, das er so hingebungsvoll untersuchte, war tot. Genauer gesagt handelte es sich gar nicht um eine Lebensform, sondern um einen Raumanzug. Das Exoskelett umhüllte die Knochen der Kreatur, die es einstmals getragen hatte. Der gesplitterte, kuppelförmige Helm, der einen albtraumhaften Schädel umschloss, ließ vermuten,

---

[1] Was geht hier vor, was ist denn das?

dass das Geschöpf im Inneren dieses Schutzanzugs gewaltsam zu Tode gekommen war. Die acht flexiblen Arme, von denen jeder einzelne gut drei Meter lang war, liefen in klauenartigen Werkzeugen aus und waren teilweise um den kugelförmigen Mittelteil des Anzugs gewickelt.

»Los, komm schon, Morti«, rief Emilia ihrem Mann zu, »du kannst dieses Wesen später noch genauer analysieren. Im Moment sollte unser vorrangiges Ziel sein, trinkbares Wasser und Nahrung zu finden, sonst sind die wissenschaftlichen Untersuchungen schneller vorbei, als dir lieb ist!«

Während sich der Exobiologe widerwillig zustimmend von seinem Fund erhob und mit dem Scan eines nahen Wasserloches begann, sahen sich Emilia und Sam den Baum genauer an, neben dem das tote Krakenwesen lag.

Eine pockenüberzogene, graue Rinde überzog den schlanken, knapp drei Meter hohen Stamm, der oben in ein gutes Dutzend peitschenförmiger Äste auslief, die mit hin und her wogenden fächerartigen Blättern bedeckt waren. An den farnartigen Zweigen hingen grüngelbe, kürbisartige Knollen, von denen ein intensiver süßer Duft ausging.

Sam streckte vorsichtig die Hand danach aus, zuckte aber erschrocken zurück, als ein Zittern durch den Baum lief und sich die Peitschenäste senkrecht aufrichteten.

Wie ein Raubtier, das die Muskeln zum Sprung anspannt, dachte er und trat vorsichtshalber einige Schritte zurück.

»Das Wasser ist in Ordnung«, rief in diesem Moment Mortimer, »geringfügig mehr Eisen, als wir es gewohnt sind, doch das sollte uns nicht umbringen!«

Er kam neugierig näher und griff nach einer der Knollen, bevor Sam ihn zurückhalten konnte.

»Ob die wohl essbar sind?«

Der Exobiologe gab einen erstaunten Laut von sich und begann unkontrolliert zu zittern. »Nehmt es ab«, gellte sein Schrei panisch durch die Stille, »Bloody hell, das brennt!«

Bevor Emilia oder Sam reagieren konnten, zuckten die Äste des Baumes so rasch herab, dass sie nur als graue Schlieren in der Luft erkennbar waren. Die farnartigen Blätter spreizten sich weit auseinander, umschlangen den vor Schmerzen schreienden Wissenschaftler und rissen ihn in die Höhe.

»Help, so hel ...«, rief er, bevor sich einer der Äste um seinen Kopf schlang und das Gesicht bedeckte. Erstickte Laute kamen von dem hilflos zuckenden Mann, der sich mit aller Kraft wehrte. Doch er hatte den Farnzweigen, die sich wie Würgeschlangen um ihn wanden und in eisernem Griff festhielten, nichts entgegenzusetzen.

Sam reagierte und zog die einzige Waffe aus seinem Holster, die sie von der Erde mitgebracht hatten. Eine Militärpistole Kaliber neun Millimeter mit fünfzehn Schuss Munition. Emilia hatte sie ihm bereits beim

Verlassen der Landefähre anvertraut, da nur er eine militärische Ausbildung hatte. Zwar war seine Grundausbildung schon Jahrzehnte her, doch Sam hatte nicht vergessen, wie man mit einer Pistole umging.

In rascher Folge schoss er auf den Stamm und die Äste. Aus den Einschusslöchern quoll eine dunkelrote zähe Flüssigkeit, die ihn beängstigend an menschliches Blut erinnerte, doch sonst erfolgte keine Reaktion.

»Morti«, schrie Emilia in Panik auf und machte Anstalten, sich auf den Baum zu stürzen. Die Äste, die sich noch nicht um den zappelnden Exobiologen gewickelt hatten, zuckten gierig in ihre Richtung.

Wie Schlangen, die ein weiteres Opfer ausgemacht haben, ging es Sam durch den Kopf. Er riss sie zurück und schleuderte sie hinter sich zu Boden.

»Verdammt, Sam, lass mich vorbei!«, schrie sie ihn hasserfüllt an und sprang überraschend schnell wieder auf. Sie machte einen Schritt auf den Baum zu, doch der Pilot hielt sie grob zurück. Diesmal ließ er sie nicht los, obwohl sie sich in seinem Griff verbissen wehrte.

»Wir können nichts tun«, brüllte er sie hilflos und mit Tränen in den Augen an. »Wir können ihm nicht mehr helfen. Wenn wir näher rangehen, dann fängt uns dieser Monsterbaum ebenfalls ein.«

»Aber du kannst doch nicht zusehen, wie er langsam und qualvoll erstickt«, rief Emilia, während sie von Weinkrämpfen geschüttelt hilflos zu Boden sank und schluchzend zusammenbrach.

»Habe ich auch nicht vor«, erwiderte der Pilot mit dumpfer Stimme, hob die schwere Armeepistole an und jagte die letzten Projektile dorthin, wo er den Kopf seines langjährigen Freundes vermutete. Der zappelnde Wissenschaftler erschlaffte sofort, während sich die Äste immer enger um den leblosen Körper schlangen. Blut tropfte durch die farnartigen Blätter und wurde dort, wo sie zu Boden fielen, von dem blauen Gras aufgesogen. Übelkeitserregende Knackgeräusche ertönten in dem ansonsten vollkommen lautlosen Park, als die Knochen des Exobiologen unter dem massiven Druck der Tentakel zerbrachen.

»Wir können nichts mehr tun«, flüsterte Sam erneut und umklammerte Emilia, die wimmernd neben ihm hockte. »Wir können nichts mehr tun!«

Wie lange sie dort kauerten, konnte Sam nicht sagen. Apathisch starrte er vor sich hin und versuchte zu verstehen, was passiert war. Seit sie den Marsorbit erreicht hatten, schien sich alles gegen sie verschworen zu haben. Zuerst die Explosion des Mutterschiffes, dann die Landung fernab ihrer Basisstation, die Sprengung des Rovers und Mortimers grauenvolles Ende in dieser Todesfalle hier. Noch immer waren die Äste des Raubbaumes, wie ihn Sam im Stillen genannt hatte, um seine Beute geschlungen, und vermutlich würden sie das bleiben, bis das bedauernswerte Opfer vollkommen verdaut war. Irgendwann hörte Emilia auf zu zittern und stand auf. Sie sah ihm ernst in die Augen.

»Samuel, ich muss hier weg!«, war alles, was sie sagte, bevor sie sich umdrehte und mit gesenktem Kopf Richtung Ausgang davonstapfte.

»Emilia, nun warte doch mal.«

Er lief ihr nach und hielt sie am Arm fest. »Wir sollten nicht überstürzt handeln. Zur MLE können wir unmöglich zurück – dafür reichen unsere Sauerstoffreserven nicht mehr!«

»Lieber ersticke ich auf dem Rückweg, als hier einem dieser Mörderbäume zum Opfer zu fallen«, flüsterte sie leise. »Keine zehn Pferde bringen mich dazu, hier noch länger zu bleiben.«

Sie sah Sam mit einem Blick an, in dem etwas Endgültiges schimmerte. Ihre Entscheidung war gefallen und niemand würde sie davon abbringen. Trotzdem startete er einen letzten Versuch, sie aufzuhalten.

»Emilia, warte, lass es uns in aller Ruhe durchdenken!«

Doch sie riss sich los, schüttelte störrisch den Kopf und lief auf die Rampe des Parkausgangs zu. Gleichzeitig zog sie den Raumhelm vom Rücken und in der Stille, die sie hier umgab, sprangen die Atemventile laut zischend an.

»Emilia, so warte doch!«, brüllte er, merkte aber im selben Moment, wie unsinnig das war. Sie konnte ihn im versiegelten Anzug nicht mehr hören. Er öffnete einen Kanal des Interkoms, während er noch wie erstarrt dastand. Zu viel war in zu kurzer Zeit passiert. Und auch jetzt kam er nicht dazu, seine Gedanken zu ordnen.

»Verdammt, so hör doch«, rief er aufgeregt. »Du wirst in dem Staubsturm da draußen nach wenigen Schritten die Orientierung verlieren und umkommen. Trotz der möglichen Gefahren, die hier drinnen auf uns lauern, haben wir hier immer noch die beste Chance.«

»Ich bleibe hier nicht länger!«, war die knappe Antwort. Ohne sich umzusehen, hastete die junge Amerikanerin auf den Ausgang zu und war bereits in dem Gang verschwunden, als sich auch Sam endlich in Bewegung setzte. Er rannte hinter ihr her, doch er wusste schon jetzt, dass er sie nicht mehr einholen würde.

»Emilia, bitte«, versuchte er es erneut, »da draußen werden wir uns verirren. Bleib wenigstens da, bis der Sturm nachgelassen hat!«

Doch er bekam keine Antwort. Als Sam die Empore erreichte und in den Gang dahinter lief, war Emilia Triton bereits an dem blau schimmernden inneren Energiefeld angekommen. Sie griff nach ihrem Sauerstofftornister und wandte sich noch einmal Sam zu, der auf sie zu gerannt kam, um sie von ihrem wahnsinnigen Vorhaben abzuhalten.

Nur wenige Schritte trennten ihn von Emilia, als diese ein »Lebewohl« in ihr Helmmikrofon hauchte und entschlossen in das flackernde Kraftfeld trat. Es blitzte violett auf und ein lauter Knall ließ den Piloten zusammenzucken. Emilia wurde in den Gang zurückgeschleudert und kippte dann lautlos zur Seite. Gleichzeitig war ein leises Poltern aus dem dahinterliegenden Schleusengang zu hören. Sam starrte fassungslos auf den regungslosen

Körper, der vor der nun wieder blau leuchtenden Energiebarriere in sich zusammensackte.

»Emilia?«, schrie er nach einer Schrecksekunde auf und eilte zu ihr hinüber. Er beugte sich über sie, um ihr den Helm abzunehmen, und fuhr zu Tode erschrocken zurück. Leise stöhnend krabbelte er rückwärts, bis er an eine Wand stieß. Ein Wimmern suchte sich den Weg aus seiner Kehle, das hier in dieser gespenstischen Stille erschreckend laut durch den Gang hallte.

»Nein, nein, nein ...«, wiederholte Samuel Winter immer und immer wieder. Er zog die Knie an, umschlang sie mit den Armen und krümmte sich zusammen. Maßloses Grauen umfing seinen Verstand, und er begann, unkontrolliert zu zittern. Was er gerade sah, konnte unmöglich wahr sein. Während er wimmernd an der Wand kauerte, rannen ihm die Tränen aus den Augen und liefen an seinem Anzug hinab. Es war ihm egal. Alles war egal.

Lange lag er zusammengerollt an der Korridorwand und lauschte in die gespenstische Stille hinein, die ihn wie ein dicke, dämpfende Decke umhüllte. Die Zeit verfloss langsam. Wie zäher Honig zogen sich die Minuten dahin, ohne dass der Pilot am Ende sagen konnte, wie lange er dort gekauert hatte. Nach einer gefühlten Unendlichkeit richtete er sich schluchzend auf und krabbelte erneut zu dem leblosen Körper hinüber. Sam zwang sich, den Torso genauer zu untersuchen. Der Kopf und ein Teil des Oberkörpers fehlten vollständig. Anzug, Sauerstofftanks und die Batterien, die den Raumanzug mit Luft und

Wärme versorgt hatten, waren wie mit einem Laser glatt durchtrennt worden. Ebenso Emis Körper, der nur noch unterhalb der Schulterblätter vorhanden war.

Blut war nicht zu sehen – die Hitze schien so immens gewesen zu sein, dass sie das Gewebe kauterisiert hatte. Ein leichter Geruch von gebratenem Fleisch wehte durch die Luft, als Sam die Tote herumdrehte. Galle stieg in ihm hoch.

Entsetzt wandte er den Blick von dem grauenhaft entstellten Leichnam ab und sah in den dämmerig ausgeleuchteten Gang, der aus dem Gebäude führte. Und von dort starrte ihn der Schädel von Emilia Triton, Kommandantin der Ares-9 Marsmission aus weit aufgerissenen toten Augen an.

Das war endgültig zu viel für Samuel Winter, der nach den Geschehnissen der letzten Tage gedacht hatte, nichts könnte ihn mehr erschüttern. Er würgte laut und sein Mageninhalt ergoss sich in nicht enden wollenden Schüben auf den Korridorfußboden.

—— TEIL 2 ——
Artefaktkrieg – Mond

Wie in Zeitlupe schob sich nur zwei Monate später die japanische Raumfregatte Takanami aus der relativen Sicherheit des Mondschattens. Das blaue Leuchten der Fusionsantriebe, die das nadelförmige Schiff in Richtung Mars beschleunigten, war durch das halbmeterdicke Bugfenster auf der Brücke der Otschajanny[1] gut zu erkennen.

Wir werden den Japanern zeigen, dass es sich dabei nicht nur um einen Namen handelt.

Kommandant Maksim Toganowitsch stand stolz mit hinter dem Rücken verschränkten Armen auf der Brücke des russischen Raumzerstörers. Möglich machten das allerdings nur die magnetischen Sohlen seiner Stiefel, ohne die er in der Schwerelosigkeit herumgetrieben wäre, wie eine Qualle unter Wasser. Er wandte den Blick von den glitzernden blauen Stichflammen vor dem Bug seines Schiffes ab, die schnell kleiner wurden.

»Verfolgung aufnehmen«, befahl er dem ersten Offizier Grischa Sidorow, »bringen Sie uns auf Abfangkurs. Und schicken sie den Japanern eine Nachricht mit den Kapitulationsbedingungen und der Aufforderung, sofort die Antriebe herunterzufahren und nach Hause zurückzukehren. Andernfalls müssen sie mit ernsten

---
[1] Russisch – übersetzt »der Gnadenlose«

Konsequenzen rechnen. Gegen unsere Feuerkraft haben sie keine Chance und das wissen die da drüben auch!«

»Jawohl, Kommandant«

Sidorow ließ die Finger in atemberaubender Geschwindigkeit über das Touchpanel vor sich gleiten. Nur Sekunden später durchströmte das beruhigende Pulsieren der vier mächtigen Fusionstriebwerke das schnellste Schiff der russischen Raumflotte.

»Fusionsreaktoren gestartet und laufen mit achtzig Prozent. Wir sollten die Takanami in zwei Stunden eingeholt haben.«

»Gut, sehr gut«, erwiderte der Kommandant, »ich erwarte keine Probleme. Rufen Sie, wenn es Neuigkeiten gibt. Ich ziehe mich zurück.«

»Jawohl, Sir«

Toganowitsch lag noch keine zwanzig Minuten in der Koje des winzigen Bereichs neben dem Kommandostand, den er gerne seinen Bereitschaftsraum nannte, als die aufgeregte Stimme des Navigators durch den kleinen Raum hallte.

»Kommandant auf die Brücke, Kommandant auf die Brücke!«

Maksim öffnete die Gurte, die ihn während der Ruhephasen auf der Koje hielten, und stemmte sich vorsichtig in die Vertikale. Jede falsche Bewegung konnte hier im Weltall dazu führen, dass man abtrieb. Er schlüpfte in die auf Hochglanz polierten schwarzen Stiefel, die wie immer neben seinem Bett standen, und war einsatzbereit.

Schon als er auf der Erde noch ein konventionelles Atom-U-Boot befehligte, hatte er sich angewöhnt, in voller Montur zu schlafen. Beim Umkleiden ging zu viel wertvolle Zeit verloren und die hatte man in Krisensituationen meist nicht.

Als er die Brücke betrat, galt sein erster Blick der großen dreidimensionalen Übersichtskarte, die als Hologramm in der Mitte des Raumes über dem Kommandostand schwebte. Die Distanzanzeige zum gegnerischen Schiff erhöhte sich mit besorgniserregender Geschwindigkeit.

»Was ist hier los?«, bellte er Sidorow an, während er sich setzte und die Sicherheitsgurte anlegte, »wieso entfernt sich die Takanami von uns?«

Sein erster Offizier antwortete, ohne von seinen Instrumenten aufzublicken: »Kommandant, die Japaner haben vor zwei Minuten vier weitere Schubdüsen gezündet, die auf einem Schiff dieser Klasse eigentlich nicht existieren sollten. Sie beschleunigen deutlich schneller als wir, obwohl unser Reaktor bereits auf neunzig Prozent seiner Leistung arbeitet.«

Toganowitsch starrte noch immer auf die Karte, in der sich ein kleiner roter Punkt langsam von der Otschajanny entfernte.

»Hm. Wie lange, bis sie außer Reichweite der Langstreckentorpedos sind?«

»Sechzig Sekunden, dann verliert unser Feuerleitcomputer das Ziel. Soll ich sie noch einmal rufen?«

Toganowitsch schüttelte missmutig den Kopf. »Unnötig«, knurrte er, »die werden nicht antworten. Feuern Sie einen Fächer auf die Japaner ab. Je länger wir warten, desto wahrscheinlicher schaffen es die Schlitzaugen vor uns zum Mars.«

Schlimm genug, dass die Amerikaner und Chinesen bereits vor uns liegen, dachte er, während er grimmig die beiden anderen roten Punkte auf der Karte betrachtete, die uneinholbar weit weg waren. Doch das Problem würde sich klären, wenn er, Maksim Toganowitsch, Kommandant des größten je gebauten Raumschiffes mit seinen Truppen auf dem Mars landen würde. Weder die Amerikaner, deren Radarkontakt in diesem Moment flackernd vom äußersten Randbereich der Holokarte verschwand, noch die Chinesen konnten es mit seiner Feuerkraft oder Truppenstärke aufnehmen. Spätestens auf dem roten Planeten würde sie der Zorn der Russischen Föderation einholen.

Ein Zittern lief durch die Durastahlplatten des Zerstörers, als die Langstreckentorpedos aus den Abschussröhren jagten und in wenigen Sekunden auf über ein Prozent der Lichtgeschwindigkeit beschleunigten.

»Zeit bis zum Einschlag?«

»Die Torpedos erreichen die Takanami in knapp zehn Minuten«, erwiderte der Waffenoffizier. »Laufzeit wird im Holo eingeblendet.«

»Gut, sehr gut!«

Maksim war zufrieden. Die Japaner würden ihm nicht entgehen. Im Anschluss konnte er in aller Ruhe Kurs auf den Mars setzen und sich um die amerikanisch-chinesische Bedrohung kümmern. Danach stand der Erforschung des Artefaktes dort nichts mehr im Wege. Die Mannschaft des russischen Zerstörers würde mit jeder Herausforderung fertig werden, dessen war er sich absolut sicher.

»Takanami hat beigedreht und ändert den Kurs!«, riss ihn Sidorows Stimme aus den Tagträumen.

»Flugvektoren des japanischen Kreuzers und der Torpedos einblenden!«, bellte Toganowitsch, »haben sie unseren Fächer entdeckt?«

»Daten werden im Holo angezeigt«, antwortete der Waffenoffizier, »Unwahrscheinlich, dass die Raketen aufgespürt wurden. Die Tarnkappenbeschichtung täuscht jedes bekannte Spürsystem.«

Im taktischen Hologramm waren nun nicht nur die als leuchtende Punkte dargestellten Raumschiffe und Torpedos zu sehen, sondern auch deren Flugdaten. Und die gekrümmte rote Linie der Takanami, die sich langsam in Richtung des russischen Zerstörers bog, verwirrte Toganowitsch zusehends.

»Was zum Teufel haben die vor?«, fragte er sich leise, während er seinen Schnauzbart mit den Fingern kräuselte. »Drehen sie bereits ab und fliehen wieder in die Sicherheit des Mondschattens?«

Angespannt lehnte er sich in seinem Sitz nach vorne, als könnten die zusätzlichen zehn Zentimeter, die er dadurch näher an die Hologrammkarte kam, etwas bewirken. Die japanische Fregatte beendete ihr Manöver und in diesem Moment wurde ihm klar, was sie vorhatte. Gleichzeitig schallte die nüchterne Stimme Grischas durch die Brücke und bestätigte seine eigenen Überlegungen.

»Die Takanami hat beigedreht und fliegt nun mit Kollisionskurs auf uns zu. Fünf Minuten bis Rendezvous. Torpedos gehen ebenfalls auf neuen Kurs. Einschlag in der japanischen Fregatte wird berechnet.«

Kommandant Maksim Toganowitsch brauchte keine weiteren Berechnungen, um zu wissen, was der gegnerische Befehlshaber vorhatte. Er kam nicht umhin, ihn für seinen Mut und sein Geschick Respekt zu zollen. Doch das würde die Zerstörung beider Schiffe nicht aufhalten, wenn die Torpedos in unmittelbarer Nähe seiner geliebten Otschajanny in das feindliche Raumschiff einschlagen und explodieren würden.

»Sofort abdrehen und Distanz zur Takanami erhöhen!«, brüllte er, »Maschinen auf volle Leistung. Bringen sie uns hier weg!«

Artefaktkrieg – Mars

Gerald J. Miller überprüfte ein letztes Mal die Schnürung seiner Armeestiefel, steckte das Kampfmesser in die Scheide am Unterschenkel und rammte ein volles Magazin in sein vollautomatisches XM-30 Gewehr. Er nahm sich zwei der deutlich kleineren Vektor-Maschinenpistolen aus dem Waffenregal und schob sie in die mit Klettbändern gesicherten Rückenhalfter.

Trotz der Kopfschmerzen, die das Bremsmanöver am Ende der Reise bei ihm verursacht hatte, fühlte er sich einsatzfähig. Er war bereit dafür, das militärische Aufklärungsraumschiff USS-Achilles, das die Strecke Erde-Mars in erstaunlichen vier Monaten zurückgelegt hatte, zu verlassen. Nur fünfhundert Meter von dem Artefakt entfernt, das die Ares-9 Expedition entdeckt hatte, stand es in einer kleinen Senke, die es vor den neugierigen Augen der Chinesen verbarg.

Miller hatte den Befehl, direkt nach der Landung das außerirdische Bauwerk zu stürmen und das feindliche Einsatzteam mit allen Mitteln daran zu hindern, die Geheimnisse dieses einzigartigen Funds vor den Amerikanern zu lüften. Wenn notwendig mit Gewalt.

»Also dann, Männer«, brüllte er unvermittelt los und wandte sich seinem Team kampferprobter Marines zu, »bereit für das Unbekannte?«

Ein »Hooah!« aus zwölf Kehlen war die Antwort. Seine Jungs waren einsatzbereit. Stolz ließ Miller seinen

Blick über das Spezialkommando der USSM[1] gleiten. Auf diese Männer konnte er sich verlassen. Auch jetzt in dieser heiklen Situation.

Die Innenschleuse im Heck glitt lautlos auf und Franco kam herein. Mit einem leisen Zischen öffnete er die Helmversiegelung, trat auf seinen Vorgesetzten zu und salutierte.

»Haben die Chinesen unsere Anwesenheit bereits bemerkt?«, fragte Miller den mit verschwitztem Gesicht vor ihm stehenden Corporal.

»Nein, Sir, ich denke nicht, Sir«, antwortete Franco, während er den Helm vollends abnahm und lässig in die Armbeuge klemmte. »Das elektronische Tarnnetz scheint zu funktionieren und schirmt uns vor den Sensoren der Chinesen ab. Der passive Scanner ist platziert und sollte uns mitteilen, wenn da drüben was vor sich geht, Sir.«

»Gut gemacht, Corporal«, nickte Miller. »Sie können wegtreten. Gönnen Sie sich noch eine kleine Pause, bevor wir ausrücken.«

»Jones, haben sie schon Kontakt mit dem Oberkommando hergestellt?«

Der Gerufene wandte sich vom Pilotensitz aus dem Cockpit der Achilles zu ihm um und schüttelte den Kopf.

»Nein, Sir, noch nicht. Ich arbeite weiter dran.«

Miller nickte. »Gut, machen Sie das! Sie, Franco und Davis bleiben hier und bewachen das Schiff. Schlafen Sie mir ja nicht ein und warnen Sie uns vor jedem neuen Kontakt, während wir unterwegs sind.«

---

[1] United States Space Marines

»Jawohl, Sir«, brüllte der Pilot, was in dem kleinen Schiff übertrieben laut hallte.

»Sie können sich auf uns verlassen Sir.«, stimmten auch Franco und Davis ein. Auf ihren ausdruckslosen Gesichtern war nicht abzulesen, ob sie froh darüber waren, als Babysitter bei dem Piloten zurückzubleiben oder nicht. Denn obwohl ihnen allen klar war, dass es sich bei dieser Mission um eine Reise ohne Rückfahrkarte handelte, wollte keiner im Raumschiff zurückbleiben.

Hier auf dem Mars hatte die Menschheit zum ersten Mal Kontakt mit einer außerirdischen Zivilisation. Jeder, der bei dieser glorreichen Mission dabei war, würde einen festen Platz in den Geschichtsbüchern kommender Generationen erhalten.

Auf der anderen Seite war die Aussicht, da drinnen höchstwahrscheinlich draufzugehen, nicht gerade motivierend. So gesehen bezweifelte Sergeant Major Miller, dass die drei Soldaten sonderlich unglücklich waren, bei diesem Einsatz an Bord der USS-Achilles bleiben zu müssen.

Nach allem, was er bisher von dem Artefakt wusste, das seit einem halben Jahr die Menschheit in Atem hielt, führte kein Weg heraus. Noch während die Daten der Ares-9 Mission analysiert worden waren, hatte die Regierung ein Raumschiff der USSM für den Flug zum Mars umgerüstet, ein Team zusammengestellt und sie hierher geschickt.

Wie üblich waren die Informationen über den Koloss auf dem roten Planeten aber nicht lange geheim geblieben und durch diese verdammten Internetterroristen auf der ganzen Welt verteilt worden. Was dazu führte, dass auf einmal jeder, der auch nur entfernt die Möglichkeit dazu hatte, ein Raumschiff baute und zum Mars aufbrach. Die meisten dieser hastig zusammengebastelten Schiffe explodierten schon beim Start oder havarierten nach kurzer Zeit auf dem Weg zum Ziel.

Die USS-Achilles hatte das Wettrennen zum Nachbarplaneten knapp gewonnen. Nur drei Stunden später landete das Schiff der chinesischen Allianz wenige hundert Meter neben ihnen. Gerade genug Zeit für sein Team, das eigene Raumschiff vor ihren neugierigen Blicken zu schützen und sich einzugraben.

Die Sowjets und die Japaner waren in diesem Spiel keine Gefahr mehr. Nach der gewohnten russischen Strategie »Erst schießen, dann nachdenken« eröffnete der Zerstörer Otschajanny laut den ihm vorliegenden Daten bereits das Feuer, als die Schiffe noch nicht einmal die Mondumlaufbahn gekreuzt hatten.

Soweit Miller es sich zusammenreimen konnte, hatte der japanische Kapitän wohl mit den Torpedos im Schlepptau beigedreht und diese dann beim Vorbeiflug an der Otschajanny auf das russische Raumschiff abgelenkt. Die Explosion machte die Takanami zwar nahezu manövrierunfähig, doch deren eigene Lenkwaffen verwandelten den russischen Angreifer in nukleare Schlacke. Das Raumschiff aus dem Land des Lächelns hatte es wohl anschließend wieder zur Erde zurückgeschafft. Zumindest, wenn man den Nachrichten Glauben schenken durfte, die Miller auf dem langen Weg zum Mars aufgefangen hatte.

Dumm gelaufen für die Russen, grinste Miller in sich hinein. *Wobei der japanischen Besatzung das Lächeln vermutlich ebenso vergangen ist.*

»Sir, bei den Chinesen tut sich was«, rief Jones von der Brücke her in den Mannschaftsraum und unterbrach ihn in seinen Überlegungen. »Ich glaube die rücken aus.«

Verdammt, damit habe ich nicht gerechnet, fluchte Miller still in sich hinein. *Dass die Asiaten so kurz nach der Landung bereits einsatzbereit sind, ist beachtlich.*

Doch vor seinen Männern ließ er sich nichts anmerken und gab seine Befehle mit gewohnt ruhiger Stimme: »Also dann, ab in die Schleuse. Und haltet bloß die Augen offen. Nach allem, was wir bisher wissen, wird das da drin nicht gerade ein Spaziergang!«

Fünfhundert Meter entfernt öffnete sich im selben Moment die Außenschleuse des zweiten Raumschiffes. Der rote Stern, der gut sichtbar an dem grauen Rumpf angebracht war, machte klar, dass auch die asiatische Allianz es geschafft hatte, den Mars in kürzester Zeit zu erreichen. Und der Trupp von zwanzig Raumsoldaten, die Augenblicke später schwer bewaffnet in leichten Raumanzügen auf das Artefakt zustürmten, ließ keine Zweifel daran aufkommen, worin der Zweck ihrer Mission bestand.

Nur vierundzwanzig Stunden später sah sich Sergeant Major Gerald J. Miller genötigt, seine ursprüngliche Einschätzung zu korrigieren. Das war nicht nur kein Spaziergang, es war eine verdammte Todesfalle.

Links von ihm war das Stakkato von Gewehrfeuer zu hören.

»Automatisches Sturmgewehr QBZ-95«, knurrte er. »Unglaublich, dass die das alte Teil immer noch verwenden.«

Diese Waffen mochten zwar veraltet sein, doch sie waren dennoch tödlich. Zwei Männer hatte er hier drin bei diesem Feuergefecht verloren. Die Chinesen hatten sich am Ende des ersten Sektors verschanzt und auf sie gewartet. Vermutlich waren auch in ihrem Schiff Soldaten zurückgeblieben, um den Kommandotrupp vor ihnen zu warnen. Und nun wehrten sie sich hier verbissen gegen ihn und seine Leute. Das schnelle Rattern einer Vektor-Maschinenpistole erklang, dicht gefolgt von einem heiseren Aufschrei. Dann kehrte Ruhe ein.

»Ich glaube, ich hab den Letzten erwischt, Sir«, drang die Stimme von Gomez leise aus seinem Headset.

Miller senkte das XM-30, mit dessen Zielfernrohr er das vor ihm liegende Gebiet beobachtet hatte.

»Ja, scheint mir auch so«, antwortete er, »aber haltet trotzdem die Köpfe unten. Langsam und vorsichtig vorrücken!«

Er lief geduckt auf das blau leuchtende Tor zu, das in den Berg hineinführte und vor dem sich die Chinesen eingegraben hatten. Der feindliche Kommandant lag mit aufgerissenen Augen neben dem Eingang, das Sturmgewehr noch fest umklammert. Von ihm und seinen Männern ging keine Gefahr mehr aus.

Was man von dieser Rattenfalle, in der wir hier stecken, leider nicht behaupten kann, dachte Miller, während er sich auf den Boden kniete und die letzten Stunden Revue passieren ließ.

Schon bevor sie in dieses Ding eingedrungen waren, hatte es Wilson erwischt. Der blöde Kerl war in den elfenbeinfarbenen Bereich getreten, der das Artefakt umspannte. Die schrillen Schreie des Soldaten als er in dem tödlichen Untergrund versank, hallten noch immer in Millers Ohren wider. Bei den beiden anderen Verlusten, die sie auf dem Weg durch die Parklandschaft zu beklagen hatten, war alles so schnell gegangen, dass die bedauernswerten Opfer keine Zeit für Schreie gehabt hatten.

Guierra war von einer sich plötzlich öffnenden Erdspalte verschluckt worden, die sich bereits wieder über ihr geschlossen hatte, bevor der Rest des Squads überhaupt realisierte, was geschah.

Der zweite Soldat – Sanderson – hatte weniger Glück. Sie waren gerade durch eine Senke marschiert, als er in eine harmlos aussehende Wasserpfütze trat. Das Zeug floss wie zähes Öl an seinem rechten Bein hinauf und umschloss Sandersons Kopf vollständig. Der Marine stieß ein ersticktes Gurgeln aus und stürzte zu Boden. Er versuchte, sich die Flüssigkeit vom Gesicht zu reißen, doch ohne Erfolg. Lewis, der seinem Kameraden zu Hilfe kommen wollte und das lebende Wasser berührte, wurde ebenfalls davon erfasst, konnte es aber durch heftige Handbewegungen abschütteln. Die Substanz kroch daraufhin wie eine glitzernde kleine Schlange zu Sanderson zurück, der sich mittlerweile zuckend im Gras wälzte und verschmolz mit der Masse über dessen Kopf. Erst, als seine Abwehrbewegungen nachließen und der Körper schließlich erschlaffte, glitt die Flüssigkeit zu Boden und floss zu einer kleinen Pfütze zusammen, die im hellen Licht der Doppelsonne harmlos schimmerte.

Und nun hatte er während des kurzen, aber heftigen Kampfes gegen die Chinesen noch zwei seiner besten Leute verloren. Die beiden würden bei der weiteren Erkundung fehlen, das war sicher.

»Sir, was machen wir mit Lewis und Browns Leichen?«, riss ihn eine besorgt klingende Stimme aus seinen Überlegungen. Martinez stand abwartend neben ihm. Der aus Mexiko stammende Marine und er waren schon seit Jahren überall auf der Welt unterwegs gewesen. Nichts hatte den bulligen kleinen Lateinamerikaner mit der Narbe, die sich über seine linke Gesichtshälfte zog, und den zwei Macheten, die er immer auf dem Rücken mit sich führte, je erschüttert. Bei allen Missionen hatte er stets Ruhe und Zuversicht ausgestrahlt. Doch jetzt wirkte er unentschlossen, fast schon ängstlich.

Miller konnte es ihm nicht verdenken. Bisher hatten sie stets Gegner vor sich gehabt, die berechenbar waren. Hier war es anders. Jeder Schritt konnte der letzte sein und scheinbar harmlose Dinge wie Bäume oder Wasserpfützen entpuppten sich plötzlich als tödliche Fallen. Nichts war in diesem Artefakt so, wie es den Anschein hatte.

»Begrabt sie hier neben dem Eingang. Das sind wir ihnen schuldig. Und nehmt die Schrotflinte von Brown mit – die brauchen wir vielleicht noch.«

»Ja, Sir, verstanden, Sir.«

Martinez nickte und wandte sich dem Squad zu, um die Befehle auszuführen. Nur eine halbe Stunde später machten sie sich auf den Weg und durchquerten einer nach dem anderen den leise knisternden Vorhang aus reiner Energie.

Bevor Sergeant Major Gerald J. Miller als letzter durch die blauschillernde Barriere trat, warf er einen Blick zurück zu den beiden frisch aufgeschütteten Gräbern, auf denen die Helme der gefallenen Marines das Sonnenlicht reflektierten. Dann wandte er sich dem Korridor zu, in dem sein Squad bereits auf ihn wartete und marschierte, ohne zu zögern, durch das Kraftfeld.

TEIL 3
Der Koloss

Joshua Falkner sah von dem vier Meter hohen Hologramm auf, das in der Mitte des abgedunkelten Konferenzraumes langsam um sich selbst rotierte. Es zeigte den Koloss auf dem Mars und die bereits erforschten Zonen im Inneren in allen Einzelheiten.

Er seufzte, als sich sein Blick von dem viele Kilometer umfassenden Areal im Zentrum der Projektion löste, das die dort vermutete Umgebung in Weiß- und Grautönen darstellte. Dieses Gebiet war bisher nahezu unbekannt. Seismische Bomben, die nach dem Artefaktkrieg über dem Trapship abgeworfen worden waren, hatten die Hohlräume im Inneren zwar sichtbar gemacht, doch Details waren nicht bekannt.

Josh wusste nur, dass im Zentrum ein zylinderförmiger sechs Kilometer durchmessender Sektor existierte. Und er ahnte, dass die wie Stalagmiten geformten Strukturen, die durch die Reflexionen der Schallwellen in diesem Areal sichtbar geworden waren, eine Stadt darstellten. Eine Metropole die durch die mit Fallen gespickten Außenringe gut gesichert war. Dort musste es Schätze geben, die denjenigen, der sie entdeckte, unsterblich machen würden. Vielleicht sogar im ganz wörtlichen Sinn des Wortes. Technologie, von der die Menschheit bislang nicht zu träumen gewagt hatte, wartete nur darauf, von ihm ausgeschlachtet zu werden.

Seit der Entdeckung vor einem Jahrhundert waren Milliarden von Credits in die Erforschung des ersten Bauwerks geflossen, das zweifelsfrei außerirdischen Ursprungs war. Nach dem kurzen, aber heftigen Artefaktkrieg hatte sich die Menschheit darauf geeinigt, dem Koloss seine Geheimnisse gemeinsam zu entreißen.

Doch alle Versuche, das Bauwerk von außen zu enträtseln, scheiterten kläglich. Die Außenwände waren durch ein undurchdringliches Energiefeld geschützt, das sich nur Millimeter über dem grauen Metall befand und sich sogar unter der Marsoberfläche fortsetzte. Nicht einmal die modernsten Bohrgeräte, Laser oder sonstige Maschinen vermochten das Material auch nur anzukratzen. Selbst dem massiven Beschuss mit Raketen, den ein zutiefst frustrierter amerikanischer General kurz vor dem Ende des Artefaktkrieges angeordnet hatte, hielt das Feld stand.

Wissenschaftlergruppen aus der ganzen Welt waren im Anschluss an den bewaffneten Konflikt zum Mars aufgebrochen, um das außerirdische Artefakt zu erforschen. Sie funkten ihre Forschungsergebnisse hinaus, bevor sie in den unzähligen Fallen den Tod fanden und einer nach dem anderen für immer verstummte. Schon bald war klar, dass es für jeden, der in den Koloss eindrang, ein Abenteuer ohne Wiederkehr war.

Nachdem die erste Euphorie abgeklungen war und viele mutige Frauen und Männer den Tod gefunden hatten, wurden die Freiwilligen selten. Keiner wollte sich mehr in dieses außerirdische Artefakt hineinwagen, das in den Medien schon bald wegen seiner ellipsoiden Form und der tödlichen Fallen als »Trapship« bekannt wurde.

Falkner bevorzugte den Begriff Koloss. Doch eigentlich war es ihm gleichgültig, wie die Konstruktion, die eine Fläche von über hundert Quadratkilometern bedeckte, genannt wurde.

Wichtig war nur, dass sich aus dieser Anlage Profit schlagen ließ. Dass dafür eine ständig bewohnte Marsbasis in unmittelbarer Nähe des Trapships benötigt wurde, in der er quasi als Alleinherrscher regierte, war ein guter Anfang gewesen. So gesehen hatten die Mitglieder der Ares-9 Mission ihr Ziel letztendlich doch noch erreicht.

Joshua war vor über zwei Jahrzehnten auf den Mars gekommen, um an dem Artefakt zu forschen. Natürlich hatte er nie eine Expedition ins Innere begleitet, dafür hing er zu sehr am Leben. Aus sicherer Entfernung schlachtete er die Forschung derjenigen aus, die hineingingen, um nie wieder zurückzukehren.

Deren Funksprüche und Datenströme kamen aus dem Inneren zwar durch, doch jede Art von Materie wurde beim Verlassen des Trapships von dessen Energiefeldschleusen eliminiert. Dabei war es egal, ob es sich um lebende Wesen oder mechanische Konstruktionen handelte. Sobald sich etwas nach draußen in Bewegung setzte, wurde es von den Kraftfeldern in Stücke geschnitten. Und nachdem immer klarer wurde, dass man in dieser gigantischen Mausefalle zwar überleben, jedoch nie wieder heraus gelangen konnte, versiegte der Strom von Forschern und Abenteurern, die sich ins Innere wagten, endgültig. Automatische Sonden übernahmen die Aufgabe, das Artefakt zu erforschen. Was zumindest in der ersten Zone des Trapships auch funktionierte, obwohl jede Art von Energie auf rätselhafte Weise in kürzester Zeit abgezogen wurde, sobald sich die Drohnen durch das innere Schleusenkraftfeld des Kolosses bewegten.

Josh straffte sich und ließ den Blick durch den Konferenzraum schweifen. Die Gespräche der letzten Tage ermüdeten ihn. Doch er musste hier mit aller Kraft und klarem Verstand weiterkämpfen, sonst war es mit Trapzone, dem Spiel, das er ins Leben gerufen hatte und das ihn reich und mächtig gemacht hatte, vorbei. Diese Ignoranten hier wollten die einzige Chance, den Koloss weiter zu erkunden, einfach aufgeben und das musste mit allen Mitteln verhindert werden.

Denn er, Joshua Falkner, hatte nicht sein halbes Leben in dieses Projekt investiert, um jetzt mit eingezogenem Schwanz davongejagt zu werden. Obwohl niemand mehr daran geglaubt hatte, war es ihm vor vielen Jahren gelungen, weiterhin im Trapship zu forschen. Ohne dabei das Leben von wertvollen Gelehrten zu gefährden. Gleichzeitig wurde der Abschaum der Menschheit äußerst gewinnbringend entsorgt und musste nicht mehr in den lunaren Gefängnissen durchgefüttert werden.

»... aus humanitären Überlegungen müssen wir das unwürdige Spektakel beenden, das schon Hunderte von Menschen das Leben kostete!«, schloss in diesem Moment die UN-Repräsentantin Lundmilla Larsen ihre Rede und riss Josh damit endgültig aus seinen Gedanken. Er starrte sie über den kreisförmigen Konferenztisch hin böse an.

»Frau Botschafterin«, fuhr er auf, »Sie wollen uns wirklich der einzigen Quelle an Informationen über dieses marsianische Artefakt berauben, das wir haben?«

Falkner wartete nicht, bis ihm vom Vorsitzenden das Wort erteilt wurde. Emotionsgeladen schnellte er von seinem Stuhl hoch und blickte kämpferisch in die Runde.

»Wie wir alle wissen hat uns der kurze, aber heftige Artefaktkrieg, der nach der Entdeckung vor fast einhundert Jahren entbrannte, den Weg durch die ersten Sektoren geebnet. Doch wie ebenfalls jedem hier bekannt ist, erklärt sich kein Wissenschaftler mehr dazu bereit, ins Innere des Kolosses vorzudringen, solange das eine Reise ohne Wiederkehr ist. Nicht einmal die Abenteurer, die bis vor wenigen Jahren in Scharen hier auf dem Mars eingefallen sind, trauen sich heutzutage noch in das Trapship, das diesem Namen alle Ehre macht.«

Ein empörter Ruf Lundmilla Larsens zwang Falkner, seine Rede zu unterbrechen. »Das gibt Ihnen noch lange nicht das Recht, mit Menschenleben zu spielen, als wären Sie Gott!«

Applaus brandete auf und Joshua nahm verärgert wahr, dass viele Konferenzteilnehmer seiner Gegnerin beipflichteten. Er beeilte sich, mit seiner Rede fortzufahren, bevor die Stimmung im Saal vollends zu seinen Ungunsten kippte:

»Verehrte Anwesende! Wir können jetzt nicht einfach aufgeben und so tun, als ob es den Koloss nicht gäbe. Jeder Mensch, der bisher dort hineingegangen ist, wäre dann umsonst gestorben. Nur wenn wir bis in den zentralen Bereich vordringen und von hier die Fallen und Energiefelder ausschalten, können wir die Geheimnisse dieser einzigartigen Anlage lüften. Und diese werden die Menschheit technologisch so weit nach vorne katapultieren, wie noch kein Ereignis je zuvor.«

»Was bringt Sie eigentlich auf die verrückte Idee, wir könnten von dort drinnen den Koloss kontrollieren?«, hallte Lundmilla Larsens Stimme erneut durch den Saal. »Und wieso denken Sie, es wäre möglich, bis in den zentralen Bereich vorzudringen? Sind Sie neuerdings unter die Wahrsager gegangen?«

Während vereinzelt amüsiertes Lachen erklang, sprang sie nun ebenfalls angriffslustig von ihrem Sessel am anderen Ende des Tisches auf.

Falkner ignorierte die aufgebrachte Frau und tat ihren Einwand mit einer verächtlichen Handbewegung ab. Er war es nicht gewohnt, unterbrochen oder sogar ausgelacht zu werden. Doch er versuchte, ruhig zu bleiben und sich nicht von dieser impertinenten Person aus dem Konzept bringen zu lassen. Mit gefährlich leiser Stimme fuhr er fort.

»Ich bin mir sicher, dass wir es können. Die Aussicht auf Wissen, das heute noch unvorstellbar ist, sollte uns den Einsatz der Gefangenen aus den lunaren Gefängnissen wert sein. Die Todeskandidaten dort sterben sowieso in den Kobaltminen des Mondes. Und vergessen Sie bitte eines nicht: Jeder kann frei wählen. Niemand wird gezwungen, an Trapzone teilzunehmen.«

»Das ist eine Lüge«, rief Lundmilla Larsen aufgebracht durch den Saal und zeigte mit ausgestrecktem Arm auf Falkner, »und Sie wissen es!«

Josh lächelte sie entwaffnend an und streckte ihr beide Arme mit geöffneten Händen entgegen.

»Aber, Frau Botschafterin«, rief er erstaunt aus, »wie kommen Sie nur auf so eine Idee? Wir wollen doch hier eine Lösung erarbeiten und uns nicht gegenseitig lächerliche Beschuldigungen an die Köpfe werfen, für die Sie im Übrigen keinerlei Beweise vorlegen konnten, oder?«

Selbstverständlich wusste er, dass nicht alle Kandidaten wirklich aus freien Stücken zum Mars flogen. Aber das würde nie jemand beweisen können. Schon gar nicht eine übermotivierte Politikerin, die sich für diese Konferenz aus dem sicheren Hauptsitz am Genfer See auf den roten Planeten gewagt hatte.

Natürlich hatte es sich auch in den Mondgefängnissen herumgesprochen, dass die Teilnahme an Trapzone einem Todesurteil gleichkam. Doch die Überredungskünste der Gefängniswachen, deren Namen sich zum größten Teil auf Falkners Lohnliste fanden, wirkten da Wunder. Und für die ganz Unbeugsamen gab es ja auch noch Beruhigungsmittel. Wenn sie dann im Transfer zum Mars aufwachten, war es zu spät. Keiner konnte zurück. Und niemand hörte je die Anschuldigungen der Todeskandidaten, die nicht ganz freiwillig zu dem tödlichen Spiel gestartet waren. Dafür hatte Falkner seine Kommandocrew, die alles, was der Öffentlichkeit präsentiert wurde, passend zusammenschnitt.

Zustimmendes Gemurmel erhob sich nach seinen letzten Worten in dem abgedunkelten Konferenzraum. Lundmilla Larsen protestierte erneut laut, doch das würde ihr im Moment nichts nutzen. Falkner witterte seine Chance und ging zum Angriff über.

»Lassen Sie uns abstimmen!«, rief er in die Runde. »Wer ist dafür, Trapzone fortzusetzen, um vielleicht noch in diesem Jahrzehnt die Geheimnisse des Kolosses zu lüften? Wer möchte die Menschheit in die Lage versetzen, den interstellaren Raum zu erforschen? Denn von irgendwoher muss das fallenverseuchte Artefakt ja stammen. Und so viel wissen wir mittlerweile immerhin: marsianisch ist es jedenfalls nicht!«

Er streckte betont langsam den rechten Arm in die Höhe und sah sich auffordernd um. Die Direktoren der lunaren Gefängnisse, die auf seiner linken Seite saßen, folgten seinem Beispiel ohne Verzögerung.

Logisch, dachte er, *die sind froh, wenn sie ein paar der unliebsamsten Verbrecher loswerden. Und auf keinen*

Fall wollen sie, dass der Geldstrom, der auf ihre Schweizer Konten fließt, versiegt.

Falkner ließ den Blick durch den Saal schweifen. Einige Vorstandsmitglieder der größeren Konzerne hoben ebenfalls zögernd die Hände. Das war vorherzusehen gewesen, denn auch sie strichen ordentliche Gewinne mit der Vermarktung von Trapzone ein. Falkner grinste zufrieden, doch als weitere Meldungen ausblieben, schoss ihm der Schweiß aus allen Poren. Er war sich keineswegs mehr sicher, die Mehrheit auf seiner Seite zu haben. Eine Stimme zu wenig und das Projekt, in das er bereits so viel investiert hatte, würde sterben.

Larsen erhob sich am anderen Ende des Tisches. Nicht so enthusiastisch wie er, aber mit raubtierhafter Eleganz.

»Und wer dafür ist, dieses menschenverachtende und unserer Zivilisation unwürdige Spektakel endgültig zu beenden, meldet sich bitte jetzt«, hallte ihre Stimme durch den Saal.

Verdammt noch mal, unentschieden, dachte Falkner, als das Ergebnis Augenblicke später feststand. Er ließ sich wutschnaubend wieder in seinen Sessel fallen, während die UN-Botschafterin erneut die Stimme erhob.

»Wir haben also ein Patt. Da ich nicht denke, dass es heute Abend noch gelingt, eine Entscheidung herbeizuführen, sollten wir weitere Verhandlungen auf morgen verschieben. Wer stimmt dafür?«

Nun hoben alle Teilnehmer zustimmend die Hände. Auch Falkner nickte, erhob sich aus seinem Sessel und rief in die sich auflösende Runde: »Ich möchte Sie noch an das Bankett erinnern, das in zwei Stunden beginnt. Ich freue mich darauf, Sie dort als meine Gäste begrüßen zu dürfen, und wünsche uns allen nach dieser hitzigen Diskussion einen angenehmen Abend.«

Erfreuter Beifall wurde laut, während sich der Saal schnell leerte. Joshua verließ als Letzter den Raum, nachdem er seinem Sicherheitschef noch einige Anweisungen zugeraunt hatte. Dann beeilte er sich, die übrigen Teilnehmer der Konferenz einzuholen. Bei dem gemeinsamen Abendessen würde sich vielleicht die Gelegenheit ergeben, den einen oder anderen von ihnen auf seine Seite zu ziehen. Den Unentschlossenen, die sich momentan noch weigerten, ihre Stimme abzugeben, konnte möglicherweise eine großzügige Spende zu einem Stimmungswandel verhelfen. Und auch für die vollkommen Unbelehrbaren, wie Botschafterin Larsen, die ihm heute Abend den Sieg gestohlen hatte, gab es eine Lösung. Falkner lächelte heimtückisch. Die Politikerin hatte ja keine Ahnung, wie gefährlich es auf dem Mars sein konnte.

Der letzte Tag

Norwegen, Oslo:

Atemlose Stille herrschte in dem abgedunkelten Raum. Nur das leise Ticken der altertümlich wirkenden mechanischen Schachuhr aus Ebenholz war zu hören. Auf dem von allen Seiten gut einsehbaren Podium in der Mitte des Saals griff Marc Sanders nach kurzer Überlegung zum Springer und zog.

»Schachmatt«, verkündete er leise. Die letzten drei Stunden hatten ihm alles abverlangt, aber nun war es vollbracht.

»Gratulation«, kam es von seinem Gegner, der sich erhob, um ihm die Hand zu schütteln, »das war eine außergewöhnliche Partie!«

Der aufbrandende Applaus des Publikums übertönte Marcs Entgegnung und die Lichter im Saal flammten auf. Geblendet von der plötzlichen Helligkeit schloss der neue amtierende Schachweltmeister die Augen, während er sich dem Spielleiter zuwandte, der bereits mit dem Pokal auf ihn zueilte.

Stunden später ließ sich Professor Sanders in seinem Stuhl zurückfallen und gähnte gelangweilt. Schach war seine große Leidenschaft, doch den ganzen Rummel nach einer gewonnenen Partie konnte er nicht ausstehen. Und heute war es besonders schlimm.

Das Bankett zu Ehren seines Sieges ließ er ebenso über sich ergehen wie das halbe Dutzend Lobeshymnen, das ohne Pause auf ihn gesungen wurde. Wenigstens benötigte er dafür keinen Simultanübersetzer, da er achtzehn Sprachen fließend beherrschte. Oft reichten ihm schon wenige gesprochene Sätze aus, um das Gehörte zu verstehen. Woher dieses Talent kam, hatte er nie begriffen und sich auch nichts darauf eingebildet. Was nicht hieß, dass er seine Fähigkeiten nicht zu nutzen wusste. Die hatten ihm immerhin einen Lehrstuhl für angewandte Sprachwissenschaft und Kryptologie an einer renommierten Universität in Frankreich eingebracht. Und darüber hinaus spülten Aufträge aus Privatwirtschaft und Politik immer wieder zusätzliche Geldbeträge in seine Kasse, von denen es sich mehr als sorgenfrei leben ließ.

Marcs Gedanken schweiften während einer besonders langweiligen Rede zu seinem absoluten Lieblingsprojekt ab, das - wie er sich leider eingestehen musste – auch seine bisher größte Niederlage war. Nur bei dieser einen Aufgabe war er bislang an einer Dechiffrierung gescheitert. Und die hatte ausgerechnet mit dem Projekt zu tun, das er schon seit seiner Kindheit mit an Fanatismus grenzender Neugier und Beharrlichkeit verfolgte. Alles, was er in die Finger bekommen konnte, hatte er über den Koloss auf dem Mars gesammelt.

So war er schließlich nicht nur zu einem hervorragenden Schachspieler, einer Autorität für die Sprachen des Altertums und Experte der Kryptologie geworden. Die akribische Sammlung und Auswertung aller Daten hatte ihn außerdem zu einem anerkannten Fachmann des Kolosses auf dem roten Planeten gemacht.

In dieser Funktion war er erst vor Kurzem auf den Mars gereist, um der Administration vor Ort bei der Analyse eines Artefakts und der Übersetzung des darauf enthaltenen Textfragments zu helfen.

Die metallisch schimmernde Folie, die bei der Erkundung des ersten Sektors von einem Roboter gefunden worden war, bestand aus Zeichen, die entfernt an altnordische Runen erinnerten. Obwohl die hochauflösenden Bilder und Hologramme das Fragment bis ins letzte Detail abbildeten, hatte es letztendlich nicht genügend Anhaltspunkte für eine Übersetzung enthalten und so war Marc nach einigen Wochen auf dem Mars unverrichteter Dinge abgereist.

So schnell es die Etikette zuließ, entfloh er den Festlichkeiten mit einer lahmen Ausrede, um sich in die Ruhe seiner Hotelsuite zurückzuziehen. Er wollte allein sein, um sich mit den außerirdischen Schriftzeichen zu befassen, die sich für immer in sein Gedächtnis eingebrannt hatten.

Doch auch nachdem er weitere Stunden über diesem Rätsel gebrütet hatte, kam er der Lösung keinen Schritt näher. Er erhob sich ächzend von dem mächtigen Eichenholzschreibtisch in seiner Hotelsuite und trat an eines der bodentiefen Fenster. Doch von dem, was draußen vor sich ging, nahm er nichts wahr.

Noch immer war sein Gehirn mit den außerirdischen Zeichen beschäftigt. Lange Minuten stand er regungslos da, während er zum tausendsten Mal versuchte, die Logik in der extraterrestrischen Sprache zu entschlüsseln. Doch es gelang ihm auch diesmal nicht.

Frustriert schüttelte er sich und streckte die knackenden Gelenke. Wie aus einem Traum erwachend, registrierte er erstmals die atemberaubende Aussicht auf den Königspalast und den angrenzenden Park. Es begann zu schneien. Die Flocken tanzten vor seinem Fenster vorbei und sammelten sich als dünne, graue Decke auf dem breiten Balkon. Wie überall auf der Welt hatte auch hier der Schnee nicht die strahlend weiße Farbe, die Marc noch aus seiner Jugend kannte. Abgase und Feinstaub sorgten dafür, dass die Flocken eine stumpfe graue Färbung angenommen hatten. Trotzdem war der Anblick, der sich ihm bot, als er seinen Blick über die schneebedeckte Landschaft gleiten ließ, atemberaubend.

»Da haben sich die Veranstalter nicht lumpen lassen«, brummte er anerkennend.

Die Anspannung der letzten Stunden fiel langsam von ihm ab und Marc beschloss, den Abend mit einem Bier und etwas Entspannung ausklingen zu lassen. Er wandte sich der Küchenzeile der Suite zu.

Erfreut musterte er die beachtliche Auswahl verschiedenster Getränke aus der ganzen Welt, die in einem Kühlschrank lagerten, welcher mit der Bezeichnung Minibar nicht mehr das Geringste zu tun hatte.

Er entschied sich für sein Lieblingsbier – ein Guinness – und schnalzte wohlwollend mit der Zunge, als der erste Schluck des irischen Gerstensaftes kalt durch seine Kehle rann. Dann warf er sich aufs Bett und aktivierte die Unterhaltungselektronik. Das Hotel verfügte über eine der neuesten Videotapeten und die gesamte gegenüberliegende Wand flammte auf und verwandelte sich in einen Großbildschirm.

Marc pfiff anerkennend durch die Zähne. Das Bild war trotz seiner Größe von bestechender Qualität. Die Elektronik in dieser Suite musste ein Vermögen gekostet haben. Er genoss das Bier und wühlte sich durch die Streams, um schließlich bei der Übertragung einer Zirkusshow aus China hängen zu bleiben. Eine junge Artistin wirbelte in einer atemberaubenden Choreografie über die Bühne, während rund um sie Flammensäulen aus dem Boden schossen. Mehrere Male hielt Marc den Atem an, als die asiatische Künstlerin den Lohen nur um Haaresbreite entging.

Er trank einen weiteren Schluck und versuchte, der anschließenden Vorführung zweier Kampfmönche zu folgen. Doch es fiel ihm plötzlich schwer, die Augen offen zu halten.

Was ist denn auf einmal mit mir los?, wunderte er sich, während er sich bemühte, das Guinness auf den gläsernen Nachttisch neben seinem Bett zu stellen. Es gelang ihm nicht, sein Vorhaben durchzuführen. Als die halb geleerte Bierflasche aus seiner Hand glitt und auf den Boden klapperte, bekam er das bereits nicht mehr mit.

Und auch das leise Knarren, mit dem seine Zimmertür kurze Zeit später aufschwang, nahm er ebenso wenig wahr, wie den Schatten, der in die Suite hereinglitt.

China, Peking, Chaoyang Theater

Für Shiyan Wang erfüllte sich ihr Lebenstraum. Sie war hoch konzentriert und ging im Geist noch einmal den genauen Ablauf ihrer Show durch. Die Vorführung, die in wenigen Sekunden begann, war alles andere als einfach. Mit ihrem Trainer hatte sie monatelang an der spektakulären Nummer gearbeitet. Nun stand die durchtrainierte Artistin am Rand der Bühne des Chaoyang-Theaters und wartete darauf, dass der Trommelwirbel verstummte.

Endlich war es so weit. Die Chinesin bog ihren Körper nach hinten durch, bis ihre Hände die kühle Bühne berührten. Als sie die Füße abhob und in den Handstand ging, fauchte an der Stelle, an der sie eben noch gestanden hatte, ein Feuerstrahl aus dem Boden, der die ersten Reihen des abgedunkelten Publikumsraums hell erleuchtete. Shiyan spürte die Hitze im Rücken, als sie sich anspannte und mit einem Satz in die Luft hechtete. Erneut flammte es hinter ihr auf und das Publikum stöhnte entgeistert auf. Eine Sekunde später und sie wäre von dem Flammenstrahl geröstet worden. Die Artistin bekam davon nichts mit und konzentrierte sich auf ihre Choreografie. Immer wieder entging sie nur um

Haaresbreite den Feuersäulen, während sie in einem exakt vorherbestimmten Muster über die Bühne wirbelte.

Nachdem sie die Vorführung mit einem doppelten Salto rückwärts durch eine Feuerwolke abschloss, flammten im Saal die Lichter auf, die Menschen sprangen von den Stühlen hoch und applaudierten begeistert. Shiyan wandte sich strahlend ihrem Publikum zu und bedankte sich für den tosenden Applaus mit mehreren tiefen Verbeugungen.

Sie war unendlich froh darüber, dass bei ihrem ersten Auftritt alles gut gegangen war. Glücklich winkte sie ein letztes Mal in die Menge und verließ die Bühne, während die Zuschauer noch immer frenetisch Beifall klatschten.

Sie hatte es verdient. Seit Jahren hatte es keine so spektakuläre Show einer Artistin in dem berühmten Theater in Peking gegeben. Shiyan war zu Recht stolz auf ihre Leistung. Endlich hatte sich das jahrelange harte Training in der Artistenschule gelohnt. Seit ihrem fünften Lebensjahr lebte sie dort und die Gemeinschaft der Zirkuskünstler war im wahrsten Sinne des Wortes zu ihrer Familie geworden. Und nun, nach ihrem ersten Soloauftritt, hatte sie es geschafft und durfte sich endlich als vollwertige Akrobatin bezeichnen. Ab jetzt würde sie mit dem Zirkus durch die Welt reisen und fremde Länder besuchen, wie es nur wenigen chinesischen Staatsbürgern gestattet wurde.

Noch Stunden später als der Auftritt längst vorbei war, pochte das Adrenalin durch ihre Adern. Sie hatte sich nach dem gemeinschaftlichen Essen mit den

Kolleginnen und Kollegen der Künstlertruppe in ihren kleinen Wohnwagen zurückgezogen. Doch an Schlafen wollte sie noch nicht denken. Zu aufregend waren die Ereignisse des Tages gewesen.

Sie griff nach dem Jasmintee, den ihr eine freundliche Seele auf den Tisch gestellt hatte, und schenkte sich etwas davon in eine kunstvoll verzierte Porzellanschale ein. Schon beim ersten Schluck überkam sie eine Müdigkeit, die sich Shiyan nicht erklären konnte. Sie stellte die Schale vorsichtig auf den Tisch zurück, ging hinüber zu ihrem Bett und ließ sich hineinfallen. Sekunden später schlief sie so tief, dass sie nicht einmal mehr mitbekam, wie sich die Tür zu ihrem Wohnwagen leise öffnete.

Sowjetische Republik, Moskau

»Verdammt, das war so nicht geplant«, stieß der junge Russe aus und fuhr sich durch die fettigen Strähnen seiner schulterlangen Haare, die er zu einem Zopf zusammengebunden hatte. Baran Kowros hatte die letzten Stunden wie festgeklebt auf seinem abgewetzten Bürostuhl gesessen und mit brennenden Augen in die vier Monitore gestarrt, die auf einer alten Schreibtischplatte vor ihm standen. Sein Zimmer in einer der ärmeren Gegenden von Moskau hatte definitiv schon bessere Zeiten gesehen und das traf auch auf den Hacker zu, der hier den Großteil seines Lebens verbrachte.

Oder vielmehr verbracht hat, dachte Baran. *Wenn es mir nicht gelingt, schnell genug meine Spuren zu verwischen, dann werde ich das hübsche Zimmer hier sicher gegen eine vermoderte Zelle in irgendeinem abgelegenen Gefängnis in Sibirien eintauschen.*

Fieberhaft tippte er auf die Tastatur ein, die vor ihm lag. Mit traumwandlerischer Sicherheit und einer unglaublichen Geschwindigkeit flogen seine Finger über die Tasten und gaben Befehle ein. Gleichzeitig sah er sich die Bilder in den Nachrichten an, die von einer Handykamera gefilmt worden waren.

Ein hochfliegendes Objekt war darauf zu erkennen, dessen Kondensstreifen sich über den Himmel zog. Die Laufschrift im unteren Bereich des russischen Staatsfernsehens wies es als Interkontinentalrakete der asiatischen Allianz aus, die aus einem Silo am Schwarzen Meer gestartet war und auf das Mittelmeer zuflog. Ein zweiter, silbern glänzender Flugkörper kam ins Bild, der auf die Rakete zu jagte und mit dieser in einer spektakulären Explosion verging. Wrackteile fielen vom Himmel und die zitternde Kamera verfolgte, wie sie dicht vor einem von Touristen bevölkerten weißen Sandstrand brennend ins Meer stürzten.

Baran hatte den Film nun schon einige Male gesehen.

»Kunststück«, fluchte er leise, »die bringen das ja seit einer Stunde auf allen Kanälen!«

Auch die sich überschlagenden Beteuerungen des asiatischen Generals, der wiederholt darauf hinwies, es handle sich nicht um einen Angriff, sondern um eine Fehlfunktion der Rakete, kannte er bereits auswendig.

»Fehlfunktion«, grinste er, »ganz sicher nicht!«

Da er der Verursacher des Raketenstarts war, musste er sich weder die Filmaufnahmen, noch die Beteuerungen des chinesischen Militärs ansehen. Schließlich hatte er den Aufprall des Projektils hautnah miterlebt. Jedenfalls beinahe! Die Kamera in der Spitze der Langstreckenrakete, die auf seinen Befehl hin aus einem der unterirdischen Silos am Kaspischen Meer gestartet war, hatte hochauflösende Bilder gesendet. Zumindest bis zum Einschlag des Flugkörpers, der sie abgefangen hatte.

»So ein Mist aber auch«, fluchte Baran erneut, während er die überdimensionale Brille auf seiner Nase zurechtrückte und weiterhin versuchte, sämtliche Indizien, die auf ihn hinwiesen, aus dem Netz zu tilgen.

Dabei hatte er überhaupt nicht vorgehabt, die Rakete wirklich abheben zu lassen. Doch die vollkommen veralteten Startsequenzen ließen sich – einmal aktiviert – nicht mehr stoppen. Es war ihm nur darum gegangen, zu beweisen, wie schlecht die asiatischen Atomraketen gesichert waren und wie leicht man sie manipulieren konnte. Und das war ihm ja auch offensichtlich geglückt.

Baran wusste, dass es ihm nicht gelungen war, seine Spuren gut genug zu verwischen, als er laute Schritte im Treppenhaus des heruntergekommenen Wohnsilos hörte. Und er ahnte außerdem, dass seine Chance, lebend aus der Sache herauszukommen, verschwindend gering war, wenn er jetzt einen Fluchtversuch unternahm. Im besten

Fall schlugen ihn die Sicherheitskräfte nur zusammen, die bestimmt schon um das ganze Gebäude verteilt auf ihn warteten. Und noch wahrscheinlicher war es, dass sie ihn einfach gleich erschossen. Er hing zu sehr am Leben, um dieses Risiko einzugehen. Wenn die Alternative einer lebenslangen Haft irgendwo in einer schimmeligen Zelle am Arsch der Welt auch kaum mehr Charme hatte.

Als Fäuste gegen seine Tür donnerten und ihn aufforderten, sich sofort zu ergeben und zu öffnen, kam er diesem Befehl ohne zu zögern nach. Und als sich die kalten Handschellen hinter seinem Rücken um seine Handgelenke schlossen, wusste er, dass seine Tage als einer der besten Hacker der Russischen Föderation gezählt waren.

Bahamas, Long Islands, Dean's Blue Hole

Alan Hutchinson saß auf der weiß schimmernden Plattform, die auf dem dunkelblauen Teich trieb, und ließ die Beine ins warme Wasser baumeln. Trotz der Hitze, die hier herrschte, fuhr ihm ein kalter Schauer über den Rücken, als er in die unergründliche Tiefe des blauen Loches blickte. Der dunkle Abgrund, der unter der Tauchplattform gähnte, führte hier gute zweihundert Meter hinab.

»Keine zehn Pferde brächten mich dazu, hier ohne Sauerstoff zu tauchen«, murmelte er leise, während er den Luftblasen zusah, die sich aus der Tiefe herauf kämpften, um als große schillernde Ringe an der Oberfläche zu zerplatzen. Bisher machte er sich keine Sorgen. Doch seine Miene wurde zunehmend angespannter, je weiter die Sekunden verflossen. Die Stoppuhr, die er in der Hand hielt, zeigte bereits über acht Minuten an und noch immer war nichts in der dunkelblauen Tiefe zu sehen. Als die Anzeige sich dem kritischen Bereich näherte, kontrollierte er sein Atemgerät, spuckte in die Taucherbrille und wusch sie mit klarem Wasser aus, bevor er sie über die Augen zog. Als er das Mundstück zwischen die Zähne nahm und sich von der Plattform gleiten ließ, tauchte unter ihm ein Schatten aus der Tiefe. Erleichtert atmete Alan auf und sah der Taucherin dabei zu, wie sie langsam zur Oberfläche emporstieg.

Mit leisem Plätschern zog sich Evelina Russo auf die Plattform und blieb einige Augenblicke laut atmend sitzen. Dann wandte sie sich Alan zu.

»Und, wie war ich?«, keuchte sie immer noch atemlos.

»Zehn Minuten, zwölf Sekunden«, erwiderte Alan, »kein neuer Rekord, aber knapp dran. Hast du es bis ganz runter geschafft?«

Evelina zog die Haube des Taucheranzugs vom Kopf und schüttelte ihre kastanienbraunen Haare, die in der hellen Mittagssonne fast kupferrot leuchteten. Die feuchten Locken ringelten sich bis hinab zu ihren Schultern und Alan war wieder einmal davon gefesselt, wie gut die italienische Taucherin aussah, mit der er die letzten Jahre um die Welt reiste. Doch bisher war ihre Beziehung nicht über eine Freundschaft hinausgegangen, was sich sicher zum größten Teil auf seine mangelnde Entscheidungsfreudigkeit in Beziehungsdingen zurückführen ließ.

Verdammt schade eigentlich, dachte er.

Während er noch überlegte, ob jetzt der Zeitpunkt für eine Annäherung gekommen war, lachte sie leise auf, gab ihm einen Kuss auf die Wange und hielt ihm ihre rechte Faust hin.

»Hab dir was mitgebracht«, rief sie vergnügt und drückte ihm eine zerdrückte Coladose in die Hand, die Alan angewidert musterte.

»Echt jetzt, schon wieder eine?«

Alan verfluchte sich wegen seiner Unentschlossenheit. Doch er besah sich das Fundstück aufmerksam. »Wenn du so weitermachst, können wir bald eine Ausstellung eröffnen. Verdammt! Gibt es denn nirgendwo auf der Welt mehr einen Platz, an dem man keinen Müll findet?«

Er packte die Dose ein, zog sich die Taucherbrille vors Gesicht und ließ sich erneut ins warme Wasser des blauen Loches gleiten.

»Los komm, wer zuletzt am Ufer ist, spendiert heute Abend das Essen!«

Deutschland, Berlin, vorderasiatisches Museum

Die mondlose Nacht umhüllte das nächtliche, stille Berlin wie eine schwarze Decke. Sterne blitzten sporadisch durch den wolkenverhangenen Himmel und tauchten die Stadt in diffuses Halbdunkel, während vereinzelte Schneeflocken durch die eiskalte Luft tanzten.

Ein Schatten löste sich vom Giebel des Pergamonmuseums, glitt die Dachschräge hinab und huschte auf eine der gläsernen Kuppeln des Museums zu. Kein Geräusch war zu hören, als der Eindringling den Rucksack abnahm und einen modifizierten Plasmaschneider herauszog. Nur kurz war ein leises Prasseln vernehmbar, während sich der mehrere tausend Grad heiße Strahl durch den Stahl des Sicherungsgitters fraß, als wäre es Butter. Mit einem Diamantschneider, den der Dieb aus dem Gürtel zog, schnitt er im Anschluss ein kreisrundes Stück aus der darunterliegenden Scheibe, die er geräuschlos mit einem vorher angebrachten Glassauger zur Seite legte. Nach genau vier Minuten war der Weg in den Saal hinunter frei.

Wie vorherberechnet, schmunzelte Maja Mayers. *Ich liebe es, wenn ein Plan funktioniert!*

Ein leises Rascheln war zu hören, als sich ihr Seil fast geräuschlos abwickelte und vom Dach hinab in die Halle fiel, wo das Ende zwei Meter über dem Boden langsam hin und her schaukelte. Die Länge war exakt berechnet und hatte Maja einiges an Recherchen und mehrere Museumsbesuche mit dem Entfernungsmesser gekostet, der eigens für diesen Einsatz angefertigt worden war. Von keinem Scanner erfassbar, nichtmetallisch und handgefertigt war das kleine Gerät exorbitant teuer gewesen. Doch Maja war in der Branche bekannt dafür, ihre Aufträge präzise vorzubereiten und absolut professionell durchzuziehen. Koste es, was es wolle. Und daran sollte auch der heutige Job nichts ändern.

Die schlanke Frau in dem enganliegenden schwarzen Anzug mit der Kapuze, der ihr das Aussehen eines japanischen Ninjakämpfers verlieh, klinkte sich ein und glitt mit dem Kopf voran lautlos in die Tiefe. Kurz vor dem Ende des Seils stoppte sie die automatische Winde und entnahm ihrem Gürtel eine Dose. In dem Nebel, den sie versprühte, flackerten die grünen Strahlen des Lasergitters unter ihr auf. Maja brauchte nur Sekundenbruchteile, um zu erkennen, dass ein Durchkommen von oben vollkommen unmöglich war.

Sie zog eine Gaspistole aus dem Gürtel, zielte und schoss dann auf einen Pfeiler des Ischtar-Tores, das in diesem Saal an der Wand aufgebaut war. Knirschend bohrte sich die Harpunenspitze in den Stein.

Glücklicherweise ist das nur eine Rekonstruktion, dachte sie, während die Winde sie mit kaum wahrnehmbarem Surren hinüberzog. Kurz darauf saß sie im Schatten des mesopotamischen Nachbaus, dessen Original einst die Mauern von Babylon geziert hatte. Vorsichtig spähte Maja in alle Richtungen und wartete ab, bis sich ihr Puls beruhigte. Niemand hatte ihr Kommen bemerkt.

Minutenlang beobachtete sie aus ihrem Versteck heraus den Rhythmus der Laserbarrieren, die sich auf ihren vorgegebenen Wegen durch den Raum bewegten und jeden Zentimeter des Saals abtasteten. Als die athletische Frau schließlich aus dem Schatten trat, hatte sie sich das Muster genau eingeprägt.

Die Laserlichtschranken, die nach Museumsschließung den Raum sicherten, waren bei diesem Job die größte Herausforderung. Maja hatte zu ihrem großen Bedauern keinen Weg gefunden, sie im Vorfeld zu deaktivieren. Nachdem auch weiterhin alles ruhig blieb, schlich die Diebin aus ihrer Deckung und wagte sich in das Laserfeld. Mit anmutigen Bewegungen glitt sie hinein, streckte sich hier, duckte sich dort, sprang hoch und drehte Pirouetten zwischen den letzten Strahlen hindurch. Schweratmend stand sie endlich vor der hüfthohen Säule, unter deren Glaskuppel sich der Gegenstand befand, dem ihr heutiger Einbruch galt.

Der goldene sumerische Zeremonialdolch aus der frühen dritten Dynastie schimmerte im Mondlicht, das durch die Deckenfenster fiel. Die Leihgabe des ägyptischen Staates mit ihrer intarsienverzierten Scheide aus Gold war unbezahlbar. Und unverkäuflich, denn sonst hätte ihr Auftraggeber, ein irakischer Multimilliardär sie sicher schon in ihren Besitz gebracht.

Glück für mich, dachte Maja, *immerhin lässt er für dieses Schmuckstück eine ordentliche Summe springen.*

Sie ließ den Rucksack zu Boden gleiten, zog ein modifiziertes Laserskalpell aus der Halterung an ihrem rechten Stiefel und schnitt am Sockel ein Stück der Edelstahloberfläche auf. Dann nahm sie eine kleine Zange zur

Hand und trennte eines der Kabel im Inneren der Säule durch.

Puh, damit sollte der Schwerkraftsensor in der Bodenplatte des Dolches deaktiviert sein.

Sie atmete erleichtert auf, zog erneut den Diamantschneider aus dem Gürtel und trennte ein Stück aus der Glaskuppel, die das Objekt ihrer Begierde auf seinem Ständer in der Vitrine schützte. Nun würde sich zeigen, ob sie das Sicherheitssystem tatsächlich überlistet hatte.

Mit spitzen Fingern und angehaltenem Atem zog sie die Waffe durch das Loch im Glas heraus. Die Diebin lauschte in die Stille der Nacht, doch noch immer blieb alles friedlich. Maja steckte die Klinge in die Scheide und packte den Dolch in eine schwarze Schatulle, die sie ebenfalls mitgebracht hatte. Mit einem leisen Schmatzen glitt er in die Negativform aus Silikon, die ihn luftdicht versiegelte, als sie den Deckel schloss. Kästchen und Glasschneider wanderten zurück in den Rucksack, den sich die drahtige Diebin wieder auf den Rücken schnallte. Während sie sich lautlos die wenigen Meter zu ihrem Seil zurückzog, flammten plötzlich die Lichter im Saal auf. Geblendet schloss Maja für einen kurzen Augenblick die Augen.

»Halt, stehen bleiben, oder ich schieße«, rief eine Stimme von der Eingangstür herüber. Doch die schwarz gekleidete Frau dachte überhaupt nicht daran, der Aufforderung nachzukommen. Sie legte den letzten Meter in einem Satz zurück, klinkte die automatische Seilrolle ein und ließ sich nach oben ziehen.

Unter ihr knallte ein Schuss und Maja spürte einen heißen Stich im rechten Oberschenkel.

»Verdammt«, fluchte sie leise, während sie das Dach erreichte und sich stöhnend durch die Luke nach draußen zog, »der Kerl hat tatsächlich auf mich geschossen!«

Sie sprang auf, knickte aber wieder ein und fiel auf das harte Betondach.

»So wird das nichts«, dachte sie, während im Museum unter ihr aufgeregte Stimmen laut wurden. »Ich muss hier sofort weg.«

Ihr ursprünglicher Fluchtplan war nun undurchführbar. Mit einem Bein, auf dem sie kaum stehen konnte, würde sie zu Fuß niemals den unscheinbaren Minivan erreichen, den sie am Kupfergraben gegenüber geparkt hatte, um damit in aller Seelenruhe im Dunkel der Nacht zu verschwinden.

Dann also Plan B, dachte sie und kämpfte sich bis zum Rand des Daches. Sie plante immer einen zweiten Ausweg ein. Das hatte ihr schon einige Male die Haut gerettet. Wenn der Ersatzplan heute auch nichts war, was ihren Neigungen sonderlich entgegenkam. Im Schwimmen war sie noch nie die Beste gewesen, doch im Moment blieb ihr keine andere Wahl. Unter Aufbietung der letzten Kraftreserven richtete sie sich auf und sprang in die dunklen Fluten der direkt am Museum vorbeifließenden Spree. Der Aufprall im kalten Wasser drückte ihr die Luft aus den Lungen. Für einen kurzen Moment dachte sie, es wäre vorbei. Maja kämpfte um ihr Leben und nach wenigen Sekunden durchbrach sie prustend die Wasseroberfläche. Knapp zweihundert Meter ließ sie sich von dem träge fließenden Strom dahintreiben, bevor sie ans gegenüberliegende Ufer paddelte. Im dunklen Wasser der Spree kühlte sie schnell aus, doch endlich sah sie die Umrisse der Monbijoubrücke, die sich vor ihr aus dem Dämmerlicht schälten. Hier gab es eine kleine Steintreppe, die aus dem Kanal herausführte und von der aus es nur noch wenige Meter bis zu ihrem Fluchtfahrzeug waren. Maja schwamm mit letzter Kraft darauf zu, doch Unterkühlung und Blutverlust sorgten dafür, dass ihre kraftlosen klammen Finger an den vereisten Stufen abrutschten und sie unter der Brücke hindurchgetrieben wurde. In Panik krallte sie sich in die Ritzen der Ufermauer, die senkrecht vor ihr aufragte. Auch rechts und links war keine Möglichkeit, dem eiskalten Wasser zu entkommen. Ohne die Schusswunde hätte sie es mit Sicherheit geschafft, durch den gemächlich dahinfließenden Strom zu schwimmen, um weiter flussabwärts an Land zu gehen. In ihrem momentanen Zustand war daran jedoch nicht einmal zu denken.

Unmöglich, dachte sie panisch. Immer wieder rutschte sie an der glitschigen Wand ab, als sie verzweifelt versuchte, hinaufzukommen.

Ich werde hier ersaufen wie eine Ratte.

Ein Rettungsring landete aufspritzend neben ihr.

»Halten Sie sich daran fest«, rief eine Männerstimme von oben. »Ich ziehe sie herauf.«

Als sie kurz darauf vollkommen durchnässt und zitternd auf den kalten Steinen der Uferpromenade lag und in das lächelnde Gesicht ihres Retters blickte, kam ihr das beinahe wie der Beginn eines zweiten Lebens vor. Allerdings nur, bis sich der Mann vorstellte.

»Hauptkommissar Erwin Richter. Darf ich den Rucksack haben? Ich denke, darin befindet sich etwas, was nicht Ihnen gehört!«

Schweden, Malmö, Roskildevägen

Fynn Johannson schloss die Tür hinter seiner Besucherin und trat ans Fenster seiner gemütlichen Wohnung. Er liebte es, hier in Malmö direkt am Pildammspark zu wohnen und zu arbeiten. Die Aussicht aus dem vierten Stock des großen, rot verklinkerten Wohnblocks hinüber in die weitläufigen Grünanlagen faszinierte ihn immer wieder. Drei Wege, die sich wie Strahlen durch die sattgrünen Laubbäume schnitten, gewährten ihm von hier aus Einblicke ins Innere des Stadtwaldes, der sonst von allen Seiten undurchdringlich war.

Die junge Frau, die in den letzten Tagen seine Hilfe benötigt hatte, trat vor dem Haus auf die Straße. Sie lief hinüber zum Parkeingang und wandte sich noch einmal winkend um, bevor sie zwischen den Bäumen verschwand. Fynn hob die Hand und grüßte zurück.

Sie wird den mittleren Weg nehmen, dachte er, während die Frau tatsächlich durch den Waldweg in den Park lief, den er bereits vorhergesehen hatte. Als sie aus seinem Sichtfeld verschwand, rekapitulierte der Schwede das Gespräch, das sie gerade geführt hatten.

»Ich danke Ihnen so sehr, Herr Johannson«, waren ihre letzten Worte gewesen, »ohne Sie hätten wir unsere kleine Inga nie wieder gesehen!«

Die zehnjährige Tochter der Olssons war vor zwei Wochen spurlos verschwunden und wurde von ihren Eltern noch am selben Tag als vermisst gemeldet. Eine sofortige groß angelegte Suchaktion in Lund, wo Nachbarn das Kind zum letzten Mal gesehen hatten, wurde beendet, ohne die Kleine zu finden. Die Polizei hatte auch in den folgenden Tagen keinen Erfolg und das Mädchen blieb verschwunden.

Frau Olsson hatte von Fynns Hellsichtigkeit gehört, mit deren Hilfe er Ereignisse in der Zukunft vorhersehen und vermisste Gegenstände oder Personen wieder aufspüren konnte. Obwohl sowohl ihr Mann als auch die Polizei nichts davon wissen wollten, hatte sie ihn aufgesucht und gebeten, ihre Tochter zu finden.

Fynn hatte zugestimmt und war einige Tage nach Lund gefahren, um sich das Umfeld des Mädchens genauer anzusehen. Stück für Stück hatte er das Puzzle ihres Verschwindens zusammengesetzt und schließlich wusste er, wo sie suchen mussten. Übersinnlichkeit hatte nichts damit zu tun, dass er das Mädchen tatsächlich aufspürte. Gesunder Menschenverstand, Aufmerksamkeit und die richtigen Fragen hatten genügt.

Nur einen Kilometer östlich von Lund hatten sie die Kleine eingeklemmt zwischen zwei Felsen in einer selbst gebauten Hütte gefunden und gerade noch rechtzeitig ins Krankenhaus gebracht. Inga befand sich mittlerweile auf dem Weg der Besserung, und Fynn war froh darüber, mit seinen Fähigkeiten dieses Mal ein Menschenleben gerettet zu haben. Und vor allem war er dankbar, dass sein Honorar ihm für einige Monate die Miete zahlen würde.

Es klingelte. Fynn fuhr herum und ging eilig auf die Tür zu. Hatte Frau Olsson etwas vergessen? Er öffnete, aber statt der erwarteten Klientin befand sich ein Mann mittleren Alters vor der Tür. Interessiert musterte Fynn die Gestalt, die da in einem dunkelblauen Anzug, mit Sonnenbrille und Hut vor ihm stand.

Sieht aus, wie einem schlechten Agentenfilm entsprungen, ging es ihm durch den Kopf, doch er ließ sich nichts anmerken. Sein Beruf brachte es oft mit sich, dass die Kunden sehr eigenwillig daherkamen.

»Sind sie Fynn Johannson?«, fragte der Mann mit sonorer Stimme.

Fynn nickte. Er war es gewohnt, dass wildfremde hilfesuchende Menschen vor seiner Wohnung auftauchten. Schließlich machte er ja nicht umsonst Werbung in den hiesigen Zeitungen und war somit in Malmö kein Unbekannter. Während er den Besucher mit einer Handbewegung einlud, die Wohnung zu betreten, wandte er sich bereits wieder um.

»Ja, richtig. Wie kann ich Ihnen helfen?«

Doch anstatt eine Antwort zu erhalten, spürte er nur einen Stich im Oberarm. Fynn Johannson kam nicht einmal mehr dazu, sich zu wundern. Als er auf dem weichen Teppich seines Flures aufschlug, hatte er bereits das Bewusstsein verloren.

Verschollen im Nirgendwo

Marc Sanders öffnete die Augen und sah sich erstaunt um. Der Ort, an dem er sich befand, war ihm absolut fremd. Er lag nackt auf einer gepolsterten Pritsche und blickte durch eine durchsichtige Scheibe in einen dämmerigen, grau gestrichenen Raum. Im selben Moment, als er erschrocken realisierte, dass es kein Fenster war, sondern der geschlossene Deckel einer Cryokapsel hob sich dieser mit einem leisen Zischen und schwenkte über seinem Kopf nach hinten. Eiskalte Luft mit einem metallischen Beigeschmack, den er sofort erkannte, drang in seine Lungen. Kein Zweifel! Er befand sich an Bord eines Raumschiffes.

»Wie zum Teufel bin ich hierhergekommen?«, murmelte er, während er sich mühsam auf der Liege herumwälzte und sich aufsetzte. Die Bodenplatten waren eiskalt als er sie mit den Füßen berührte und Marc begann zu zittern. Gleichzeitig flammten umlaufende Leuchtbänder auf und tauchten den Raum in grelles Licht. Die plötzliche Helligkeit explodierte in seinem Schädel zu einem stechenden Schmerz, der Übelkeit in ihm aufsteigen ließ. Er quälte sich aus der Kammer – sorgsam darauf bedacht, die Augen nur zu schmalen Sehschlitzen zu öffnen – und tappte stöhnend auf den Ausgang zu, dessen Tür sich beim Näherkommen lautlos öffnete. Während er sich langsam an die Helligkeit gewöhnte, verschwanden die Kopfschmerzen so schnell, wie sie gekommen waren. Er fühlte sich eigenartig leicht, so als ob die Schwerkraft hier deutlich geringer wäre als üblich. Da er jedoch nicht im Raum schwebte, verfügte das Schiff entweder über einen der neuen rotierenden Schwerkraftsimulatoren, oder es stand auf einem Planeten. Im letzteren Fall vermutlich der Mond. Vielleicht auch der Mars.

»Wo zum Teufel bin ich hier nur gelandet?«, krächzte er, während er in den nächsten Raum wankte. Sechs Schränke, auf denen in leuchtenden roten Lettern Namen angebracht waren, befanden sich hier. Einer davon wechselte die Farbe in dem Moment, als er daran vorbei stolperte. Verwundert starrte er auf die grünen Buchstaben. »Marc Sanders« stand auf dem Spind.

Er öffnete die Tür, nahm einen Stapel Kleidungsstücke heraus und zog sich an. Nachdem er in die leichten Turnschuhe geschlüpft war, die ebenfalls in dem Schrank auf ihn warteten, atmete er erleichtert auf. Zumindest würde er nicht mehr erfrieren. Wobei sich die Temperatur in diesem eigenartigen Schiff in den letzten Minuten auf ein erträgliches Maß erhöht hatte.

Beim nächsten Raum schien es sich um die Bordküche zu handeln. Ein runder Tisch mit sechs Stühlen stand in der Mitte – allesamt fest mit dem Fußboden verschraubt. An den Wänden befanden sich Schränke, ein Gerät das Marc als Mikrowellenerhitzer für Nahrungseinheiten identifizierte, und ein Getränkespender.

Erst jetzt wurde ihm bewusst, wie ausgetrocknet sich sein Mund anfühlte. Er stolperte hinüber und schüttete gierig zwei Becher Wasser in sich hinein. Als er sich zum dritten Mal nachschenkte, ließ ihn ein leises Husten herumwirbeln.

Die Frau, die am Eingang stand und ihn neugierig musterte, wirkte ebenso überrascht wie er. Sie strich mit einer verlegenen Bewegung ihr schulterlanges lockiges Haar aus dem Gesicht und räusperte sich erneut. Trotz seiner Verwirrung musste Marc sich eingestehen, dass er die durchtrainierte, schlanke Frau, die denselben einteiligen grauen Overall wie er trug, überaus attraktiv fand. Bewegungslos stand er da und starrte sie an wie ein Alien von einem anderen Planeten. Erst ihre warme, rauchige Stimme holte ihn aus seiner Starre.

»Gefällt Ihnen, was Sie sehen? Könnte ich wohl auch einen Schluck Wasser bekommen?«

Er spürte, wie er errötete, trat hastig einen Schritt zur Seite und gab den Weg zum Wasserspender frei.

»Entschuldigen Sie vielmals. Sie müssen genauso durstig sein wie ich«, stieß er verlegen aus und machte eine einladende Handbewegung.

»Grazie«, erwiderte sie leise, »molto gentile.[1]«

»Senza causa – keine Ursache«, antwortete er in ihrer Sprache, was sie mit einem Lächeln zur Kenntnis nahm.

»Oh, Sie sprechen Italienisch?«, fragte sie, während sie sich ebenfalls einen Becher eingoss und mit durstigen Zügen trank.

Marc nickte und wollte antworten, doch in diesem Moment erschien ein Hüne, der sich im Eingang ducken

---

[1] Danke, sehr freundlich.

musste, um nicht anzustoßen. Abschätzend musterte er die Umgebung, trat aber zögernd ein.

Ihm folgte eine Asiatin, die Marc sofort erkannte. Es war die Artistin, deren Zirkusvorstellung er in seiner Suite in Oslo bewundert hatte. Wie lange mochte das her sein? Reflexartig starrte er auf sein linkes Handgelenk und bemerkte erst jetzt, dass seine Armbanduhr – die er noch nicht einmal beim Duschen abnahm – fehlte. Irritiert runzelte er die Stirn, als ihm klar wurde, dass er keine Ahnung hatte, wie viel Zeit seit dem Schachturnier vergangen war.

Ein weiterer Mann mit kaukasischen Zügen und eine durchtrainierte Frau mit blonden, extrem kurzen Haaren folgten nahezu zeitgleich. Alle wirkten gleichermaßen desorientiert.

Solange die Neuankömmlinge den ersten Durst löschten, ging Marc noch einmal in die Cryokammer, in der sechs geöffnete Kapseln standen. Wer auch immer seine neuen Gefährten sein mochten, sie schienen vollzählig erwacht zu sein. Nachdenklich lief er zurück, nahm sich einen Kaffee und gesellte sich zu den anderen an den Tisch, die nun ebenfalls vor dampfenden Bechern saßen und ihm neugierig entgegensahen.

»Hallo, mein Name ist Marc Sanders«, gab er freundlich von sich und deutete mit einer umfassenden Handbewegung in den Raum. »Weiß jemand, was das hier soll und wo wir uns befinden?«

Niemand antwortete. Nur die Frau mit der Stoppelhaarfrisur musterte ihn überrascht, entgegnete jedoch nichts. Verstanden sie, was er sagte? Marc hatte ganz automatisch seine Muttersprache Deutsch benutzt und beschloss, es noch einmal auf Neo-Französisch zu versuchen, das nahezu jeder auf der Welt sprach. Doch auch damit kam er nicht weiter. Zwar bestätigte ihm nun das allgemeine Kopfschütteln, dass sie ihn verstanden hatten, aber niemand schien zu wissen, wo sie waren.

»Na, dann stelle ich mich am besten zuerst noch einmal vor«, begann er stockend. »Vielleicht hilft uns das ja, zu verstehen, wo wir sind und wie wir hierherkamen. Wie schon gesagt, mein Name ist Marc Sanders. Ich bin Kryptologe und deutscher Schachgroßmeister. Als solcher war ich bei der Schachweltmeisterschaft in Oslo. Ich erinnere mich noch daran, dass ich das Finale gegen meinen spanischen Widersacher knapp gewann.«

»Der war wirklich eine harte Nuss«, fuhr er fort, »und wenn ich so darüber nachdenke, dann bin ich jetzt Schachweltmeister. Aber egal – ich rede mal wieder zu viel! Jedenfalls ging ich nach dem Abendessen auf mein Zimmer und bin dort eingeschlafen. Doch statt in Norwegen aufzuwachen, kam ich hier in dieser Cryokapsel zu mir.«

Nach einer kurzen Pause begann die italienische Frau zu sprechen.

»Ich bin Evelina Russo«, berichtete sie stockend, »aber alle nennen mich nur Eve oder Bird. Ich bin Taucherin. Genauer gesagt Weltmeisterin im Apnoetauchen.

Ich war mit meinem Partner im Trainingslager auf den Bahamas. Nach dem letzten Tauchgang haben wir noch in einer kleinen Bar zu Abend gegessen und was getrunken. Es wurde spät, und nachdem ich zu Bett gegangen war, bin ich sofort eingeschlafen und hier wieder aufgewacht.«

Der Nächste, der seine Geschichte preisgab, war Baran Kowros. Der schlaksige russische Hacker zupfte nervös am Gestell seiner überdimensionalen Brille herum, während er in gebrochenem Neo-Französisch erzählte, wie er ins Hochsicherheitsnetz der Asiatischen Allianz eingedrungen war und eine Langstreckenrakete aus den dortigen unterirdischen Silos gestartet hatte. Nur so zum Spaß und ohne die Absicht, den Flugkörper auch wirklich abzufeuern. Eben, weil er es konnte, wie Kowros versicherte. Dumm nur, dass ihn der russische Geheimdienst geschnappt hatte. Die Interkontinentalrakete war dabei glücklicherweise nicht mit einem scharfen Sprengkopf ausgerüstet gewesen. Sie hatte dennoch einige Schäden verursacht, als sie über dem Mittelmeer zur Explosion gebracht worden war und die Trümmerstücke auf einen der angesagtesten türkischen Badeorte herabregneten. Soweit Marc das mitbekommen hatte, waren dabei keine Zivilisten ums Leben gekommen. Baran hatte eigentlich nur das Pech gehabt, dass einer der größeren Trümmer die superteure Jacht eines sehr einflussreichen sowjetischen Oligarchen versenkt hatte. Was die russischen Richter wiederum dazu brachte, Kowros dreimal lebenslänglich im Hochsicherheitsgefängnis Lunar II auf dem Mond aufzubrummen.

»Ich mich an Tag vor Überführung gelegt zu schlafen in Gefängniszelle in Moskau«, erzählte der Hacker und schob sich seine Brille erneut auf der Nase zurecht. »Danach ich hier aufgewacht und nicht in Gefängnis auf Mond. Für mich läuft nicht schlecht. Alles besser als in Minen von Lunar II zu krepieren!«

»Mein Name ist Shiyan Wang«, ergriff die Asiatin das Wort, deutete auf sich und fuhr in bestem Neo-Französisch fort. »Ich bin - wie sagt man – Zirkusartistin. Nach einem Auftritt in Peking habe ich geschlafen und bin nun ebenfalls hier. Wo auch immer das sein mag?«

»Maja Mayers«, schloss sich die letzte Frau in der Runde an. »Dito Künstlerin. Ich lasse Dinge verschwinden. Bin genau wie ihr eingeschlafen und peng – hier wieder aufgewacht. Keinen Plan, wie ich hierherkomme!«

Nun wandten sich alle dem Mann zu, der bisher geschwiegen hatte. Seine Haarfarbe und sogar die Frisur sahen seiner Vorrednerin verblüffend ähnlich. Doch ansonsten hatte der über zwei Meter große Hüne nichts mit der zierlichen Künstlerin zu tun.

»Johannson, Fynn Johannson«, brummte er mit tiefer Stimme, »ich bin Schwede und arbeite als Medium. Und genau wie ihr habe ich keine Ahnung, was das hier soll.«

Marc horchte interessiert auf. Alle hier hatten ausgefallene Berufe, doch der Mann aus dem europäischen Norden machte ihn neugierig.

»Medium?«, fragte er daher. »Was hat man sich denn darunter vorzustellen?«

»Nun ja«, erwiderte der Nordländer gutmütig, »ich spüre oft, ob jemand in Gefahr ist, wenn ich mich auf ihn konzentriere. Sehe manchmal Ereignisse, bevor sie eintreten, kann Naturkatastrophen vorhersagen. So was eben. Klingt für viele unglaubwürdig, ist aber wahr.«

»Na, da müsstest du auf dem Katastrophenkanal im Moment ja eine ganze Menge reinbekommen«, schaltete sich Maja ein. »Vielleicht kannst du uns ja mal erhellen, wie es hier weitergeht?«

Der Administrator

Zur gleichen Zeit stand Joshua Falkner am Panoramafenster seines Büros und genoss die Aussicht, die sich ihm hier auf die unwirtliche Landschaft des roten Planeten bot. Nur wenige Gebäude ragten über der Marsoberfläche auf. Es war einfach zu kostenintensiv, sie ständig zu reparieren, wenn einer der gefürchteten Staubstürme darüber hinwegfegte und Fenster blind schliff oder ganze Gebäudeteile wegriss.

Der Großteil der Marsstadt Arcadia Nova, die mittlerweile von knapp zweitausend Menschen bevölkert wurde, lag tief unter seinen Füßen. Und alle waren nur wegen des Bauwerks da, das nur einen Kilometer entfernt wie ein ewiges Monument aufragte. So gesehen konnte die Ares-9 Mission vor hundert Jahren durchaus als voller Erfolg bezeichnet werden. Der Mars war besiedelt worden. Wenn auch nicht so, wie es sich die damalige Crew vorgestellt hatte.

Oft hatte sich Joshua gefragt, welchem Zweck der Koloss aus grauem Metall diente, in den nur dieser eine leuchtende Eingang hineinführte, den er von seinem Aussichtsfenster wie einen winzigen blauen Diamanten funkeln sah. Und aus dem nichts je wieder herauskam.

Theorien gab es mittlerweile genügend. Viele Gelehrte sahen in ihm eine Stadt, die vor Urzeiten von einer auf dem Mars lebenden Spezies errichtet worden war. Gegen diese Annahme sprach allerdings, dass die

Struktur Elemente aufwies, die weder hier noch sonst irgendwo im Sonnensystem vorkamen. Andere Wissenschaftler – zu denen sich auch Falkner zählte – vertraten die Meinung, es handle sich um ein Raumschiff, das vor Tausenden von Jahren hier notgelandet war.

Und natürlich gab es wie bei jedem unerklärbaren Phänomen auch hier die verschrobenen Fraktionen der Verschwörungstheoretiker. Über einen geheimen Nazi-Stützpunkt aus dem Zweiten Weltkrieg und den Außenposten von Atlantis wurde spekuliert. Sogar von einem bemannten Raumschiff mit intelligenten Dinosauriern war die Rede, die sich vor sechsundsechzig Millionen Jahren von der Erde auf den damals noch tropischen Nachbarplaneten gerettet haben sollten. Und das waren nicht einmal die verrücktesten Hypothesen. Sogar von einem Labyrinth für Sünder, das der florentinische Dichter und Philosoph Dante Alighieri bereits im Mittelalter besucht haben sollte, um es dann als die neun Höllenkreise zu beschreiben, war die Rede. Wie der allerdings damals auf den Mars gekommen war oder wie er es aus dem Koloss wieder herausgeschafft hatte – darüber schwiegen sich die Anhänger dieser Theorie aus.

Falkner konnte über solch haarsträubende Ansichten nur müde lächeln. Wobei die Geschichte mit den intelligenten Dinosauriern noch nicht einmal die Dümmste war, wenn man die mumifizierten Überreste im Raumhelm der Eingangsschleuse bedachte. Letztendlich war es ihm aber vollkommen egal, welchem Zweck der Koloss diente.

Wichtig war nur, dass er es endlich schaffte, bis ins Zentrum vorzudringen, um die Geheimnisse, die dieses Artefakt seit seiner Entdeckung umgaben, zu lüften.

Verdammt, alles wäre so einfach, wenn wir keine Menschen hineinschicken müssten, ging es Falkner durch den Kopf, während er vor der bodentiefen Quarzglasscheibe stand. Nachdenklich starrte er den Koloss an, der wie ein graues sprungbereites Raubtier dort drüben vor dem Gustavson-Krater in der roten staubigen Ebene kauerte.

Jede Sonde, die sie hineinschickten, wurde vom Kraftfeld am Eingang des zweiten Kreises zu Schrott zerlegt. Auch die teuersten Hochleistungsdrohnen wurden desintegriert, sobald sie sich durch den Energieschirm bewegten. Bislang hatten die Wissenschaftler noch keine Lösung für dieses Problem gefunden.

Der Administrator von Arcadia Nova seufzte. Immerhin hatten sie herausgefunden, dass elektronische Geräte, die ihre Energie direkt aus dem menschlichen Nervensystem gewannen, in der zweiten Zone weiter funktionierten. Mit diesem Wissen und den daraus neu entwickelten bioelektronischen Komponenten war es bereits vielen Menschen gelungen, in die inneren Bereiche vorzudringen. Auch den Fallenring und die Wüste, die sich an den kilometerbreiten Park anschlossen, hatten sie bezwungen. Doch am vierten Sektor waren bisher alle gescheitert.

»Dieses Mal wird es funktionieren«, flüsterte er leise, während er sich vom Anblick des grauen Kolosses losriss. Der Vibrationsalarm seiner Uhr machte ihn darauf aufmerksam, dass der Augenblick, auf den er gewartet hatte, endlich gekommen war.

»Dieses Mal muss es einfach funktionieren!«

Er berührte einen Sensor und ein stählerner Vorhang schob sich vor die Beobachtungsscheibe. Gleichzeitig flammte das Licht im Turm auf, und Joshua ging entschlossen auf den wuchtigen Schreibtisch zu, der sich in der Mitte des kreisrunden Büros befand. Höchste Zeit, die letzten Vorbereitungen zu treffen. Dieses Mal würde Trapzone erfolgreich verlaufen!

Sein Butler Andrew, der sich wie stets nahezu unsichtbar im Raum aufhielt, trat ins Licht und räusperte sich leise, als er die Stimme Falkners vernahm.

»Sir?«, fragte der mit Frack bekleidete Diener, der hier auf dem Mars wie der zum Leben erwachte Anachronismus einer längst vergangenen Epoche wirkte. Doch Joshua winkte ab.

»Nicht so wichtig, ich habe nur laut gedacht«, erwiderte er. »Unsere Gäste sind angekommen. Es wird Zeit, sie auf ihre Mission vorzubereiten. Ich brauche Sie nicht mehr hier oben, Andrew. Sie können schon in den Kontrollraum hinuntergehen.«

»Sehr wohl, Sir«, kam die leise Antwort des Butlers, der Sekunden später mit dem Expresslift die vielen Etagen ins Marsinnere hinabfuhr. Falkner wartete, bis sich die Aufzugstür schloss. Dann wischte er mit einer beiläufigen Handbewegung über eine Sensorsteuerung.

Virtuelle Bildschirme flammten auf. Er aktivierte den Transmitter und ging im Kopf noch einmal durch, was er den unfreiwilligen Teilnehmern mitteilen wollte.

Marc saß am Tisch und überlegte. Diese Geschichte war vollkommen verrückt. Er war ratlos und sah den anderen an, dass es ihnen genauso ging. Jeder hing seinen Gedanken nach, als die Luft in der Mitte des Raumes zu flimmern begann und ein Mann materialisierte. Russo, Johannson, Kowros und Wang, die bisher mit gelangweilten Mienen in ihre Kaffeetassen gestarrt hatten, sprangen überrascht auf. Auch Maja Mayers, die gerade aufgestanden war, blickte verwundert in Richtung des leise summenden Hologramms, das nun reglos dastand.

»Willkommen auf dem Mars« begann die Projektion zu sprechen. »Für diejenigen, die mich noch nicht kennen: Ich bin Joshua Falkner, Administrator von Arcadia Nova und verantwortlich für den reibungslosen Ablauf von Trapzone. Doch das wissen Sie vermutlich schon alle, und ich bin mir sicher, dass sie eine Menge Fragen haben. Lassen Sie mich jedoch zunächst erklären, worum es geht.«

Na, da sind wir aber gespannt, dachte Marc, der den Mann sofort erkannte. Seit seinem Besuch auf dem Mars und der wochenlangen erfolglosen Analyse der außerirdischen Schriftzeichen ging ihm auch der egozentrische Administrator von Arcadia Nova nicht mehr aus dem Kopf. Er hatte Falkner einige Male in dessen privatem Aussichtsturm besucht, der hoch über der Marsstadt aufragte. Von dort aus hatte Marc das erste Mal in seinem Leben mit eigenen Augen die riesenhafte Struktur gesehen, die von den meisten Menschen nur Trapship genannt wurde.

Falkner und er hatten dort am Hologramm und an Nachbildungen der Schriftfolie gearbeitet und wissenschaftliche Thesen diskutiert, die sich um die Entstehung und den Zweck des Kolosses drehten. Stundenlang hatten sie am Aussichtsfenster verbracht und zu dem grauen Bauwerk hinübergestarrt. Schließlich war Marc auf die Bitte des Administrators hin vier Wochen lang auf dem Mars geblieben, bevor er sich wieder auf den Rückflug zur Erde gemacht hatte. Und offensichtlich war er nun erneut auf dem roten Planeten gelandet. Wenn auch diesmal nicht aus eigenem Antrieb.

»Sicher kennen sie alle Trapzone und wissen, was ich damit zu tun habe«, fuhr die Projektion fort. »Und doch möchte ich mich vorstellen, wie es sich für einen guten Gastgeber gehört.«

»Von wegen Gastgeber!«, rief Maja Mayers. »Wir sind gekidnappt worden. Niemand von uns ist freiwillig hier. Also lassen Sie uns sofort wieder gehen!«

Ohne darauf einzugehen, fuhr das Hologramm fort. »Sie sind hier, weil wir in den letzten Jahren nicht mehr weitergekommen sind. Keiner der Teilnehmer ist weiter als bis zum Ende der dritten Zone gelangt. Die Fallen scheinen ab da unüberwindlich zu sein. Alle Sträflinge, die es bis dorthin geschafft haben, sind gescheitert.«

Falkner machte eine Pause. Marc brauchte keine weiteren Erklärungen, um zu verstehen, was das Gehörte bedeutete. Jeder wusste, wie Trapzone, dem ein erschreckend großer Prozentsatz der Menschheit auf der Erde und dem Mond immer wieder entgegenfieberte, ablief. Die Häftlinge, die Trapzone normalerweise bestritten, wurden von den Mondminen auf den Mars geflogen. Selbst wenn sie es auf dem Transfer irgendwie geschafft hätten, den Cryoschlaf zu unterbrechen und aus dem von der Raumschiffsbesatzung hermetisch abgetrennten Bereich auszubrechen, in dem sie untergebracht waren, stellte sich die entscheidende Frage: Wohin fliehen? Im luftleeren Raum der grenzenlosen Leere zwischen den Umlaufbahnen des dritten und vierten Planeten waren die Möglichkeiten stark limitiert.

Die Regeln selbst waren einfach. Jeder Gefangene konnte den Vertrag unterzeichnen und damit an Trapzone teilnehmen. Dabei war es vollkommen egal, weswegen man verurteilt worden war. Demjenigen, der es schaffte, einen Ausgang zu finden und lebend wieder aus dem Koloss herauszukommen, winkten die Freiheit und Reichtum.

Dabei wurde jeder Schritt der Spieler überwacht und den Milliarden sensationshungriger Zuschauer auf Erde und Mond präsentiert, die Trapzone von Staffel zu Staffel entgegenfieberten. Die Sache hatte nur einen einzigen Haken: Es war noch nie jemandem gelungen, diesem gigantischen Labyrinth zu entkommen.

Schon die Ares-9 Crew hatte laut den Aufzeichnungen, die man in der Helmkamera von Emilia Triton fand, diese Todesfalle betreten und war nie wieder herausgekommen. Das Eingangsschleusen-Energiefeld hatte die Kommandantin der ersten bemannten Marsmission geköpft, nachdem ein Schlangenbaum ihren Mann und Exobiologen Mortimer Green erwürgt hatte. Von Samuel Winter wusste man nur, dass er Tritons Leichnam in der Parklandschaft des ersten Sektors bestattet hatte. Seine Aufzeichnungen waren neben ihrem Grab gefunden worden. Doch von ihm selbst fehlte jede Spur. Vermutlich war er weiter in den Koloss vorgedrungen, um irgendwo in den inneren Zonen zu sterben.

Das war damals schon ein Einwegticket ohne Rückflug, dachte Marc selbstironisch, *und ist es heute noch.*

Keiner der Sträflinge kam je zurück. Doch zumindest war es ein Weg, nicht in den Minen der Mondgefängnisse nach Erz schürfen zu müssen und dabei langsam an giftigen Gasen, Unterernährung oder einfach nur an Erschöpfung zu krepieren.

Das Hologramm begann erneut zu sprechen und unterbrach Marcs Überlegungen.

»Jeder von Ihnen hat besondere Fähigkeiten, die dabei helfen könnten, die letzten Fallen zu überwinden und den vierten Abschnitt zu bezwingen. Was sie dort genau erwartet, ist unbekannt. Doch ich bin mir sicher, dass Sie alle mithelfen werden, dieses Geheimnis zu lüften.«

Falkner kicherte böse. »Sollte jemand auf die Idee kommen, Anschuldigungen gegen uns zu erheben, werde ich persönlich dafür sorgen, dass ihre Familienmitglieder oder Freunde beim nächsten Mal teilnehmen.«

Die Projektion machte eine lange Pause, um das Gehörte wirken zu lassen, bevor sie fortfuhr.

»Abgesehen davon wird alles vor der Ausstrahlung zensiert. Schließlich wollen wir unsere Zuschauer ja nicht verunsichern und ihnen den Spaß an Trapzone nehmen. Daher überlegen Sie sich bitte genau, was Sie in den Spielzonen reden oder tun. Das Schiff fliegt nun zu ihrer endgültigen Startposition. Dort werde ich erneut Kontakt aufnehmen.«

Das Gesicht Falkners verzog sich zum wiederholten Mal zu einem heimtückischen Grinsen. »Ich wünsche Ihnen allen viel Glück«, lachte er selbstgefällig. »Leben Sie wohl!«

Die Transferhalle

Der Transporter setzte sanft auf der Landeplattform auf. Roter Marsstaub wurde weit in die dünne Atmosphäre geschleudert und senkte sich nur langsam wieder zu Boden. Während sich stählerne Halteklammern um die Landekufen schlossen, die das leichte Schiff gegen die an ihm zerrenden Marswinde sicherten, verstummten die Triebwerke mit einem letzten Kreischen. Kurz darauf war das Poltern der automatischen Schleuse zu hören, als diese außen andockte. Das laute Zischen des Druckausgleichs verkündete deren erfolgreiches Andockmanöver und das hektisch flackernde rote Blinklicht über der Schleusentür leuchtete in beruhigendem Grün, während diese zur Seite glitt.

»Na, dann avanti«, rief Evelina Russo, als sie an Marc vorbeilief. Sie hatte es eilig, aus dem Transporter zu kommen.

Nicht ohne Grund, dachte er, während er aufsprang und der Italienerin folgte. Auch die Übrigen drängelten sich durch die Ausgangstür und verließen hastig das Raumschiff.

Trapzone hatte begonnen. In wenigen Sekunden würde sich die Schleuse wieder zurückziehen, ohne den Eingang zum Schiff zu verschließen. Jeder, der sich dann noch im Shuttle oder dem abschüssigen Gang befand, durch den sie gerade rannten, würde einen grausamen Tod sterben, wenn die eigene Körpertemperatur das Blut zum Kochen brachte. Das hatte ihnen Falkners Hologramm kurz vor der Landung unmissverständlich klargemacht. Und Marc hatte keinerlei Zweifel, dass der Administrator seine Drohung wahr machen würde.

Du elender Mistkerl, dachte er, *das werde ich dir heimzahlen!*

Er glaubte zwar nicht ernsthaft daran, die nächsten Tage lebend zu überstehen, aber der Hass auf Falkner machte es ihm einfacher, die immer stärker an die Oberfläche drängende Todesangst im Zaum zu halten.

Die sechs Frauen und Männer stolperten durch eine schmale Eingangstür, die sich Sekunden später schloss. Marc war überrascht, wie sehr ihn der kurze Sprint trotz der geringen Schwerkraft auf dem Mars anstrengte. Keuchend stemmte er die Hände gegen die Oberschenkel und atmete die kalte Luft tief ein. Draußen brüllten die Triebwerke der Fähre bereits wieder auf und das Raumschiff erhob sich in den rotblauen Himmel.

Damit verabschiedet sich unsere letzte Möglichkeit, von diesem verdammten Planeten runterzukommen, dachte Marc, als er sich aufrichtete und die schmucklose Betonhalle musterte, in der sie angekommen waren. Aus dem zwanzig Quadratmeter kleinen Raum führten fünf Türen heraus, über denen in neonfarbenen Buchstaben ihre Namen leuchteten.

In der Mitte der fensterlosen Halle flackerte ein Licht auf, das sich erneut zur Projektion des Initiators dieser makabren Inszenierung manifestierte. Seine übertrieben enthusiastische Begrüßung hallte aus unsichtbaren Lautsprechern durch den kahlen Raum.

»Willkommen in der Transferhalle«, empfing die tiefe, melodische Stimme von Joshua Falkner die Gefangenen. »Erlauben Sie mir, die Regeln noch einmal für alle zu erläutern!«

Schwätzer, dachte Marc. *Als ob wir eine Wahl hätten. Hör auf mit dem Gefasel und lass das Spektakel einfach beginnen. Wir wissen ja sowieso schon, was uns hier erwartet.*

Doch dieser selbstherrliche Psychopath fuhr mit seinen Erläuterungen fort, ohne dass er etwas dagegen tun konnte. Auch das gehörte dazu, wie Marc aus den Übertragungen wusste, die er in der Vergangenheit ebenfalls verfolgt hatte. Und die versteckten Kameras, die den Beginn des Spektakels auf Zig-Millionen Bildschirme, Screenwände und 3-D-Projektoren übertrugen, filmten auch jetzt jede Sekunde. Dessen war er sich sicher.

Administrator Falkner stand im Kontrollraum von Arcadia Nova und räusperte sich. Fünfzehn Personen – die gesamte Steuermannschaft von Trapzone – sahen abwartend zu ihm auf. Andrew reichte ihm unaufgefordert ein Glas Wasser. Er trank einen Schluck, gab dem Butler den Kelch aus funkelndem Marskristall zurück und hustete noch einmal laut, während er darauf wartete, dass das Kratzen im Hals nachließ.

Verdammter Marsstaub, dachte er, *das Zeug ist einfach überall, obwohl die Luftfilter der Schleusen es eigentlich draußen halten sollten.*

Erneut räusperte er sich, dann aktivierte er die Sprechverbindung, und seine Stimme dröhnte durch die Transferhalle vor dem Trapship.

»In wenigen Sekunden entriegle ich die Türen zu ihren Umkleidekabinen. Begeben sie sich dann hinein und legen sie die Ausrüstung an, die dort bereitliegt.«

Falkner kicherte bösartig. »Sie sollten sich dabei nicht allzu viel Zeit lassen. Nach dem Betreten der Umkleideräume bleiben Ihnen genau fünf Minuten. Danach werden die Außentüren vollautomatisch geöffnet. Wer dann noch keinen Anzug an hat, dürfte ein kleines Problem bekommen.«

Joshua machte eine Kunstpause, bevor er seine Ansprache fortsetzte.

»Ihre Atemluft reicht für fünf Minuten. Genügend Zeit, die Innenschleuse des Trapships zu erreichen. Ab da sind Sie auf sich gestellt. Sie können als Gruppe weiter vordringen, oder sich allein durchschlagen – es gibt keine Regeln. Wenn Sie im Trapship sind, werden die Kameras in ihren Stirnbändern, die direkt von ihrer Körperwärme gespeist werden, ihren Weg durch den Koloss aufzeichnen. Die Zuschauer können also von Anfang an genau verfolgen, wie Sie vorankommen. Und noch etwas: Kommen Sie bitte nicht auf die Idee, die Bänder abzunehmen. Die Elektroden, die ständig ihre Körperfunktionen überwachen, registrieren jeden Versuch, sie zu entfernen. Was zur Zündung der winzigen Sprengsätze und zum sofortigen Tod des Trägers führt.«

Dass das nicht nur leere Worte waren, hatte Marc mit eigenen Augen verfolgen können, als vor einigen Jahren ein Sträfling versuchte, sich den Reif vom Kopf zu reißen.

War damals eine ganz schöne Sauerei, die er damit angerichtet hat, dachte er und konzentrierte sich wieder auf Falkners Ansprache.

»Sollte jemand einen Weg finden, lebendig aus der Anlage herauszukommen, wird ein Rettungsteam warten und die Stirnbänder selbstverständlich deaktivieren. Sie werden anschließend nach Arcadia Nova gebracht, wo ich Ihnen persönlich das Preisgeld von zehn Millionen Kredits und ihre Rehabilitierungsurkunde übergebe. Sie verlassen den Mars als freier Bürger und haben für den Rest ihres Lebens ausgesorgt.«

»Als ob wir je Gefangene gewesen wären, du blöder Idiot«, knurrte Marc leise. »Wir sind doch bereits freie Bürger.«

»Du schon«, flüsterte Baran Kowros, der direkt neben ihm stand, fast unhörbar. »Bei mir sieht anders aus.«

Das Hologramm flackerte und erlosch. Gleichzeitig öffneten sich die Umkleideräume. Als Marc die kreisrunde Kabine betrat, schloss sich die Tür hinter ihm sofort wieder. Vor ihm erschien ein holografischer Timer, der von fünf Minuten abwärts zählte.

Hastig schlüpfte er in den einteiligen, orangefarbenen Schutzanzug, der auf einem schlichten Tisch vor ihm lag.

Er streifte die leichten Tuchschuhe ab und zog stattdessen die schwereren Raumstiefel an, die sich magnetisch an den Hosenbeinen versiegelten. Dann legte er sich einen Werkzeuggürtel um die Hüften, an dem die verschiedensten Utensilien befestigt waren.

Nützlich, dachte er, *die könnten mir im Inneren des Trapships das Leben retten.*

Den Kamera-Stirngurt beäugte er misstrauisch, doch nach kurzem Zögern streifte er ihn sich über die Stirn. Heftige Schmerzen jagten durch seinen Kopf, als das kleine Gerät winzige Stacheln ausfuhr, die sich durch Marcs Schädeldecke bohrten. Es behagte ihm überhaupt nicht, dieses Ding, das seine gesamte Umgebung permanent scannte und filmte, zu tragen. Er wusste, dass sämtliche Aufzeichnungen direkt in den Kontrollraum in Arcadia Nova gingen, um von dort aus – nachdem sie überarbeitet worden waren – auf die Empfänger der Zuschauer übertragen zu werden. Leider war es unmöglich, den Stirnreif zurückzulassen. Die Teilnehmer, die sich in der Vergangenheit dazu entschlossen hatten, waren erst gar nicht aus der Transferhalle herausgekommen und jämmerlich erstickt, nachdem der Sauerstoff in ihren Anzügen verbraucht war.

Der Timer war fast abgelaufen und Marc stülpte den flexiblen Helm über den Kopf. Er atmete noch einige Male tief ein und aus. Dann verriegelte er den Verschluss.

Die Decke der Kabine schob sich zurück und gab den Blick auf den roten Marshimmel frei. Erst jetzt erkannte Marc, dass er auf einer Aufzugsplatte stand, die sich nach oben bewegte. Während er langsam aus der unterirdischen Transferhalle gehoben wurde, sah er seine Mitstreiter links und rechts neben sich ebenfalls aus dem Untergrund auftauchen.

Ab jetzt hatte er für fünf Minuten Atemluft. Vielleicht auch etwas mehr, wenn er den Atem anhielt. Nach Arcadia Nova würde er damit nicht kommen. Es blieb nur der Weg in den Koloss, der in der blassroten Mittagssonne des Mars direkt vor ihm lag.

Immer darauf bedacht, möglichst in der Mitte des breiten Weges zu bleiben, der seitlich von der staubfreien, elfenbeinfarbenen Fläche des materieauflösenden Bandes begrenzt wurde, ging er schnell auf den blau schimmernden Zugang zu. Neben ihm lief die Chinesin Shiyan Wang. Der schlaksige Russe mit der riesigen Brille rannte in einiger Entfernung und hatte den Eingang schon fast erreicht.

Der kann es wohl gar nicht erwarten, diese Todesfalle zu betreten, ging es Marc durch den Kopf, während er weiter trottete. *Na ja, sicher besser als jahrzehntelang in den Mondminen zu verrotten. Und Kowros hätte dieses Schicksal ja als Einzigen der Gruppe tatsächlich ereilt!*

Er blieb kurz stehen, drehte sich langsam um seine Achse und betrachtete die unfassbare Marslandschaft. Wenn er schon sterben musste, dann würde er zumindest noch den spektakulären Blick genießen, der sich ihm hier bot. Im Osten schimmerten die drei Türme von Arcadia Nova. Nördlich davon breitete sich das Tiefland von Vastitas

Borealis bis zum Horizont hin aus. Viele Wissenschaftler waren der Meinung, diese Tiefebene sei in der Frühzeit des Planeten ein Ozean gewesen. Doch auch ohne Wasser war »die breite Ebene des Nordens« eine Senke von beeindruckenden Ausmaßen.

Im Südwesten konnte er die Ausläufer des Triton-Kraters erkennen, der nach der Ares-9 Kommandantin benannt worden war. Und direkt daneben ragten die bedrohlich wirkenden grauen Wände des Trapships in den Himmel.

Er hatte sich schon immer gewünscht, das alles mit eigenen Augen zu sehen. Doch ganz sicher hatte er sich nicht vorgestellt, dies als Mitspieler von Trapzone zu tun. Seufzend wandte er sich dem blauleuchtenden Eingang zu und verfiel in leichten Trab, um die anderen einzuholen. Direkt vor dem Energiefeld blieb er stehen und sein Blick wanderte ergriffen an der vollkommen glatten Außenwand hinauf. Gute hundert Meter ragte sie über ihm auf, um dort oben ebenso nahtlos in das flache, kuppelförmige Dach überzugehen, das die gesamte Konstruktion überspannte. Natürlich konnte er das von seinem aktuellen Beobachtungspunkt nicht sehen, doch er kannte alle Daten, die es vom Koloss gab.

Das Atmen wurde beschwerlich. Marc wusste, dass der Sauerstoff verbraucht war. Er atmete noch einmal keuchend ein und trat dann durch das blau schimmernde Energiefeld in den Korridor, an dessen Ende atembare Luft und angenehme Temperaturen, aber auch tödliche Fallen auf ihn warteten.

Trapzone beginnt

Als Marc durch das innere Energiefeld trat, hatten die anderen unfreiwilligen Mitspieler bereits ihre Flexhelme nach hinten geklappt und standen schweratmend da. Von der menschenfeindlichen Kälte außerhalb des Kolosses war hier im Inneren nichts zu spüren. Im Gegenteil: Die Luft war klar und der Sauerstoffanteil sogar höher als auf der Erde. Dazu herrschte eine Temperatur von über dreißig Grad Celsius.

Zumindest atmen kann man, dachte Marc, nachdem er seinen Helm öffnete und die feuchtwarme Luft in tiefen Zügen inhalierte.

Die Gruppe stand vor einem Obelisken, der hier mitten im Gang emporragte. Jeder, der schon einmal Trapzone verfolgt hatte, kannte diese weiße Säule aus poliertem Marmor. Oben auf der Spitze thronte der Schädel des Reptiloiden, den die Ares-9 Crew erstmals bei der Entdeckung des Kolosses im Zugang vorgefunden hatte. Ohne es zu wollen, wurde er von Ehrfurcht ergriffen, als er dieses Artefakt mit eigenen Augen sah.

»Der Beweis« murmelte er, »dass die Menschheit nicht allein im Weltraum ist.«

Der glänzende Pfeiler erinnerte Marc an den Springer, mit dem er noch vor Kurzem das letzte Schachturnier für sich entschieden hatte. Wie lange war das schon her? Bestimmt vier Wochen, denn so lange brauchten die

Raumschiffe, um die Entfernung von der Erde zum Mars zurückzulegen.

Johannson ergriff das Wort: »Aber hier drinnen wird uns das auch nicht viel nützen. Die Aliens werden uns wohl kaum zu Hilfe eilen. Sollen wir das hier zusammen durchziehen oder wollt ihr einzeln euer Glück versuchen? Ich wäre dafür, es so weit wie möglich gemeinsam anzugehen. Sicher haben wir damit eine bessere Chance, am Leben zu bleiben.«

»Ich nicht glaube, dass einer wieder raus schafft«, lachte Baran Kowros grimmig, »nicht lebendig. Was ich gesehen von Trapzone, sicher nicht in einem Stück! Aber ich dabei. Ziehe sonst lieber eigenes Ding durch, doch hier ist anders.«

Er sah abwartend in die Runde. Alle waren einverstanden und Maja Mayers ergriff das Wort.

»Dann lasst uns aufbrechen«, sagte sie leise. »Und da wir mit ziemlich hoher Wahrscheinlichkeit sowieso nicht mehr lange am Leben sein werden, können wir die Nachnamen eigentlich auch vergessen. Ich bin Maja!«

Marc wollte antworten, doch in diesem Moment flimmerte die Luft rings um die Marmorsäule. Ein weiteres Hologramm Falkners überzog sie und die Stele mit dem Helm des reptiloiden Raumfahrers schimmerte nur noch schwach erkennbar durch die Projektion. Der Administrator trug nun einen leuchtend blauen Anzug und breitete langsam die Arme aus, bevor er mit überlaut verstärkter Stimme zu ihnen sprach. Besser gesagt zu einem unsichtbaren Publikum, denn seine Ansprache, die vor Selbstgefälligkeit triefte, galt nicht den Spielern.

»Willkommen, Ladys und Gentlemen. Willkommen im Trapship! Mit Spannung und Vorfreude haben wir auch dieses Mal wieder Trapzone entgegengefiebert. Nun ist es endlich so weit ...«

»Das kann ich nicht bestätigen«, flüsterte Evelina Russo, die direkt neben Marc stand. Trotz der bedrohlichen Situation, in der sie sich befanden, musste er grinsen. Während Falkner seine Rede abspulte, lief bei Marc das Gedanken-Karussell an. Was würde sie in dieser Todesfalle erwarten? Trapzone hatte er schon viele Male verfolgt und wusste zumindest in den erforschten Zonen, was auf sie zukommen würde. Sie würden nicht so ahnungslos in die Fallen tappen, wie die Mitglieder der Ares-9 Expedition, die den Koloss vor einhundert Jahren entdeckt hatten. Oder die Truppen der rivalisierenden Großmächte, die im Anschluss versucht hatten, das Trapship unter ihre Kontrolle zu bekommen und dabei kläglich gescheitert waren.

Detaillierte Karten und sämtliche Daten, die in diesem extraterrestrischen Bauwerk bisher gesammelt worden waren, standen ihnen in den Handgelenkcomputern zur Verfügung.

»... doch nichts bereitete einen wirklich auf die Gefahren vor, die hier lauerten und die in jeder Sekunde über Leben und Tod entscheiden ...«

Die Stimme Falkners riss Marc aus seinen Überlegungen und er konzentrierte sich wieder auf das Hologramm das immer noch davon schwärmte, welche Ehre es war, an der Erforschung des größten Rätsels der Menschheitsgeschichte teilnehmen zu dürfen.

Na ja, mag ja sein, dachte er, *aber nur, wenn man als Zuschauer auf der Erde, dem Mond oder eben auch dem Mars gemütlich vor der Übertragung sitzt. Das sieht von hier drinnen ganz anders aus, wenn man wie ein Lamm zur Schlachtbank geführt wird!*

»... und wieder werden wir verfolgen, wie unsere Spieler versuchen, dem gigantischen, extraterrestrischen Bauwerk hier auf dem Mars seine Geheimnisse zu entreißen. Zum Wohl der gesamten Menschheit!«

Der Administrator machte eine kurze Pause. Dann fuhr er mit sich vor Begeisterung überschlagender Stimme fort. »Doch dieses Jahr ist besonders. Wir haben es nicht wie üblich mit Gefangenen zu tun, die sich ihren Weg durch das Labyrinth bahnen, um Freiheit und Reichtum zu erlangen. Heute machen sich sechs Freiwillige mit einzigartigen Fähigkeiten auf den Weg ins Innere. Sie wurden aufgrund ihrer außergewöhnlichen Talente ausgewählt, und es ist mir eine besondere Freude, sie nun vorzustellen.«

Ja, genau, dachte Marc, *wir haben uns alle gemeldet, ohne dass man erst darum bitten musste! Die Freude wird ganz meinerseits sein, wenn ich hier je wieder lebend rauskomme. Dann werde ich dir nämlich deine Scheinheiligkeit aus dem Leib prügeln. Und zwar bevor ich dich in eine Schleuse stopfe ... ohne Raumanzug!*

Er sah sich um und die wütenden Blicke der übrigen »Freiwilligen« bestätigten ihm, dass er dabei nicht allein sein würde. Doch die Chance, so weit zu kommen, war minimal. Keiner kam aus dieser mit Todesfällen gespickten Anlage wieder heraus. Auch wenn sie alle über Talente verfügten, die vorherige Spieler nicht gehabt hatten, würden sie dennoch mit hoher Wahrscheinlichkeit scheitern. Marc grübelte weiter vor sich hin und horchte erst auf, als Maja vorgestellt wurde.

»... und als Letzte im Bunde haben wir die ebenfalls aus Deutschland stammende Maja Mayers! Sicher eine der begabtesten Diebinnen auf dem ganzen Planeten. Vielleicht haben Sie von dem spektakulären Raub des Hope Diamanten aus dem Smithsonian-Museum in Washington DC gehört, der dort unter strengsten Sicherheitsvorkehrungen ausgestellt war? Oder von dem Einbruch in die Eremitage in Sankt Petersburg, bei der das Rothschild-Ei entwendet wurde. Nur zwei von vielen Verbrechen, die nachweislich auf das Konto dieser talentierten Diebin gingen!«

Falkner fuhr fort mit seiner Ansprache, doch Marc verfolgte diese nur noch oberflächlich. Er sah neugierig zu Maja hinüber. Nun war ihm die Reaktion auf seine erste Frage nach dem Erwachen im Shuttle klar. Sie stammte ebenfalls aus seinem Heimatland und hatte ihn deshalb sofort verstanden.

»Was sagtest du vorher?«, flüsterte er ihr fragend zu. »Du bist Künstlerin und lässt Dinge verschwinden?«

Sie grinste. »Ja. Richtig. Das stimmt schon. Im Verschwindenlassen von Gegenständen bin ich absolute Oberklasse!«

»... und somit erkläre ich die Spiele für eröffnet«, hallte Falkners durchdringende Stimme durch den Korridor, »mögen sie erfolgreich verlaufen und dem Trapship endlich seine Geheimnisse entreißen.«

Rum und Ehre dem Imperator, höhnte Marc im Stillen, *und Tod den Gladiatoren!*

Ein letztes Mal wandte sich der Administrator den Spielern zu. »Folgen Sie dem sicheren Weg, der in Ihren Datenpads gespeichert ist so lange wie möglich. Viel Glück Ihnen allen!«

Das Hologramm erlosch schlagartig und die absolute Stille, die der überlauten Ansprache folgte, wirkte geradezu erschreckend.

»Ich nicht glaube, mit Glück kommen besonders weit!«, knurrte schließlich Baran Kowros, nachdem die letzten Worte des Administrators verklungen waren. »Doch vielleicht mit Daten, was hier in Schätzchen gespeichert?«

Er tippte auf ein kleines Display, das er – wie alle anderen – am Unterarm trug. Der Miniaturrechner, der seine Energie wie das Stirnband direkt über ihre Körperwärme bezog, aktivierte sich sofort und eine Projektion flackerte auf, die eine detaillierte dreidimensionale Karte des Kolosses zwischen den Spielern entstehen ließ. Der sichere Weg, von dem Falkner geredet hatte, leuchtete als grüne Linie auf, die sich scheinbar willkürlich durch das Hologramm schlängelte.

Die parkähnliche Landschaft des ersten Sektors, welche bereits von der Ares-9 Crew entdeckt worden war, lag vor ihnen. Sie dehnte sich über einen Kilometer aus, bevor sie von dem äußerst real wirkenden Hochplateau, das in Wirklichkeit eine verblüffende optische Täuschung war, vom nächsten Bereich getrennt wurde. Nur durch einen schmalen Eingang auf der gegenüberliegenden Seite dieses Felsmassivs führte der Weg in die zweite Zone.

»Na, das sieht ja nicht besonders schwer aus«, meinte Evelina Russo, »und auch nicht sonderlich weit.«

Sie wandte sich von der Projektion ab und sah über die grasbewachsene Ebene, die sich, von kleinen Flussläufen durchbrochen, vor ihnen öffnete. Marc pflichtete ihr im Stillen bei. Die Szenerie wirkte friedlich. Kaum vorstellbar, dass man hier gewaltsam zu Tode kommen konnte. Doch der Schein trog. Das wusste er, seit er vor vielen Jahren mit dem Studium der Daten, die es über dieses faszinierende Bauwerk gab, begonnen hatte. Die Erkenntnisse der ersten Forscher hatten ihn dabei genauso in ihren Bann gezogen wie die Videoaufzeichnungen der letzten Trapzone-Spiele. Immer wieder waren unvorsichtige Menschen der überaus aggressiven Flora in diesem Sektor zum Opfer gefallen.

Giftige Pflanzen, die mit Pfeilen schossen, klebriges Gras, das alles zersetzte, was an ihm haften blieb, und

Würgebäume waren nur die offensichtlichen Gefahren, die hier auf unachtsame Besucher lauerten.

»Lasst euch nicht von dem Frieden hier täuschen«, flüsterte Marc daher leise. »Wenn wir ohne Verluste bis zur zweiten Zone durchkommen, haben wir schon wahnsinniges Glück gehabt. Und dann liegt erst ein kleiner Teil der Strecke bis zur Mitte des Bauwerks hinter uns. Der erste Sektor hier ist bei Weitem nicht der Schlimmste, aber trotzdem heimtückisch. Also Vorsicht bei jedem Schritt. Wir haben einen langen Weg vor uns, auch wenn das Ziel schon so nahe aussieht.«

»Siebzehn Kilometer sagt Karte«, brummte Baran Kowros, »dawai, dawai, los gehen!«

Er minimierte das vor ihm schwebende Hologramm, und es zog sich zu einem blau schimmernden Pfeil zusammen, der einen halben Meter vor seiner Brust schwebte und ihm wie eine Kompassnadel die Richtung wies.

»Ihr ebenfalls solltet aktivieren Richtungsmarker«, meinte er und stapfte los.

Viele Stunden folgten sie den holografischen Richtungsanzeigen, die sie an allen Gefahren vorbei durch den ersten Abschnitt des Trapships lotsten, bevor sie auf einer Anhöhe eine kurze Rast einlegten. Verschwitzt und außer Atem ließ sich Marc neben einem kleinen Felsen nieder, nachdem er mit dem Unterarmrechner kontrolliert hatte, dass keine Gefahr von seinem Rastplatz ausging. Shiyan setzte sich mit einer mühelosen Bewegung, als ob ihr die

Strapazen überhaupt nichts ausmachten. Marc konnte sie dafür nur bewundern. Ihm, der nie besonders sportlich gewesen war, hatten die ersten Kilometer bereits ordentlich zugesetzt. Und er wusste, dass der Weg, der vor ihnen lag, noch anstrengender werden würde. Durstig zog er seine Wasserflasche heraus und trank, während Fynn als Letzter die Anhöhe erklomm und sich dankbar seufzend neben ihm ins Gras fallen ließ, ohne die Stelle auf mögliche Bedrohungen zu kontrollieren.

»Alles sicher hier«, gab der Schwede ungefragt Auskunft. »Ich kann Gefahren spüren, weißt du doch.«

Marc nickte beruhigt. Auf der bisherigen Wanderung durch den Park hatte sich das Gespür des Nordländers schon als äußerst nützlich erwiesen. Bereits kurz nachdem sie aufgebrochen waren, hatte Fynn den russischen Hacker, der nur wenige Schritte vom sicheren Weg abgewichen war, grob am Arm gepackt und zurückgerissen.

»Hey, Brüderchen, spinnst du«, stieß Baran ärgerlich aus, »was los mit dir?«

Seine Empörung war ihm schnell vergangen, als Fynn einen Stein auf die Stelle warf, die der Russe mit dem nächsten Schritt erreicht hätte. Als das Wurfgeschoss den Boden berührte, öffnete sich eine Grube, deren Grund in der schwarzen Tiefe nicht auszumachen war. Baran, der die medialen Fähigkeiten des Schweden bis dahin nur müde belächelt hatte, schrie entsetzt auf und nickte seinem Retter dankbar zu.

»Spasibo bolschoje - danke, Mann«, rief er verblüfft, während er sich vorsichtig vorgebeugte und über den Rand in die Tiefe starrte, die ihn um Haaresbreite verschlungen hätte. »Das beinahe wäre schief gegangen. Wie konntest du wissen von Falle?«

»Das kann ich dir nicht sagen«, erwiderte der blonde Hüne mit sanfter Stimme. »Aber wie ich euch schon sagte, spüre ich Gefahren, bevor sie für andere erkennbar sind, und sehe oft Bilder und Sequenzen von Ereignissen, die noch in der Zukunft liegen oder bereits passiert sind.«

»Wenn du damit kannst Leben retten«, schnaufte Baran und trat zitternd von der Spalte zurück, »dann du bist ab sofort bester Freund. Ich dir nicht mehr weiche von Seite!«

Marc musste trotz des Schocks lächeln, den diese plötzlich aufgetauchte Fallgrube bei ihm ausgelöst hatte. Unwillkürlich waren sie an Fynn Johannson herangerückt. Alle spürten in diesem Moment, dass der Schwede ein unschätzbar wichtiger Begleiter auf dieser Reise durch diese riesige Todesfalle sein würde. Es war sicher nicht die schlechteste Idee, sich in seiner Nähe aufzuhalten.

Gleichzeitig war der Schachgroßmeister überrascht. Nicht darüber, dass Fynn die sich so schlagartig öffnende Spalte vorhergesehen und damit den jungen Russen gerettet hatte, sondern über das Gefühl von drohender Gefahr, dass ihn ebenfalls Sekundenbruchteile vorher überflutet hatte. War es möglich, dass auch er rudimentär ausgebildete präkognitive Fähigkeiten besaß? Das würde zumindest erklären, dass er beim Schachspiel oft vorhersah, welche Züge seine Gegner machen würden. War er in den letzten Jahren deshalb so erfolgreich gewesen? Marc streckte sich in dem weichen duftenden Gras aus und beschloss, bei Gelegenheit mit dem Schweden darüber zu reden. Und bis dahin würde er seinen eigenen Gefühlen noch mehr vertrauen als bisher.

Die hellseherischen Fähigkeiten Fynns retteten sie zwei Stunden später erneut. Sie wanderten durch eine Ebene, die von dem allgegenwärtigen blaugrünen Grasteppich bewachsen war und sie in trügerischer Sicherheit wiegte. Der Schwede, der die kleine Gruppe gerade anführte, lief fünf Meter vor ihnen, als er sich plötzlich an die Schläfe fasste und innehielt.

»Stopp«, war das einzige Wort, das er laut ausstieß. Alle blieben sofort wie eingefroren stehen. Seit der Fallgrube vertrauten sie auf seine Fähigkeiten mehr als auf ihre eigene Wahrnehmung.

»Was hast du?«, fragte Evelina leise und trat vorsichtig an die Seite Fynns. Auch Marc sah sich ängstlich um. Doch er konnte keine Gefahr ausmachen.

Was nicht viel heißt, dachte er, *in diesem verdammten Trapship lauert an jeder Ecke der Tod.*

Die Fallen des ersten Rings waren zwar weitgehend erforscht, aber noch immer stießen die Spielergruppen auf neue Gefahren. Auch jetzt schien wieder ein unbekannter Schrecken auf sie zu lauern, den nur Fynn wahrnehmen konnte.

»Ich weiß nicht genau«, antwortete dieser leise auf die Frage von Evelina. »Das Gras vor uns sieht anders aus als bisher.«

Angestrengt überprüfte Marc die Umgebung und versuchte jedes Detail der vor ihnen liegenden, friedlichen Graslandschaft zu erfassen. Doch so sehr er sich auch konzentrierte, ihm fiel nichts auf.

»Das sieht für mich aus, wie überall«, flüsterte Shiyan. »Bist du dir sicher?«

»Kann sich hier je einer sicher sein?«, knurrte Marc. »Wir stecken hier in einer verdammten Todesfalle, die uns in jeder Sekunde mit einer neuen heimtückischen Teufelei auslöschen kann. Aber du hast recht. Auch ich sehe nichts Ungewöhnliches.«

Er kniff erneut die Augen zusammen und blickte über die sonnenbeschienene Ebene. Und da, aus den Augenwinkeln sah er ein Flackern. Als er es fokussierte, verschwand es. Er ließ den Blick schweifen und das Flimmern tauchte wieder auf. Wie Hitze, die an einem heißen Sommertag über den Dünen seiner Heimat hoch im Norden Deutschland flimmerte und die Luft zum Flirren brachte.

»Moment, jetzt sehe ich doch etwas«, stieß er verblüfft aus. »Ein Flackern. Kaum auszumachen, aber dennoch vorhanden!«

»Genau das meine ich!«

Fynn nickte und hob einen Stein auf. Er warf ihn mit Schwung in die Ebene, wo der Gesteinsbrocken mit einem leisen Plopp auftraf, einige Meter weiterrollte und dann liegen blieb. Sonst geschah nichts, und Marc fragte sich bereits, ob ihm seine überreizten Nerven nur einen Streich gespielt und Gefahren vorgegaukelt hatten, die überhaupt nicht vorhanden waren. Doch da leuchtete die Luft unter dem Felsbrocken grellrot auf und dieser schmolz wie ein Eisblock auf der heißen Herdplatte. Rauch stieg auf, während gleichzeitig ein helles, hohes Kreischen erklang. Die Hitze waberte bis zu ihnen herüber und stechender Ozongeruch breitete sich aus. Nur wenige Sekunden dauerte der Spuk, dann lag die Grasebene wieder so friedlich da, als wäre nichts geschehen. Nur die langsam aufsteigende Rauchwolke des desintegrierten Steines verriet, dass man diese Grasfläche besser nicht betrat.

»Na, ich denke, wir lieber gehen außen herum!«, schluckte Baran und klopfte Fynn auf die Schulter. »Gut gemacht, Freund. Dawai – du führst.«

Stunden später hatten sie sich dem holografischen Tafelberg so weit genähert, dass Einzelheiten erkennbar wurden.

Absolut erstaunlich, dachte Marc, während er die Hände auf die Oberschenkel stützte und sich eine kurze Atempause gönnte. *Dieses Bergmassiv sieht so unglaublich realistisch aus. Und doch ist es nichts als eine optische Täuschung.*

Er zog wieder einmal seine Feldflasche aus dem Gürtel und trank in gierigen Zügen. Zumindest die Verpflegung stellte hier kein Problem dar. In regelmäßigen Abständen gab es Flussläufe und kleine Seen mit trinkbarem Wasser. Und schon die ersten Forscher hatten entdeckt, dass es hier Pflanzen gab, deren Früchte wohlschmeckend und vor allem ungiftig waren. Warum der Koloss seine Besucher mit Nahrung versorgte, während er gleichzeitig versuchte, jeden Eindringling umzubringen, war Marc ein Rätsel.

Sogar ausgesprochen leckere Nahrung, befand er, nachdem er seine Flasche wieder verstaut hatte und eine der fremdartigen Pflanzenknollen, die sie auf ihrer Wanderung geerntet hatten, aufbrach. Während er den Inhalt, der wie eine Mischung aus Birne und Erdbeeren schmeckte, hungrig verzehrte, blickte er sich wachsam um.

Links erstreckte sich ein Wald der gefährlichen Würgebäume bis zu der imaginären Felswand des Plateauberges. Das Grasland war bereits vor einigen Kilometern einer sandbedeckten Steinwüste gewichen, durch die der gut erkennbare Weg führte, den schon Hunderte von Forscher und Spieler entlanggegangen waren. Da es hier drin weder Wind noch Regen gab, war der Trampelpfad gut zu erkennen. Marc prüfte das Hologramm und nickte zufrieden. Hier war alles sicher. In ihrer unmittelbaren Umgebung wurden keine Fallen angezeigt. Trotzdem hatte er das Gefühl, irgendetwas übersehen zu haben. Er starrte erneut auf die Datenkarte, die vor ihm schwebte, doch er konnte nicht erkennen, was ihn störte.

Zögernd gab er Shiyan das Zeichen, dass der Weg sicher war. Die Asiatin begab sich an die Spitze der Gruppe. Mit raubtiergleichen Bewegungen huschte die chinesische Artistin dahin. Immer darauf bedacht, jeder Gefahr sofort auszuweichen, lief sie zwischen den kniehohen Steinen der Wüste hindurch. Sie folgte dem ausgetretenen Weg, als bei Fynn und Marc gleichzeitig die Alarmglocken zu schrillen begannen. Der Schwede stand wie erstarrt da, hatte die Augen geschlossen und schien in sich hineinzuhören. Marc, der noch immer nachdenklich das vor ihm schwebende Hologramm musterte, erkannte was ihn schon die ganze Zeit gestört hatte. Die Felsbrocken wurden auf der Karte nicht angezeigt. Synchron brüllten sie los.

»Shiyan, Achtung, das ist eine Falle!«

Wie von Geisterhand emporgehoben wuchsen die Steinbrocken in atemberaubender Geschwindigkeit aus dem Boden, als sich die Chinesin genau dazwischen befand. Shiyan realisierte, dass es zu spät war nach vorne oder zurück zu flüchten. Der einzig mögliche Weg führte an den Felsen hinauf. Katzengleich sprang sie aus dem Stand gute zwei Meter hoch und kletterte wie ein Affe an den sich schließenden Felswänden empor, die weiterhin in die Höhe wuchsen. Ein Schrei ertönte, als die Steinplatten mit lautem Donnern aufeinanderstießen und den Zwischenraum vollständig schlossen.

»Shiyan, du noch leben?«, rief Baran an der nahtlosen Wand hinauf, die so plötzlich vor ihnen emporgewachsen war. Doch niemand antwortete. Die Chinesin musste trotz ihrer unglaublichen Kletterkünste zerquetscht worden sein. Sekundenlang stand die Gruppe wie erstarrt vor dem gut zehn Meter hohen Felsen. In dessen Mitte öffnete sich knarrend ein Spalt, der sich schnell erweiterte als die beiden Steinplatten voneinander zurückwichen. Während sie im Boden versanken, wurde Shiyan sichtbar, die lächelnd wieder zu ihnen heruntersprang.

»Nichts passiert«, rief sie, nur leicht außer Atem von dieser spektakulären Kletteraktion, »da habe ich im Zirkus schon gefährlichere Nummern aufgeführt.«

»Dort auch keine tonnenschweren Steinplatten zerquetschen dich zu Brei«, rief Baran, dem seine Erleichterung, die Chinesin lebendig und unbeschadet zu sehen, deutlich anzusehen war.

»Da hast du natürlich recht!«, erwiderte Shiyan lächelnd und deutete eine Verbeugung in Richtung des Russen an. »Deine Sorge um mich ehrt dich, doch sie war unbegründet.«

»Wir sollten einen großen Bogen um diese Gegend machen«, sagte Fynn leise und zeigte auf weitere Brocken, die in der Ebene verstreut herumlagen. »Vielleicht verlassen wir uns in Zukunft lieber nicht mehr auf meine Intuition. Was, wenn ich die Gefahren nicht rechtzeitig erspüren kann und jemand wegen mir stirbt?«

»Dann sind wir nicht schlechter dran als ohne dich«, brummte Marc. »Besser, du entdeckst die Fallen erst im letzten Moment als gar nicht. Doch wir haben noch ein ganz anderes Problem: Nach diesem Vorfall können wir uns auch nicht mehr auf die Daten der Holokarte verlassen.«

Zehn Kilometer entfernt, in der Marsstadt Arcadia Nova, hatte Joshua Falkner den gleichen Gedanken. Was passierte hier? Noch nie hatte sich die Position der Fallen verändert. Und es waren in den letzten Jahren auch keine neuen dazugekommen. Die aufgezeichneten Daten hatten die Spieler stets zuverlässig durch die beiden äußeren Sektoren geführt. Seit Jahren war in der Parklandschaft niemand mehr zu Schaden gekommen, oder gar gestorben. Alle Gefahren abseits des sicheren Pfades waren bekannt und gespeichert. Dass dieser russische Idiot beinahe in eine bereits kartografierte Grube getappt war, weil er nicht aufpasste, zählte nicht.

»Was ist hier los?«, wandte er sich dem Techniker zu, der ihm am nächsten saß. Alessandro Cavallo stand auf dessen Brustschild. »Wo kommen diese neuen Fallen her?«

»Sir, wir wissen es nicht. So etwas habe ich bisher noch nie beobachtet. Auf die Datenbasis der letzten Jahre war immer Verlass.«

Falkner war außer sich vor Wut. »Verdammt, die Gruppe, die diesmal drin ist, hat bisher die besten Aussichten, es auch wirklich zu schaffen. Und jetzt macht uns der Koloss selbst einen Strich durch die Rechnung?«

Er knallte frustriert die Aktenmappe vor sich auf den Schreibtisch, die er bisher in der Hand gehalten hatte. Ein Dossier über Evelina Russo flatterte heraus und fiel zu Boden. Cavallo wandte sich von seiner Konsole ab, bückte sich nach dem Dokument und reichte es dienstbeflissen an Falkner zurück. Hastig griff der Administrator danach und riss es seinem verwundert dreinblickenden Mitarbeiter aus der Hand. Er stopfte es wieder in die Mappe, wobei der rote Vermerk »Top Secret« deutlich zu sehen war. Dann erhob er sich so stürmisch, dass sein Stuhl nach hinten kippte und mit lautem Gepolter umkippte.

»Ich will, dass dieses Jahr der Innenbereich erreicht wird. Und ich will, dass ihr das ermöglicht. Wozu habe ich euch Idioten sonst angestellt?«

»Und wie sollen wir das anstellen, Sir?«, konterte Cavallo. »Der Koloss reagiert weder auf unsere Signale, noch können wir die Fallen in den inneren Sektoren beeinflussen. Das wissen Sie besser als jeder andere, Sir!«

»Das ist mir vollkommen egal«, fauchte Falkner. »Wenn ihr es nicht schafft, sie bis zur vierten Zone zu lotsen, dann schicke ich euch alle hinterher. Ist das klar?«

Totenstille breitete sich aus, während Alessandro betreten auf seine Konsole starrte. Er nickte, wobei er die zwei Söldner angewidert beobachtete, die stets hinter Falkner standen. Ihm war klar, dass die Drohung des Spielleiters ernst gemeint war. Und die Privatarmee, die der Administrator auf dem Mars um sich geschart hatte, war zweifellos dazu fähig, sie in die Tat umzusetzen. Die Söldner waren nicht gerade zimperlich, wenn es darum ging, Befehle auszuführen. Das hatten auch einige Freunde und sogar seine Familie in Arcadia Nova bereits in der Vergangenheit zu spüren bekommen.

»Klar, Sir. Wir werden unsere Anstrengungen verdoppeln!«, quetschte er daher heraus.

»Das will ich Ihnen auch geraten haben«, knurrte Falkner finster. Er wandte sich ohne ein weiteres Wort um und verschwand in dem Privatlift, zu dem nur er Zugang hatte. Als sich die Türen mit einem leisen Zischen hinter ihm und seinen Leibwächtern schlossen, atmete Alessandro auf. Er wusste, dass sein Leben an einem seidenen Faden hing. Doch das geheime Dokument, das er nur einmal kurz mustern konnte, hatte genügt, um ihn sein schon lange geplantes Vorhaben endlich in die Tat umsetzen zu lassen. Es bestätigte, dass die aktuellen Spieler – wie bereits viele vor ihnen – keineswegs freiwillig an Trapzone teilnahmen. Er kannte Evelina persönlich und war sich sicher, dass die lebensbejahende Italienerin so einem Selbstmordkommando niemals freiwillig zugestimmt hätte.

Alessandro war nicht gewillt, sie einfach im Trapship den Machtspielen eines Despoten zu opfern. Zumindest nicht, ohne Falkner dafür bezahlen zu lassen. Zunächst noch zögerlich, doch dann immer entschlossener gab er die schon lange vorbereiteten Befehlszeilen in die Tastatur ein.

Auf neuen Pfaden

»Wir müssen noch vorsichtiger sein, wenn wir das hier überleben wollen.«

Ratlos starrte Marc auf die blass leuchtende Karte, die zwischen ihnen schwebte. Er scannte die Umgebung, rief Daten auf und dachte angestrengt nach.

»Bisher haben wir keine Fehler gemacht«, wunderte er sich schließlich. »Wir befinden uns noch immer auf dem angeblich sicheren Pfad, der Shiyan gerade beinahe das Leben gekostet hätte. Ich glaube nicht, dass uns dieser verfluchte Falkner absichtlich in den Tod rennen lässt. Davon hätte er doch nichts. Was also ist hier los?«

Er tippte weitere Befehle in den kleinen Handgelenkscomputer und ließ sämtliche bislang aufgezeichneten Wege und Fallen aufleuchten, die in diesem Sektor bekannt waren. Doch auch diese Daten brachten ihm keine weiteren Erkenntnisse.

»Was machst du da?«, fragte Evelina, die neben ihm stand und interessiert zusah, wie er auf die virtuelle Tastatur eintippte und neue Pfade auftauchen und wieder verschwinden ließ.

»Ich prüfe alle verfügbaren Wege durch den Sektor«, gab er konzentriert zurück, ohne von seiner Arbeit aufzusehen. Schließlich erschien eine grüne, gestrichelte Linie, die sich durch den ersten Ring bis zum Ausgang zog.

»Aufgrund der Daten würde ich den dargestellten Pfad als den sichersten ansehen«, murmelte er und prüfte erneut sein Ergebnis.

»Wieso du denkst das?«, fragte Baran, der sich ebenfalls in das Hologramm eingeklinkt hatte und eigene Überlegungen anstellte.

»Nach Berechnungen von mir, dieser Weg ist besser.«

Eine neue, gelbe Linie, erschien. Die ersten Kilometer deckten sich die beiden Pfade. Doch danach wichen sie voneinander ab.

»Du vergisst«, warf Marc ein, »dass ich Schachspieler und Analytiker bin. In aller Bescheidenheit nicht der schlechteste auf der Welt. Daher habe ich mögliche, logische Varianten eingerechnet.«

»Und was sagt Analyse?«

»Ich habe mir überlegt, wo es strategisch sinnvoll wäre, Fallen zu errichten, wenn ich vorhätte, Eindringlinge davon abzuhalten in den nächsten Bereich vorzudringen. Offensichtlich haben die Erbauer des Trapships Besucher nicht sonderlich gemocht. Doch sie haben es ihnen auch nicht vollkommen unmöglich gemacht hineinzugelangen. Vielleicht wollten sie ja einige Wege für sich selbst offenhalten? Ich habe also alle möglichen Strecken durchlaufen lassen, bekannte Fallen und deren Charakteristika einkalkuliert und die resultierenden Fakten analysiert.«

Er grinste Evelina an, die fragend dreinblickte.

»Ganz ehrlich Marc, ich verstehe nicht das Geringste von dem, was du da sagst.«

»Einfacher gesagt habe ich wie bei einem Schachspiel meine Figuren gesetzt und versucht, die Züge des Gegenspielers vorherzusehen.«

»Nur dumm, dass Gegner schon seit Millionen Jahren tot!«, merkte Baran sarkastisch an.

Auch Fynn war nicht überzeugt. »Also eigentlich willst du uns sagen,«, knurrte er, »dass du mit etwas strategischem Können und einer Riesenportion Glück einen Weg durch diese verdammte Mausefalle gesucht hast?«

»Äh, ja«, erwiderte Marc, »wenn du es so sehen willst, stimmt das auch irgendwie.«

»Aha«, fasste Evelina zusammen. »Dann können wir also nur hoffen, dass du wirklich ein so guter Spieler und Analytiker bist, wie du sagst.«

»Vertraust du Berechnung?«, fragte Baran und tippte auf die grüne Linie im Hologramm.

»Ich denke schon. Doch vollkommen sicher können wir uns natürlich nicht sein.«

Der russische Programmierer grinste ihn schief an, löschte seine eigenen Berechnungen und richtete den Blick auf die Landschaft, die vor ihnen lag.

»Da, konechno[1]. Vertrauen wir auf strategischen Fähigkeiten von Schachgroßmeister und nicht auf Geschick von russischem Hacker. Aber das deine Überlegungen. Deshalb: Dawai, du gehst vor!«

---

[1] Ja, klar.

Viele Kilometer später fiel die Anspannung langsam von Marc ab, der einige Meter voranging. Doch dann ragte ein dichter Wald der Würgebäume vor ihnen auf. Und sein berechneter Weg führte mitten hinein.

»Für mich, das sieht nicht sicher aus«, sagte Baran. »Da ich gehe auf keinen Fall lang!«

»Verstehe ich nicht«, murmelte Marc überrascht. Er tippte auf den blau schimmernden Pfeil, der vor ihm schwebte, und die holografische Karte erschien.

»Der Wald ist nirgendwo eingezeichnet. Zumindest nicht von den Drohnen, die das Gebiet hier kartografiert haben.«

»Wie lange ist das her?«, fragte Evelina. »In dieser Gegend war doch sicher ewig niemand mehr?«

»Vor über zehn Jahren ist hier die letzte Aufzeichnung entstanden«, bestätigte Maja. »Alle Spieler sind immer demselben Weg gefolgt. Kein Schwein hat sich dem Risiko ausgesetzt, irgendwo abseits in eine der nicht registrierten Fallen zu tappen.«

»Und was machen wir nun?«, fragte Fynn. »Habt ihr eine Ahnung, in welcher Richtung ein sicherer ...«

Ein leiser Summton unterbrach sie. Gleichzeitig erschien im Hologramm eine weitere blinkende Linie, die einen bisher unbekannten Pfad zum Ausgang der ersten Ebene zeigte.

Marc blickte überrascht zu Baran, doch der schüttelte den Kopf und hob die Arme.

»Ich nicht gewesen«. Der Russe wirkte verblüfft. »Keine Ahnung, woher neue Daten. Vielleicht Kontrollteam hat Weg freigegeben?«

Fynn zuckte mit den Schultern. »Der Weg ist so gut wie jeder andere«, meinte er. »Und er führt an dem Würgebaumwald vorbei. Ich bin dafür, die angezeigte Route zu versuchen.«

»Ist so gut wie jeder andere Weg«, wiederholte Shiyan. »Was haben wir schon zu verlieren?«

»Leben vielleicht?«, gab Baran zurück. »Aber ich auch bin einverstanden. Folgen wir blinkender Linie.«

»Dann ist es beschlossen«, nickte Marc und setzte sich ächzend in Bewegung. Der kilometerlange Marsch ermüdete ihn mehr, als er zugeben wollte. Er wünschte sich im Moment nichts sehnlicher als eine ausgiebige Pause. Doch sie waren übereingekommen, erst am Ausgang aus diesem Sektor eine längere Rast zu machen. Und der Entfernungsangabe aus den Datenpads zufolge würden sie ihr Ziel in frühestens drei Stunden erreichen.

»Was zum Teufel tun die da?«, brüllte Falkner und starrte auf die 3-D-Karte, auf der die sechs grünen Punkte einer Route folgten, die sie in einen Bereich des ersten Sektors führen würde, der bislang nur wenigen Menschen bekannt war. Und das sollte auch so bleiben. Die Kontrollcrew sah überrascht von ihren Anzeigen auf, als er mit überschnappender Stimme fortfuhr. »Alle verschwinden augenblicklich aus dem Kontrollraum. Ich lasse euch holen, wenn ihr wieder gebraucht werdet.«

Seine Bodyguards traten bedrohlich nach vorne und hoben die Betäubungsstrahler. Erstauntes Stimmengewirr wurde laut, während das Überwachungsteam den Raum verließ. Niemand wollte sich mit Falkner oder seiner Privatarmee anlegen. Jeder, der diesen Fehler in der Vergangenheit begangen hatte, war verschwunden und nie wieder aufgetaucht. Als sich die breite Automatikschleuse zischend hinter dem letzten Techniker schloss, gab Falkner seinen Söldnern ein Zeichen.

»Los, holt das zweite Team her und sorgt dafür, dass ab sofort rund um die Uhr Wachposten vor der Tür stehen. Keiner, der nicht zum Spezialteam gehört, kommt rein. Verstanden?«

Die beiden Wachen nickten. »Klar, Sir, verstanden!«, war alles, was sie sagten, bevor sie losliefen und Falkner allein im Kontrollraum zurückließen. Er atmete auf. Das war gerade noch einmal gut gegangen.

Was für ein Glück, dass er vor dem Abendessen beschlossen hatte, nach dem Rechten zu sehen. Nur wenige Minuten später wären womöglich Informationen an die Öffentlichkeit geraten, die ausgesprochen unangenehme Folgen für ihn und seine Auftraggeber gehabt hätten. Er vertraute dem ersten Team nicht. Doch er konnte sie auch nicht einfach grundlos entlassen. Viele der Crew waren seit Jahren dabei und kannten die Überwachungssysteme und vor allem das Innere des Trapships bestens. Ihre Kündigungen oder besser noch ihr spurloses Verschwinden konnte eine Menge Staub aufwirbeln und das wollte der Administrator im Moment nicht riskieren.

Da würde schon jetzt die plötzliche Räumung schwer zu erklären sein. Doch diese Maßnahme war notwendig, um sein Geheimnis zu schützen. Und vor allem, um dieses spezielle Spiel nicht beenden zu müssen, bevor es richtig begonnen hatte.

»Nicht, nachdem das Ziel so nahe ist«, knurrte er und ging langsam die Treppe zu seiner privaten Beobachtungslounge hinauf. Von deren erhöhter Position aus konnte er alle Vorgänge von Trapzone überblicken und steuern.

Die Tür zum Kontrollraum öffnete sich erneut. Das Spezialteam traf ein und nahm routiniert die Plätze an den Steuerkonsolen ein. Falkner atmete erleichtert auf. Diese Menschen waren die Einzigen, die außer ihm in die streng geheime Operation Asche eingeweiht waren, die er seit Langem abseits von Trapzone durchführte. Und die jedem von ihnen Unmengen von Credits einbrachte. Auf diese Crew konnte Falkner sich verlassen.

Schließlich fließen jedes Jahr exorbitante Summen auf ihre Konten, dachte er, *und natürlich auch auf meine!*

Aufatmend ließ er sich in seinem Schalensessel zurückfallen und richtete seine Blicke auf die sechs Punkte, die in das rot markierte Gebiet auf der Karte eintraten. Und das niemand außer ihm und dem Spezialteam kannte.

»Na, bisher ging es ja gut!« Marc wischte sich den Schweiß von der Stirn und keuchte vor Anstrengung. Die schwüle Hitze in diesem Sektor war mörderisch. Seit zwei Stunden folgten sie dem neuen Weg, der so plötzlich aufgetaucht war. Seither hatten sie keine Fallen ausgelöst. Mittlerweile ragte der Tafelberg bereits in greifbarer Nähe steil vor ihnen auf. Sogar das Kraftfeld des Korridors, der in die zweite Zone führte, sahen sie in der Ferne blau schimmern.

Als Marc darüber nachdachte, was sie dort erwartete, wurde ihm schlecht. Es war ein Wunder, dass sie den Koloss bisher ohne Verluste durchquert hatten. Doch das würde nicht so bleiben, dessen war er sich vollkommen sicher.

Es ist wie beim Schach. Die Figuren werden aufgestellt, das Match beginnt und dann ist es unaufhaltsam, dass die Bauern fallen. Die Frage ist nur, wen es zuerst trifft.

Marc starrte mit tränenden Augen auf das Kraftfeld in der Ferne. Am liebsten wäre er einfach umgekehrt und weggelaufen. Irgendwohin, wo es sicher war. Wo keine versteckten Fallen darauf warteten, ihn umzubringen. Doch natürlich wusste er genau, dass es sich dabei um einen Wunschtraum handelte. Niemand kam durch die Energiefelder wieder aus diesem verdammten Trapship heraus. Wenn man nur immer weiter hineinging, waren die blassleuchtenden Vorhänge in dieser riesigen Mausefalle ungefährlich. Nur leider fühlte er sich in der Rolle als Maus überhaupt nicht wohl!

Er schreckte aus seinen Überlegungen hoch, als er die Kuppe einer sanften Anhöhe erreichte und in die dahinterliegende Senke hinunterblickte. Weit entfernt lag am

Ende des Tals ein bizarres Gebilde vor ihnen. Ein Hügel aus dunklen Objekten ragte dort in die Höhe, aus dem feine weiße Rauchfäden aufstiegen.

»Was ist das?«, fragte Maja, die neben ihm stand und ebenfalls angestrengt in die Ferne starrte. Marc beschattete seine Augen mit der Hand und kniff sie zu schmalen Schlitzen zusammen, um im grellen Licht der Doppelsonne besser sehen zu können.

»Keine Ahnung! Erinnert mich ein wenig an die Laubhügel, die wir im Herbst immer im Garten meiner Eltern zusammenrechten, als ich noch klein war«, überlegte er. »Wenn die lange genug lagen, stiegen auch manchmal solche dünnen Rauchfahnen auf.«

Auf diese Distanz wirkte es tatsächlich wie ein Blätterhaufen, aus dem halbverkohlte Äste herausstachen.

»Lasst uns hingehen«,meinte Maja. »Aber bleibt wachsam. Vielleicht handelt es sich um eine Falle, die wir noch nicht kennen.«

»Jedenfalls führt Weg genau darauf zu«, flüsterte Baran so leise, als ob er Angst hätte, jeder Laut könnte eine neue Gefahr heraufbeschwören.

Der Knochenturm

»Verdammt, sie haben ihn entdeckt!«, rief Falkner fassungslos. »Wie haben die das nur geschafft? Die sind doch nicht zufällig da reingestolpert, oder?«

Steve Chapman schüttelte den Kopf. Er gehörte schon dazu, seit das Spezialteam ins Leben gerufen worden war und genoss das uneingeschränkte Vertrauen des Administrators.

»Nein, Sir«, antwortete er, ohne von seinem Bildschirm aufzublicken. »Vollkommen unmöglich. Die erste Zone ist über dreißig Quadratkilometer groß.«

»Das weiß ich selbst«, knurrte der Spielleiter. »Klären Sie, wie es denen gelungen ist, dorthin zu gelangen. Ich will wissen, wer für dieses Desaster verantwortlich ist.«

»Ja, Sir!«

»Und sorgen Sie dafür, dass ab jetzt keine Informationen mehr nach außen dringen. Trapzone ist für die Öffentlichkeit mit sofortiger Wirkung beendet. Lassen Sie sich was einfallen, wie wir das kommunizieren. Von mir aus schicken Sie die Spieler virtuell in den Tod.«

»Wird erledigt, Sir!«

Falkner schluckte seinen Ärger hinunter und durchdachte seine Optionen, bevor er frustriert den Kopf schüttelte.

»Aktivieren Sie die Drohnen. Wir müssen das jetzt beenden. Jammerschade!«

Er drehte sich so abrupt um, dass seine Leibwächter, die wie üblich direkt hinter ihm Aufstellung genommen hatten, erschrocken zusammenzuckten und zur Seite sprangen. Dann stürmte der Administrator auf den Aufzug zu und war im nächsten Moment darin verschwunden.

»Klar, Sir«, murmelte Chapman, obwohl ihn nur noch das Kontrollteam hörte, »wird sofort erledigt.«

Fynn Johannson kauerte sich zusammen und übergab sich zum dritten Mal. Doch außer einem dünnen Speichelfaden, der ihm aus dem Mundwinkel hing und zäh zu Boden tropfte, kam kein weiterer Mageninhalt mehr aus seinem verkrampften Körper. Stöhnend erhob er sich, fuhr sich mit dem Ärmel über den Mund und vermied es dabei, den gut vier Meter hohen Hügel vor sich anzusehen, von dem ein brandiger Geruch ausging.

»Sorry, Leute«, war alles, was er herausbekam, während er versuchte, mit einem Schluck Wasser den ekelhaften Geschmack von Erbrochenem aus dem Mund zu bekommen. Er spuckte hustend aus und blickte demonstrativ in die Richtung, aus der sie gekommen waren.

»Schon gut, Freund.«

Baran starrte mit käsigem Gesicht stoisch auf das Monument, das nun, wo sie dicht davorstanden, eindeutig zu identifizieren war. Er schien deutlich mehr zu verkraften als die Übrigen, die erschüttert dastanden und wie der Schwede versuchten, an dem grauenerregenden Gebilde vorbeizusehen. Shiyan gesellte sich zu ihm und klammerte sich an seinen Arm, als ob die körperliche Nähe das Grauen lindern könnte.

»Maledetto![1]«, stieß Evelina aus und wandte sich mit weißem Gesicht von dem grauenhaften Hügel ab. »Wer ist zu so etwas fähig?«

»Die viel bessere Frage lautet: Warum?«, erwiderte Marc angewidert und schluckte schwer. Galle stieg in ihm auf und er kämpfte schwer, um sich nicht ebenfalls zu übergeben. Er musterte erschüttert den Berg aus geschwärzten Knochen, der sich vor ihnen erhob. Ohne jeden Zweifel menschliche Skelette. Teilweise waren Stofffetzen erkennbar, verkohlte Plastikreste und geschmolzene Metallteile, die einmal Schmuck, Brillen, Uhren oder auch teure bioelektrische Prothesen gewesen sein mussten. Alles war bis zur Unkenntlichkeit verbrannt. Nur vereinzelt ragten Fragmente aus dem Hügel, deren Ursprung noch eindeutig zuordenbar war.

Eines davon erregte seine Aufmerksamkeit. Mit spitzen Fingern zog er an einer silbernen Kette, die am Fuß des makabren Knochenberges hing und im Sonnenlicht funkelte. Als er sie von den verbrannten Halswirbeln löste, an denen das Schmuckstück verhakt war, polterte der Schädel herab und rollte Fynn direkt vor die Füße.

»Oh Gott, das ist ja grauenvoll«, jammerte der Schwede. »Ich glaub, ich muss mich gleich noch mal übergeben!«

»Kann nicht mehr passieren viel«, gab Baran zurück. »Du bereits alles rausgewürgt.«

---

[1] Verflucht!

Er klopfte dem Schweden voller Anteilnahme auf die Schultern und wandte sich dann neugierig Marc zu, der die Kette von den verbrannten Überresten löste und interessiert musterte.

»Was du gefunden?«

»Einen Anhänger«, murmelte Marc, der den glitzernden, herzförmigen Gegenstand in den Händen drehte, »muss wohl aus einem ziemlich zähen Material gefertigt sein. Jedenfalls ist er nicht einmal angeschmolzen.«

Er warf dem Russen die Kette zu, die dieser geschickt auffing und nun seinerseits intensiv studierte.

»Ich denke, hier kann man Amulett öffnen«, rief er, während der Anhänger mit einem leisen Klicken aufsprang. Zwei kurze Sätze waren auf jeder Seite des Medaillons in verschnörkelter Schrift im Inneren eingraviert.

»Meine geliebte Lundmilla«, las der Russe leise vor. »Für immer Dein!«

»Viel – wie sagt man – schnulzig!«, meinte er, als er das Schmuckstück achselzuckend wieder zurückwarf. »Und bringt uns auch nicht weiter bei Lösung von Rätsel.«

»Lundmilla«, sinnierte Fynn, »nicht gerade ein häufiger Frauenname. Irgendwie nordisch, vielleicht finnisch oder sogar aus meiner Heimat Schweden?«

Marc nickte. Ohne zu wissen wieso, hatte der Name in diesem Anhänger eine Saite in ihm zum Klingen gebracht. Während er noch angestrengt darüber nachdachte, wandte sich Maja ruckartig um und starrte wie Fynn in die Richtung, aus der sie gekommen waren.

»Hört ihr das? Da ist so ein eigenartiges Summen. Wie ein riesiger Wespenschwarm.«

»Ja, ich höre auch«, bestätigte Baran, während er die Hand hob und auf zwei schwarze Punkte deutete, die schnell näherkamen. »Das njet Insekten – sind Drohnen. Klingt nach militärische AK10-Destroyer.«

»Wie kannst du das wissen?«, fragte Marc irritiert, der nur das lauter werdende Brummen vernahm, aber selbst jetzt noch nicht sicher war, worum es sich dabei handelte.

»Oh, glaubt mir, Freund, ich weiß«, grinste der russische Programmierer. »Ich Programmcode von diese Dinger mitentwickelt.«

»Und was wollen die hier?«

»Ich nicht wissen«, murmelte Baran, »aber wo diese spezielle Drohnen auftauchen, niemand bleibt übrig, zu berichten. Wer Destroyer losschickt, will zerstören.«

Wie der Name schon sagt, dachte Marc.

»Wir sollten in Deckung gehen«, meinte Shiyan, die sich noch immer an Baran klammerte und den Russen nun mit sich hinter den Knochenhügel zog. »Ich habe kein gutes Gefühl bei diesen Maschinen.«

»Destroyer sind in Reichweite«, hallte die Stimme Chapmans aus dem Kontrollraum durch Falkners Arbeitszimmer. »Soll ich den Angriff einleiten?«

Der Administrator saß im abgedunkelten Turm und hatte die schweren Stahlblenden vor den

Aussichtsfenstern geöffnet. Leise Musik wehte durch den Raum. Die Ränder des Kolosses, der hier seit Jahrtausenden stand, leuchteten in den letzten Strahlen der untergehenden Abendsonne des Mars blutrot auf. Die Schönheit dieses Naturschauspiels hatte er schon unzählige Male bewundert. Doch heute konnte ihn das Schauspiel nicht begeistern. Zu sehr lenkten ihn die aktuellen Ereignisse ab. Das Schicksal der Spieler war in dem Moment besiegelt worden, als sie den Knochenhügel entdeckt hatten. Wie hatte das geschehen können? Noch nie war eine Gruppe so weit vom geplanten Weg abgekommen und hatte es überlebt. Dabei hatte er so viel Hoffnung in dieses Team gesetzt. Doch es musste sein, wollte er sein Geheimnis wahren.

»Leiten Sie den Angriff ein«, war daher alles, was er erwiderte.

»Und wir haben herausgefunden, dass eine Programmsequenz von einem der Kontrollterminals gesendet wurde, die den Spielern den Weg zum Knochenturm gewiesen hat.«

»Sehr gut. Schicken sie mir die Informationen rauf.«

»Natürlich, Sir.«

Falkner warf einen kurzen Blick auf seinen Bildschirm, auf dem Chapmans Daten mit einem leisen Signalton aufblitzten.

»Soll ich mich um den Techniker kümmern?«

»Nein, das erledige ich selbst.«

»Jawohl, Sir!«

»Das sind interessante Neuigkeiten«, lächelte er boshaft, »es wird mir ein Vergnügen sein, mich persönlich darum zu kümmern.«

Er unterbrach die Verbindung und widmete sich wieder ganz dem Anblick des Bauwerks in der Ferne, während die letzten Takte von Wagners *»Götterdämmerung«* durch das Büro in der Spitze des Aussichtsturmes von Arcadia Nova wehten.

Zur gleichen Zeit hechtete Fynn Johannson eine Millisekunde zu spät hinter den Knochenhügel, während die Automatikkanone der ersten Angriffsdrohne den Boden neben ihm mit Überschallnadeln durchsiebte. Die Projektile schlugen im Dreck ein und schleuderten hohe Staubfontänen in die Luft. Eines der Geschosse traf ihn am Bein, als er sich hinter den geschwärzten Knochen in Deckung warf. Brennender Schmerz jagte durch seine rechte Wade, während er stolpernd in die grausige Wand aus menschlichen Überresten fiel. Diese brach über ihm und den hier bereits kauernden Gefährten zusammen und begrub sie unter Skeletten, Schädeln und verbrannten Kleidungsresten.

»Ah, verdammt tut das weh«, stieß der Schwede aus, »und dieser Gestank hier ist ja kaum auszuhalten.«

Er biss sich vor Schmerz so fest auf die Unterlippe, dass sie anfing zu bluten.

»Sei leise«, flüsterte Baran, der direkt neben ihm lag. »AK10 mit Audiosensoren ausgerüstet und können erfassen uns.«

Fynns Gesicht verzog sich zu einer schmerzverzerrten Grimasse, doch er nickte und presste sich die Hand vor Mund und Nase.

Auch von den Übrigen war kein Laut zu hören, obwohl es schwer wurde, unter den Skelettmassen zu atmen. Sie lagen regungslos da und lauschten auf das tödliche Brummen der Drohnen, die ihre Angriffsziele so plötzlich verloren hatten. Die zwei Destroyer hingen scheinbar schwerelos über dem Knochenberg in der Luft und suchten die Gegend unter sich ab. Doch weder die optischen, akustischen noch die im Infrarotbereich arbeitenden Scanner konnten etwas entdecken.

Als das aggressive Brummen der Rotoren leiser wurde und schließlich ganz verschwand, kroch Baran zuerst unter der makabren Deckung hervor. Angewidert warf er einen verkohlten Arm, der von den angeschmolzenen Resten eines Anzugsärmels zusammengehalten wurde auf den Hügel zurück.

»Oh, lieber Himmel« schüttelte er sich, »das war Schlimmstes, was mir je ist passiert. Und ich schon gesehen eine Menge widerliches Zeug, das könnt ihr glauben mir!«

»Verdammt noch mal«, fluchte Fynn, der sich das verletzte Bein hielt und in seinem Notfallset nach Verbandsmaterial wühlte, »was sollte das denn? Wieso wollen die uns auf einmal erledigen, nachdem sie so einen Aufwand betrieben haben, uns hier überhaupt reinzubekommen?«

»Gute Frage«, überlegte Marc, »ich könnte mir vorstellen, dass es mit dem Knochenberg hier zusammenhängt. Offensichtlich möchte jemand verhindern, dass das an die Öffentlichkeit gerät, oder?«

»Was mich viel mehr wundert,«, fragte sich Maja, »ist, dass die Drohnen so plötzlich weggeflogen sind. Wieso haben die nicht gewartet, bis wir unter den Skeletten hervorkriechen?«

»Ja, du hast recht«, stimmte auch Evelina zu. »Früher oder später hätten sie uns sicher erwischt.«

Baran, der sich neben Fynn gesetzt hatte und dessen Bein untersuchte, fing plötzlich an, laut zu kichern.

»Entschuldige mal,«, ereiferte sich der Schwede, »so komisch finde ich das im Moment überhaupt nicht. Außerdem tut es höllisch weh!«

»Sorry, Freund«, erwiderte Baran, der immer noch über das ganze Gesicht grinste, »aber ich kann sagen warum Destroyer weggeflogen.«

»Ist einfach«, erklärte er und wedelte mit seinem Unterarmcomputer in der Luft herum, »und erstaunlich, was man kann machen mit diese Dinger. Habe gehackt mich in Kommandofrequenz und weisgemacht, dass Akkus fast leer. Deshalb sie sofort zu Basis zurückgekehrt. Muss wohl liegen da hinten.«

Er deutete in die Ferne, wo die Drohnen nur noch als zwei winzige schwarze Punkte am Himmel erkennbar waren.

»Wenn Destroyer da ankommen, automatischer Ladezyklus wird gestartet. Wir haben Zeit. Mindestens eine Stunde.«

»Dann sollten wir die Frist auch nutzen«, brummte Marc und folgte Shiyan, die bereits aufgesprungen war und geduldig auf die anderen wartete. »Nichts wie weg von hier!«

***

Einige Kilometer entfernt starrte Joshua Falkner frustriert auf die riesige dreidimensionale Hologrammkarte, die sich vor ihm im Kontrollraum ausbreitete. Der Angriff der Drohnen war fehlgeschlagen und in wenigen Stunden würden die Spieler in der zweiten Zone verschwinden. Dort kam er nicht mehr an sie heran.

Eigentlich kein Problem, grübelte er, *die kommen ohnehin nicht wieder heraus. Und für die Zuschauer sind sie sowieso schon längst tot.*

Die Videosequenzen, die das Ableben jedes Einzelnen in hochauflösenden Bildern zeigten, waren bereits fertig und wurden gesendet. In wenigen Tagen würden die Zuschauer davon überzeugt sein, dass Trapzone auch dieses Mal nicht zum Ziel geführt hatte. Chapman und sein Team hatten da ganze Arbeit geleistet. Doch es war riskant, die sechs Menschen im Trapship weiter vordringen zu lassen. Der Russe hatte es immerhin geschafft, zwei militärische Angriffsdrohnen der neuesten Generation zu manipulieren. Wer wusste schon, wozu er sonst noch in der Lage war? Falkner hatte keine Lust darauf, dass Bilder vom Knochenhügel auf den öffentlichen Kanälen zu sehen waren, nur weil ein verurteilter

Schwerverbrecher es geschafft hatte, diese Informationen aus dem Koloss nach draußen zu senden.

Wieso hatten sich die Destroyer überhaupt zurückgezogen, bevor der Angriff richtig begonnen hatte? Und warum landete dieser nutzlose Haufen Altmetall aktuell auf den Ladesockeln der mit winzigen Atomreaktoren ausgestatteten Basisstationen und deaktivierten sich?

Die selbstfahrenden Basisroboter waren die einzigen funktionierenden Maschinen im Inneren des ersten Sektors und ein gut gehütetes Geheimnis. Und damit es das auch blieb, standen die Raupenfahrzeuge auf der Lichtung eines dichten Waldes dieser Tentakelmonsterbäume, die jedes Lebewesen, das ihnen zu nahe kam, erwürgten. Niemand würde es je lebend bis zur Basis seiner Drohnen schaffen, das war sicher.

»Haben wir endlich herausgefunden, wie dieser verdammte Russe es hinbekommen hat, die Flugsteuerungen zu überlisten?«, blaffte er Chapman an, der neben ihm stand und ratlos auf ein Datenpad sah, das er in der rechten Hand hielt. Zufrieden registrierte Falkner, wie der Leiter des zweiten Teams erschrocken zusammenzuckte und ihn nervös musterte.

»Äh, nein, Sir«, schnarrte er, »bisher wissen wir nur, dass er sich mit seinem Rechner in die Steuerprogramme gehakt und den Drohnen den Befehl zum Aufladen gegeben hat. Wie er das mit dem einfachen Kartenpad geschafft hat, das jeder Spieler dabei hat, ist uns im Moment noch nicht klar.«

»Dann finden Sie es gefälligst heraus«, knurrte Joshua seinen Untergebenen an. »Und sorgen Sie dafür, dass die Drohnen wieder starten. Bewaffnen Sie sie diesmal mit den Flammenwerfern. Ich möchte keine weiteren Überraschungen erleben. Und ich will, dass die Spieler vor dem Eingang zum zweiten Kreis ausgeschaltet werden. Ist das klar?«

»Vollkommen klar«, kam Chapmans kleinlaute Antwort, »ich werde persönlich herausfinden, was da los war, das verspreche ich.«

»Das wäre besser für Sie«, fuhr ihn der Administrator mit gefährlich blitzenden Augen an, »sonst können Sie der Sache bald direkt vor Ort auf den Grund gehen!«

Der zweite Sektor

Endlich, nach drei weiteren Stunden Marsch durch die Hitze des ersten Abschnitts, hatten sie den Eingang zum zweiten Sektor erreicht. Der Plateauberg, der schon aus der Ferne imposant ausgesehen hatte, ragte nun direkt vor Marc auf und verlor sich weiter oben im Dunst einer tief hängenden Wolkendecke. Erschöpft sank er an der steilen Felswand zu Boden und keuchte überrascht auf, als er statt rauer Steine die glatte Oberfläche von kaltem Metall im Rücken spürte. Obwohl er wusste, dass es sich bei diesem Berg um eine Projektion handelte, war die Illusion selbst jetzt noch absolut perfekt.

Ein letztes Mal ließ er den Blick über die sanften Hügel des Graslandes schweifen, bevor er sich nach einer kurzen Atempause hochrappelte, um mit Evelina den zweiten Sektor des Trapships zu betreten.

Die Angriffsdrohnen waren glücklicherweise nicht wieder aufgetaucht. Marc atmete erleichtert auf, als er an der Seite der Italienerin, die geduldig auf ihn wartete, das leise knisternde Energiefeld passierte, welches die tödlichen Maschinen nicht durchfliegen konnten. Sie kletterten über Schrottberge zerstörter Drohnen und Roboter, die in den letzten einhundert Jahren versucht hatten, in den zweiten Sektor vorzudringen. Wieso die Maschinen von dem Kraftfeld zerstört wurden, das Menschen mit ihren biomechanischen Komponenten passieren ließ, war Marc in diesem Moment egal. Aufatmend sprang er über die letzten Reste dieses Maschinenfriedhofs und ging mit Evelina in den Gang hinein, der sich vor ihnen auftat. Ihre Schritte hallten gespenstisch in dem zehn Meter langen Korridor, an dessen Ausgang Shiyan, Maja, Fynn und Baran bereits durch ein zweites Kraftfeld verschwanden.

Wie ein Mahnmal der vor ihnen liegenden Gefahren lag dort der schwarze Panzer eines achtarmigen Aliens. Einer der unzähligen Oktopoden, die wohl vor langer Zeit in einer groß angelegten Offensive versucht hatten, dem grauen Koloss seine Geheimnisse zu entreißen.

»Du bist offensichtlich mit deinem Vorhaben gescheitert«, flüsterte Marc, während er das Exoskelett des einstigen Raumfahrers studierte.

Überall auf ihrer Reise durch den ersten Ring hatten sie die Raumanzüge dieser Rasse gesehen. Die meisten der Panzerungen lagen säurezerfressen unter den Würgebäumen verstreut. Sporadisch sogar mit mumifiziertem Inhalt. Die gefährlichen Pflanzen des ersten Sektors schienen auf diese skurrilen Kreaturen wohl eine besondere Anziehungskraft gehabt zu haben.

Ihr Organismus wies eine verblüffende Ähnlichkeit mit den Kraken auf der Erde auf. Die Raumschiffe der Oktopoden mussten riesig gewesen sein, wenn sie solche Massen an Passagieren transportiert hatten. Oder lebten diese bizarren Wesen womöglich auf dem Mars, lange bevor die Atmosphäre des Planeten kollabiert war?

Wir werden es wohl nie erfahren, dachte Marc und zuckte mit den Achseln. Doch so zahlreich diese Spezies auch hier eingedrungen sein mochten – die Hinterhalte des Kolosses hatten sie nicht überlebt.

Für den Schachspieler wirkte es so, als ob die fremden Kreaturen den Komplex einfach planlos und ohne Strategie überrannt und dabei den Tod durch die zahlreichen Fallen des ersten Sektors bewusst in Kauf genommen hatten.

Das Exemplar, das hier im Tunnel lag, hatte wie seine Kameraden unter den Würgebäumen ein grausames Ende gefunden. Das Energiefeld, das den Zugang zum zweiten Sektor schützte und wie der Eingang in den Koloss nur in eine Richtung gefahrlos begehbar war, hatte den Oktopoden in zwei saubere Hälften geteilt. Der Rumpf mit dem Kopf der Kreatur lag vor dem Kraftfeld, die acht Arme, auf denen sie sich fortbewegt hatte, innen.

Marc kniete sich vor den Überresten des Außerirdischen nieder und studierte diese interessiert.

Der hat vermutlich versucht, wieder rauszukommen.

»Miseria! Es scheint nirgendwo hier drin ratsam zu sein, umzukehren«, brachte Evelina leise den Gedanken zum Ausdruck, der auch ihm durch den Kopf ging.

»Nein, das ist es wohl wirklich nicht.«

Er wandte sich von dem Oktopoden ab, trat mit ihr vor das Energiefeld und machte den ersten Schritt in den zweiten Sektor des Trapships.

Ein Korridor, welcher der Krümmung der Außenwand folgte, empfing sie. Wie schon der Eingangsbereich des Kolosses war auch dieser Gang von Licht geflutet, das direkt aus den in Perlmuttweiß schimmernden Wänden und der Decke zu kommen schien.

»Das sieht nicht besonders gefährlich aus«, flüsterte Maja so leise, als hätte sie Angst, jedes Geräusch könnte eine tödliche Vorrichtung auslösen. »Gibt es hier bereits Fallen, oder können wir den Gang entlanggehen?«

»Njet, keine Gefahr, wenn wir gehen nach links«, antwortete Baran, der die Karte studierte. »In andere Richtung öffnet sich Flammengrube, doch hier ist sicher. Fünfhundert Meter Korridor ohne Risiko, danach Raum mit Fallen. Wiederholt sich sechzig Mal, dann Ende von Sektor.«

Damit wandte er sich um und ging zügig den Gang entlang.

»Na, wenn er so sorglos lostiefelt, kann es ja nicht gefährlich sein, oder?«, meinte die junge Diebin aus Deutschland und lief dem Russen hinterher.

»Ja, und nur sechzig Räume mit tödlichen Fallen«, brummte Marc, der mit deutlich weniger Elan folgte. »Was soll da schon schiefgehen, oder?«

Bereits nach einer halben Stunde wusste er die Antwort. Baran war vor einem pulsierenden Durchgang stehen geblieben, der sich von einem schmalen Schlitz bis zur gesamten Breite des Korridors öffnete und schloss. Vor dem Tor lagen Exoskelettteile der fremdartigen Krakenwesen herum, die es nicht durch das Tor geschafft hatten. Viele der Panzerungen waren deformiert und teilweise bis zur Unkenntlichkeit zerquetscht.

»Sieht aus wie eine Herzklappe«, flüsterte Maja, »was ist das hier für eine Falle?«

Der Russe wollte antworten, doch Marc, der bereits seit seiner Kindheit den Koloss studierte, kam ihm zuvor.

»Hier macht dieses Trapship seinem Namen mal wieder alle Ehre«, dozierte er. »Der Durchgang ist nur passierbar, wenn er sich zu einem schmalen Spalt zusammenzieht. Wir müssen uns nur im richtigen Moment hindurchwerfen. Eine Sekunde zu früh und die Wand zerquetscht dich – eine zu spät und sie macht genau das Gleiche!«

»Ich bin wohl wieder mal die einzige Ahnungslose hier«, antwortete Maja. »Könntest du mir vielleicht auch noch erklären, was passiert, wenn ich es nicht genauso mache? Warum gehen wir nicht durch, solange sie komplett geöffnet ist? Sind immerhin um die zehn Meter – so schnell kann die Tür sich doch gar nicht schließen, oder?«

Bevor Marc antworten konnte, trat Evelina neben ihn vor das pulsierende Tor und kickte mit dem Fuß nach dem abgetrennten Arm eines Oktopoden. Der schlitterte in den weit geöffneten Durchgang und mit ohrenbetäubendem Krachen schloss sich dieser in Sekundenbruchteilen. Marc, der noch immer am Boden kniete, wurde von der entstehenden Druckwelle nach hinten geworfen und knallte auf den Rücken.

»Hey, was soll denn das?«, empörte er sich. »Willst du mich umbringen? Das hätte man auch erklären können.«

»Mi scusi«, gab die italienische Frau zurück, »ich wollte dich nicht erschrecken. Aber so ist das doch viel eindrucksvoller.«

Maja, die trotz ihres sonnengebräunten Teints blass geworden war, konnte nur wortlos zustimmen. Sekundenlang war in der nahtlosen weißschimmernden Wand, in die sich der Durchgang verwandelt hatte, keine Veränderung zu sehen.

»Es wirkt fast so, als ob sich die Falle erst wieder aufladen müsste«, flüsterte Fynn.

»Vielleicht verdaut die Wand ja auch nur die Reste des Oktopodenpanzers?«, hielt Maja trocken dagegen, »Auf jeden Fall weiß ich nun, was Sache ist. Wenn ich so darüber nachdenke, wäre mir eine einfachere Erklärung doch lieber gewesen.«

***

Alessandro Cavallo schlenderte zur gleichen Zeit ohne bestimmtes Ziel durch die unterste Wohnebene von Arcadia Nova und ließ sich einfach treiben. Seit Falkners zweites Team übernommen hatte, war er arbeitslos. Und nachdem ihm ein Informant zugetragen hatte, dass der Administrator seine Söldner nach einem Verräter suchen ließ, war er auf der Flucht. Hastig hatte er seine winzige Wohneinheit verlassen und sich ein Ticket für den nächsten Flug gekauft. Hier im Vergnügungsviertel der Stadt, wo die Lichter nie ausgingen und immer Passanten unterwegs waren, war er vor den Suchtrupps einigermaßen sicher. In der Menschenmenge konnte er untertauchen, bis sein Transfer zum Mond endlich aufgerufen wurde. Von dort aus würde er ein Shuttle zur Erde nehmen und irgendwo in Lateinamerika verschwinden. Der Datenstick auf dem er genügend Hintergrundmaterial über Falkners Machenschaften gesammelt hatte, um den Administrator für immer nach Lunar II zu schicken, ruhte sicher in der Innentasche seiner Jacke. Mit dem Geld, das er durch den Verkauf dieser Informationen verdienen würde, konnte er sich endlich eine Farm irgendwo in Argentinien kaufen, wo die Luft noch nicht vollkommen verpestet war. Er hatte sogar gehört, dass das Wasser dort in manchen Flüssen ohne Filterung trinkbar war.

Selbst hier zwischen grölenden betrunkenen Stollenarbeitern, auffällig gekleideten Partygängern und grell geschminkten Prostituierten fühlte er sich nicht wirklich sicher. Seit Alessandro mit seinen Kollegen aus dem Kontrollraum geworfen worden war, hatte er den Eindruck, verfolgt zu werden. Doch immer, wenn er sich hastig umwandte, war da nichts.

Vermutlich fange ich schon an, Gespenster zu sehen, dachte er und betrat eine Bar, in der er oft mit seinen Kollegen war und sich auskannte. Hier hatte er viele wertvolle Hinweise aufgeschnappt, wenn der Alkohol die Zungen seiner Arbeitskameraden lockerte. Er setzte sich auf einen der leeren Hocker direkt am Tresen und nickte dem Barkeeper zu, der ihm unaufgefordert ein Bier hinstellte. Hier war zu dieser frühen Stunde noch nicht viel los und die wenigen Stammgäste, die da waren, kannte er alle. Für den Augenblick beruhigt nahm er einen großen Schluck und wandte sich dem Großbildschirm zu, über den die letzten Ereignisse von Trapzone flimmerten. Die Stimme des Kommentators überschlug sich vor falscher Anteilnahme, als Baran Kowros zu dicht an eine der Flammengruben herankam und laut brüllend in die lodernde Tiefe stürzte.

Alessandro musste genau hinsehen, um zu wissen, dass diese Aufnahmen manipuliert waren. Selbst für ihn war es nicht einfach, den Fake zu entdecken.

»Verdammt gute Arbeit!«, murmelte er anerkennend.

»Und verdammt schwer, Sie zu finden!«, flüsterte hinter ihm eine leise Stimme, die ihn in Todesangst ausbrechen ließ. Doch bevor er etwas erwidern oder sich umdrehen konnte, spürte er einen Stich im Rücken. Dann wurde alles schwarz um ihn.

Der letzte Amerikaner

»Ahhhhh!«

Der Schrei hallte zwischen den Korridorwänden, als Fynn als Letzter über die sich plötzlich öffnende Kluft hechtete. Doch mit der wieder aufgebrochenen Wunde am Bein sprang er zu kurz, kam auf der Kante auf und ruderte verzweifelt mit den Armen, um das Gleichgewicht zu erlangen. Entsetzt dachte er an die Reihen messerscharfer Metallklingen, die am Boden der zwanzig Meter tiefen Fallgrube hinter ihm warteten. Mehrere Oktopodenpanzerungen und ein menschliches Skelett in Kampfmontur, das in der rechten Knochenhand noch immer eine Maschinenpistole hielt, zeugten davon, dass nichts, was dort hinabfiel, je wieder heraufkam.

Baran stürzte vor und riss den Schweden im letzten Moment an dessen Gürtel nach vorne. Die beiden strauchelten vom Rand der tödlichen Falle weg und fielen zu Boden.

»Danke, Mann«, keuchte Fynn, »das wäre beinahe schief gegangen!«

»Njet problema«, erwiderte der Russe, während er sich aufrappelte und dann dem Hünen auf die Beine half. »Ich kann doch Freund nicht im Stich lassen. Wir brauchen noch Fähigkeit von Dir, zu sehen, was kommt.«

Spätestens, wenn wir den dritten Sektor hinter uns haben, stimmte ihm Marc in Gedanken zu, *aber den müssen wir erst mal erreichen.*

Er schüttelte sich vor Grauen, als er daran dachte, wie lange sie bereits durch den zweiten Sektor irrten. Einen Tag war es mit Sicherheit her, dass sie den Energieschirm hinter sich gelassen hatten. Oder war mehr Zeit vergangen? Reflexartig sah er – wie schon unzählige Male zuvor in den letzten Tagen – auf sein Handgelenk, an dem er normalerweise seine Uhr trug.

Was solls, dachte er, *die Zeit hat in diesem Labyrinth aus aneinandergrenzenden Räumen, in denen nur Tod und Verderben auf die Unvorsichtigen wartet, sowieso keine Bedeutung. Alles reduziert sich hier drinnen nur auf ein Ziel: Nämlich am Leben zu bleiben.*

»Kurze Pause, Leute«, schlug Evelina vor und sah zu Baran hinüber, der bestätigend nickend von seinem Datenpad aufsah. Diese Geräte waren ihre Lebensversicherung. Zumindest so lange, bis die Informationen, die von den Unglücklichen vor Ihnen gesammelt worden waren, zu Ende gingen.

»Da – ja, ist sicher hier«, bestätigte der Russe und ließ sich an einer der perlmuttweiß leuchtenden Wände zu Boden gleiten. Aufstöhnend setzte sich Marc neben Fynn, dem anzusehen war, wie sehr er sich über eine Pause freute.

»Ist bei dir so weit alles in Ordnung?«, fragte er unnötigerweise, doch der Schwede nickte.

»Ja ja, mach dir keine Sorgen«, erwiderte er mit einem gequälten Lächeln, während er sein Bein abtastete. »Fühlt sich zwar an, als ob alles in Flammen stünde, aber es geht schon. Nur gut, dass unser russischer Programmierer so gute Reflexe hat, sonst läge ich jetzt da unten!«

Baran grinste, hob die Rechte an die Stirn und salutierte halbherzig zu ihnen herüber. »*Ne za chto – gerne geschehen*, Freund!«

»Wer mag er wohl gewesen sein?«, fragte Maja leise.

Irritiert wandte Marc sich ihr zu. »Wie bitte?«

»Ich meinte, wer das wohl gewesen sein mag«, wiederholte sie. »Der Mann da in der Grube. Ob er ein Abenteurer war? Oder ein Forscher? Und wie lange liegt er schon dort, ohne dass seine Familie und seine Freunde wissen, was mit ihm geschehen ist?«

Betretenes Schweigen folgte, während alle ihren Gedanken nachhingen. Dann kam ein Räuspern von Baran.

»Amerikanischer United Space Marine«, erklärte er. »Hat Abzeichen von Sergeant Majors auf Uniform und Vektor-Maschinenpistole in Hand. Gute Waffe, aber veraltet. Liegt bestimmt neunzig Jahre in Grube!«

»Wie zum Teufel kannst du das alles wissen?«

Fynn schüttelte verblüfft den Kopf. »Du hast den Toten da unten doch auch nur für einen Augenblick gesehen.«

Baran tippte sich erneut an die Stirn, diesmal aber nur mit dem Zeigefinger. »Ist alles da drin. Bester Hochleistungscomputer, was je gebaut wurde!«

»Verdammt eindrucksvoll«, meinte Maja bewundernd. »Hab dich wohl wirklich unterschätzt!«

Der Russe lachte hell auf, ließ seine Worte noch für einige Sekunden nachwirken und schüttelte sich dann vor Vergnügen. »Ha, ha, ihr geglaubt, oder? Habe Informationen aus Computer. Steht alles in Datenpad: Sergeant Major Gerald J. Miller, USSM-Kommando auf Mars. Sollte mit Squad Koloss für Amerika sichern. War Commander von erster Angriffswelle in Artefaktkrieg vor hundert Jahre. Hat nicht geklappt – offensichtlich!«

Damit tippte er noch einmal auf seinen Unterarm und wieherte erneut belustigt auf.

»Verdammter Russe«, knurrte Marc. Doch er war eher amüsiert als verärgert. Schließlich hatte Baran recht: Alle Daten, die sie brauchten, waren in den Computerspeichern enthalten und mussten nur abgerufen werden.

Er starrte auf seinen eigenen Rechner und dachte an die Gefahren, die sie hier im zweiten Sektor bereits unbeschadet überstanden hatten. Fünfzig tödliche Vorrichtungen lagen hinter ihnen. Einundfünfzig, wenn man die Grube von eben mitrechnete. Ein Wunder, dass noch keiner ums Leben gekommen war.

Der erste Raum, den sie betreten hatten, nachdem sie Baran durch den fünfhundert Meter langen Korridorabschnitt gefolgt waren, hatte keine große Herausforderung dargestellt. Der Computer hatte den russischen Hacker gewarnt, den Anzug zu schließen, bevor er den ersten Fallenraum betrat. So hatte er die Kammer, die sich direkt nach seinem Eintreten mit giftigem Gas füllte unbeschadet hinter sich gelassen. Was man von dem mumifizierten Soldaten nicht behaupten konnte, der wenige Schritte vom Ausgang entfernt zusammengekrümmt auf dem Boden lag und dessen skelettierte Hand die Pistole noch immer fest umschlossen hielt.

Marc hatte der Leiche die Waffe entwunden, nachdem das Gas schlagartig durch Schlitze in der Decke verschwunden war. Exakt dreiunddreißig Sekunden später füllte sich der Raum erneut mit dem giftigen Nebel. Genau, wie die Computer es vorhergesehen hatten und genug Zeit für ihn und seine Gefährten, die Kammer ebenfalls gefahrlos zu durchqueren.

Denn auch das hatten sie aus den Daten der vergangenen Expeditionen und Trapzone-Spiele erfahren: Die tödlichen Vorrichtungen im Inneren der Räume wurden aktiviert, sobald der Eindringling sie betrat. Sie deaktivierten sich erst nach dem Erreichen des Ausgangs für genau dreiunddreißig Sekunden. Ebenso schalteten sie sich für denselben Zeitraum ab, wenn man in den Fallen starb.

Auch die folgenden Räume waren zu bewältigen gewesen. Sie kannten die Stellen, wo sich die Hinterhalte verbargen. Ohne die Unterarm-Computer, die sie mit allen Informationen versorgten, hätten sie jedoch keine Chance gehabt. Durch deren Daten wussten sie, wo mächtige Sägeblätter aus scheinbar fugenlosen Wänden glitten. Sie sprangen, wenn die Computerstimmen es befahlen, ehe sich bodenlose Fallgruben öffneten. Sie rollten sich zur Seite, bevor Flammenwerfer Feuergarben durch den Raum jagten, duckten sich unter Säureregen weg, der unvermittelt von der Decke fiel oder ließen sich fallen, wenn tödliche Strahlen aus den Wänden schossen.

Und immer ging abwechselnd einer von ihnen als Erster hindurch und die Übrigen folgten in der kurzen Zeit, in der die Fallen deaktiviert waren.

»Alles reduziert sich auf diese Computer,«, sinnierte Fynn. Sein Bein schmerzte stark und er war froh, sich endlich ausruhen zu können. Er starrte seinen Unterarmrechner an. »Ich hasse es, einer Maschine mein Leben anzuvertrauen!«

»Machst du doch auch, wenn du mit einem Drohnenflugzeug reist, oder?«, wandte Evelina ein.

»Ich fliege nicht!«, erwiderte er. »Und ich versuche, es zu vermeiden, in jede Art von Fahrzeug einzusteigen, das nur von ein paar Chips gesteuert wird.«

»Oh, na dann«, zuckte die Italienerin mit den Schultern, »hier drin bleibt uns jedenfalls nichts anderes übrig, als den Schaltkreisen zu vertrauen. Andernfalls können wir uns auch gleich in die Säuregruben des nächsten Abschnitts werfen!«

Sie vertiefte sich wieder in die Daten des folgenden Fallenareals, durch das sie nach der Rast als Erste gehen würde.

Fynn biss von seinem Proteinriegel ab und kaute bedächtig. Eve hatte recht: Er würde sich auf die Computerdaten verlassen müssen. Doch noch wichtiger war es, dem Team zu vertrauen, das mit ihm zusammen in dieser Todesfalle feststeckte. Er ließ den Blick von einem zum anderen schweifen und dachte über die vergangenen

Stunden nach. Immer, wenn er am Ende seiner Kraft gewesen war, hatten sie ihm geholfen.

Nun, da er an der Wand des Korridors saß und mit einem Schluck Wasser die letzten Krümel der geschmacklosen Ration hinunterspülte, die er ohne Appetit verzehrt hatte, keimte ein Hoffnungsschimmer in ihm auf. Auf diese Menschen konnte er sich verlassen. Vielleicht hatten sie alle ja doch eine Chance, zu überleben!

***

Um sein Überleben machte sich Alessandro Cavallo im selben Moment ebenfalls große Sorgen. Vor wenigen Minuten war er in einer nur vier Quadratmeter kleinen Zelle aus einer tiefen Ohnmacht erwacht. Der würfelförmige Raum, in dem er gefangen war, hatte weder Türen noch Fenster. Decke, Boden und Wände bestanden aus glatten fugenlosen Stahlplatten.

Er hatte keine Ahnung, wo er sich befand. Und auch an das, was ihn hierhergeführt haben mochte, konnte er sich nicht mehr erinnern. Unsägliche Kopfschmerzen ließen ihn taumeln, als er torkelnd aufstand. Er stützte sich schwankend an einer der Wände ab, um nicht gleich wieder umzufallen. Sein Mund fühlte sich an, als wäre er mit Marsstaub gefüllt und rasender Durst quälte ihn. Er fuhr sich mit der Zunge über die aufgesprungenen Lippen. Wie lange war er wohl besinnungslos gewesen?

»Na, Cavallo, gut geschlafen?«, dröhnte eine bekannte Stimme unerwartet durch den Raum und

Alessandro hielt sich beide Hände vor die Ohren um nicht erneut durch die Schmerzen, die der plötzliche Lärm in seinem Kopf erzeugte, ohnmächtig zu werden. »Wurde ja auch Zeit, dass Sie endlich wach werden.«

»Was wollen Sie von mir?«

»Sie hatten da etwas, das mir gehört.«

»Ich weiß nicht, was Sie meinen.«

»Oh, ich glaube, Sie wissen es sogar sehr genau. Und ich schätze es überhaupt nicht, hintergangen zu werden. Auch das sollten Sie doch mittlerweile wissen, oder?«

Die Erinnerung kam wie eine Flutwelle und riss Alessandro mit sich. Falkners zutiefst illegales Intrigenspiel, seine eigene geplante Flucht vom Mars und der Datenspeicher waren schlagartig wieder da. Er tastete seine Jacke ab, aber natürlich hatten ihn seine Häscher gefilzt, bevor er in diese Gefängniszelle geworfen worden war. Der winzige Stick war weg!

»Na, suchen Sie nach den Unterlagen, die Sie mir gestohlen haben?«, verhöhnte ihn die Stimme des verhassten Administrators. »Aber, aber, Cavallo. Sie halten mich doch nicht tatsächlich für so dumm, dass ich Sie mit belastendem Material abreisen lasse, oder?«

»Damit kommen Sie nicht durch«, stöhnte Alessandro, während er die Zelle vergeblich nach der versteckten Kamera absuchte, durch die ihn Falkner mit Sicherheit beobachtete. »Sie können mich nicht ewig hier gefangenhalten. Wenn ich mich nicht innerhalb von zwölf Stunden bei meiner Kontaktperson melde, dann wird man nach mir suchen!«

»Um Ihren Kontakt brauchen Sie sich keine Sorgen mehr zu machen«, antwortete Falkner gefährlich leise, »um den habe ich mich bereits gekümmert. Wie war doch gleich der Name? Laffargue? Jean Laffargue von der AFP[1], richtig? Ich denke, Ihr Kontaktmann hat in nicht ganz einer Stunde einen schweren Verkehrsunfall, den er leider nicht überleben wird – sehr bedauerlich!«

»Lassen Sie mich sofort frei, Sie verdammter Feigling«, stieß Alessandro voller Hass aus und trommelte mit den Fäusten frustriert auf die dumpf klingende Wand vor sich ein. »Sie können mich doch nicht einfach einsperren!«

»Ich denke, dass ich das sogar sehr gut kann«, konterte der Administrator spöttisch. »Aber natürlich lasse ich Sie wieder frei. Schließlich bin ich kein Unmensch.«

Ein Geräusch hinter ihm ließ Alessandro herumfahren. Servomotoren surrten leise, als sich die Wand gegenüber langsam zur Seite schob und den Blick auf den dahinterliegenden Raum freigab. Schlagartig wurde ihm klar, dass er nicht in einer Gefängniszelle steckte. In die ovale Tür am Ende des nun sichtbaren kurzen Korridors war ein kleines Bullauge eingelassen. Und durch dieses Fenster erblickte Alessandro die von der aufgehenden Sonne beschienene Oberfläche des Mars.

»Genießen Sie den Anblick«, erklang Falkners Stimme erneut. »Nicht jeder Mensch hat das Glück, etwas so Schönes zu sehen, bevor er aus dem Leben tritt.«

---

[1] Die französische Agence France-Presse oder kurz AFP ist die älteste internationale Nachrichtenagentur.

Wieder heulten Servomotoren auf, während ein rotes Warnlicht hektisch zu blitzen begann. Als sich die schweren Schlösser entriegelten, wurde die Schleusentür vom Innendruck aufgeschleudert und riss Alessandro Cavallo mit der verbliebenen Luft ins Freie. Sein Todesschrei brach wie abgeschnitten ab, als er auf dem kalten Marsstaub aufprallte und einige Meter weiterrollte. Er kam noch einmal torkelnd auf die Beine. Panisch wandte er sich der Schleuse zu und wankte mit letzter Kraft auf das sich schließende Schott zu. Unerträgliche Schmerzen rasten durch seinen Körper, als die Körperflüssigkeiten begannen, zu verdampfen. Er stürzte erneut auf die Knie und während der Speichel in seinem Mund zu kochen begann, umfing ihn endlich eine gnädige Ohnmacht. Als Alessandro Cavallo schließlich nach vorne kippte, war er tot, bevor sein Kopf auf dem Marsboden aufschlug.

Die rote Dämmerwüste

Der dritte Abschnitt des Trapships lag vor ihnen und bisher hatten alle überlebt. Doch auch wenn sie von tödlichen Fallen umgeben waren, musste sich Marc eingestehen, dass die nächste Zone des Kolosses mit nichts zu vergleichen war, was er bislang in seinem Leben gesehen hatte. Kein Himmel, kein Hologramm eines Gebirges und keine Doppelsonne gaukelte ihnen hier vor, sich auf einer Welt irgendwo in einer fernen Galaxie zu befinden.

Eine gewaltige Einöde, in der rote Düsternis herrschte, lag vor ihm. Im Dämmerlicht, das von keiner erkennbaren Quelle zu kommen schien, waren Entfernungen nur schwer abzuschätzen. Die Ebene, die von Tausenden kleiner Staubhügel überzogen war, ließ Marc vor Ehrfurcht stumm dastehen. Welche Spezies war in der Lage gewesen, so etwas zu erschaffen?

Ein leises Summen lenkte ihn ab. Er blickte nach links, wo Barans Hologramm aufflammte. Neugierig trat er näher, um die Einzelheiten der hochauflösenden Karte besser sehen zu können.

»Wir müssen umrunden diesen sechs Kilometer durchmessenden Zylinder dort«, erklärte der Russe, und umkreiste mit dem Finger den mittleren Teil der Karte.

Fynn stöhnte gequält auf, als er die gewölbte Wand des vierten Sektors betrachtete, die sich zweitausend Meter entfernt vor Ihnen in der Dämmerung erhob und sich seitlich im Halbdunkel verlor.

»Das sieht auf der Karte kleiner aus als in der Realität«, murmelte auch Maja. »Außerdem verläuft der Pfad alles andere als geradlinig, oder?«

Tatsächlich zog sich die Linie, die ihren Weg markierte, in Schlangenlinien durch den Sektor.

»Was warten hier eigentlich für Fallen auf uns?«, fragte sie in die Runde. »Kann man das auf dieser tollen Karte auch sehen?«

»Chto, prostite?[1]«, gab Baran zurück, der erstaunt in seine Muttersprache verfiel. »Hast du denn niemals verfolgt Trapzone?«

»Hat mich nicht besonders interessiert«, entgegnete Maja. »Ich habe nie verstanden, was so toll daran sein soll, fremden Menschen beim Sterben in einer außerirdischen Riesenmausefalle zuzusehen.«

»*Da – ja*, eigentlich du hast recht«, gab Baran trocken zurück, »außer du bist nächste Maus in Falle, oder?«

Maja nickte. »Touché! Aber was ist nun mit dieser Gegend hier? Was erwartet uns? Kannst du das mal erläutern?«

»*Da, konechno!*[2]«, erwiderte der Russe, der von seinem Pad aufsah. »Weg überall ist exakt gleich breit, njet markiert. Müssen bleiben genau in Mitte. Nicht abweichen, nur dann Chance zu überleben.«

»Aha«, entgegnete Maja, »und wenn ich mal einen Zentimeter weiter rechts oder links laufe?«

---

[1] Wie bitte?
[2] Ja, klar!

»Das wäre wie gesagt nicht ratsam«, mischte sich Fynn ein. »Uns droht nur dann keine Gefahr, solange wir genau auf dem Pfad bleiben.«

»Und wenn nicht?«

»Moment, ich zeige es dir«, erwiderte der Schwede und hinkte zu einigen Oktopodenüberresten hinüber, die auch hier – wie fast überall im Koloss – herumlagen. Er bückte sich, hob den Tentakel eines Exoskeletts auf und schleuderte ihn in die Dämmerung. Der Arm wirbelte durch die Luft, bis er von einem grellweißen Blitz getroffen wurde, der scheinbar aus dem Nichts kam. Lauter Donner rollte durch den Sektor, der alle zusammenzucken ließ. Sogar Fynn der gewusst hatte, was kam, duckte sich reflexartig und sprang zurück, als sich der Arm in eine Rauchwolke verwandelte. Nur schwarze Rußflocken und Staub, der langsam zu Boden rieselte, zeugten noch von dem Wurfgeschoss.

»Oh, verdammt«, stieß Maja entsetzt aus, »das nenne ich mal ein Sicherheitssystem. Wenn die Museen auf der Erde damit geschützt wären, dann hätte ich sicher einen anderen Beruf ergriffen.«

»Das passiert mit jeglicher Materie, die sich vom Pfad entfernt«, schloss Fynn seine Präsentation und wandte sich der entgeistert dreinschauenden Diebin zu. »Noch Fragen?«

Maja schluckte. »Von welcher Distanz reden wir hier? Und wie breit ist dieser Pfad?«

»Zwei Meter zweiundzwanzig«, antwortete Baran.

»Und über fünfunddreißig Kilometer lang«, las Fynn auf seinem Armcomputer ab. »Na, das wird sicher kein Spaß mit dem kaputten Bein!«

»Lasst uns hier ausruhen und wieder zu Kräften kommen«, schlug Shiyan vor, »bevor wir uns auf diese gefährliche Wanderung machen. Unterwegs haben wir wohl kaum eine Möglichkeit dazu.«

Viele Stunden später schreckte Marc aus einem unruhigen Schlaf hoch und sah sich verwirrt um. Er lag ausgestreckt auf dem Rücken neben seinen Gefährten. Seitlich von ihm flackerten die holografischen Markierungen, die von Barans Computer ausgingen. Der Russe hatte die Holokarte so manipuliert, dass sie auch die Ränder des schmalen Weges anzeigte.

Was dieser Hacker alles mit dem kleinen Unterarmcomputer anstellen kann, ist schon beachtlich.

Er blieb still liegen, doch an Schlaf war nun nicht mehr zu denken. Die gelb leuchtenden Linien, die nur einen Meter entfernt die Grenze zwischen Leben und Tod markierten, beunruhigten ihn dabei nicht wirklich. Auch die Aschehäufchen nicht, die zu Hunderten den Rand des Pfades abgrenzten und erahnen ließen, wie viele Eindringlinge dieser Sektor des Trapships bereits das Leben gekostet hatte.

Schlaftrunken richtete er sich auf und nickte Shiyan, die über ihn und die schlafenden Gefährten wachte, beruhigend zu. Was hatte ihn geweckt? Er überlegte fieberhaft, bevor die letzten Reste des Traumes fortgespült wurden. Und schließlich als er schon aufgeben wollte, wusste er es. Sein Unterbewusstsein hatte das Rätsel um die Halskette gelöst, deren Trägerin auf dem Knochenhügel gestorben war. Der Name Lundmilla leuchtete seit dem Erwachen in seinem Bewusstsein wie der Lichtstrahl eines Leuchtturmes in einer dunklen Nacht.

Nicht gerade ein häufiger Frauenname. Irgendwie nordisch, vielleicht finnisch

Die Überlegungen Fynns – die der Schwede nach dem Fund des Medaillons ausgesprochen hatte – hallten in Marcs Gedanken nach. Er erinnerte sich nun, wo er diesen Namen schon gehört hatte. Es musste sich bei der verbrannten Leiche um die vorsitzende UN-Botschafterin Lundmilla Larsen handeln, die vor einigen Wochen unter mysteriösen Umständen nach einer Konferenz auf dem Mars verschwunden war. Soweit er sich erinnerte, ging es damals um die Zukunft von Trapzone. Die kämpferische Politikerin war bekanntermaßen eine der größten Gegnerinnen dieser von Joshua Falkner ins Leben gerufenen makabren Spielshow.

Trotz einer intensiven Suche hatten die Sicherheitskräfte keine Spur von Larsen gefunden und nach einigen Tagen war die Aktion ergebnislos abgebrochen worden.

»Na, da hätten sie auch noch lange suchen können«, brummte Marc. Er löste die Verbindungsleinen zu Eve und Fynn, die direkt vor und hinter ihm lagen, und erhob sich vorsichtig, um die anderen nicht aufzuwecken. Doch keiner von ihnen rührte sich.

Dann stieg er über den Schweden hinweg, der etwas Unverständliches murmelte und sich zur Seite drehte. Fynn hatte der Marsch durch die eintönige Dämmerwelt des dritten Sektors an die Grenzen seiner Leistungsfähigkeit gebracht. Obwohl sie ihn abwechselnd stützten, war der hochgewachsene Mann am Ende heilfroh gewesen, sich hinlegen zu können, und sofort eingeschlafen. Baran hatte freiwillig die erste Wache übernommen und Shiyan hatte ihn wohl abgelöst, ohne dass Marc es mitbekommen hatte.

»Leg dich hin«, flüsterte er Shiyan zu. »Ich übernehme.«

»Bist du dir sicher?«

Er nickte. »Ja, ich kann nicht mehr schlafen und muss über etwas nachdenken, das mir eben eingefallen ist. Leg dich ruhig hin, ich passe auf, dass niemand in die Blitzzone gerät.«

Shiyan deutete eine Verbeugung an, nickte ihm dankbar zu und ließ sich auf den Boden gleiten, wo sie sofort einschlief. Marc starrte in die Dämmerung der dritten Zone, während er über den grausamen Fund und dessen Bedeutung nachdachte. Dass es sich um die Botschafterin handelte, deren sterbliche Überreste auf diesem Skeletthügel verrotteten, war für ihn mittlerweile klar. Doch wie war die Politikerin dort hingekommen?

Die Frau war für den Administrator von Arcadia Nova zweifellos ein unkalkulierbares Risiko gewesen. Bei einer Abstimmung in ihrem Sinne wäre Trapzone eingestellt worden. Für Falkner hätte es das Ende weiterer Forschungen am Trapship bedeutet.

Marc bezweifelte, dass Larsen freiwillig in den Koloss gegangen war. Und ganz sicher hatte sie sich das Ende der Konferenz auf dem Mars anders vorgestellt. Er glaubte, sich zu erinnern, dass die Abstimmung äußerst knapp ausgefallen war. Es wurde gemunkelt, dass es keine Mehrheit für eine Fortsetzung von Trapzone gegeben hätte, wenn die Botschafterin nicht am Vorabend der Stimmabgabe unter mysteriösen Umständen aus ihrem Quartier verschwunden wäre.

Marc war sich sicher, dass all diese Skelette auf dem Hügel ebenfalls Menschen gewesen sein mussten, die dem Administrator von Arcadia Nova im Weg gestanden hatten. Doch dort draußen in den Ebenen des ersten Sektors lagen Hunderte von verbrannten Leichen. Konnte Falkner wirklich so viele Feinde haben? Oder arbeitete er vielleicht gar nicht allein? Mächtige Drecksskerle, die für das spurlose Verschwinden ihrer Gegner bereit waren, eine ordentliche Summe Credits auf den Tisch zu legen, gab es bestimmt genügend.

Je länger er darüber nachdachte, umso wahrscheinlicher wurde es für Marc, dass das ungeheure Vermögen Falkners nicht auf legalem Weg zustande gekommen sein konnte. Und ihm wurde nun endgültig klar, dass der Administrator sie nicht am Leben lassen würde, wenn sie aus dieser Todesfalle entkamen.

Wie auch immer das hier drinnen ausging – für ihn und seine Gefährten würde es keinen Platz auf der Erde, dem Mond oder dem Mars geben, an dem sie vor Falkner sicher waren.

Einer der schlafenden Schatten bewegte sich und riss Marc aus seinen Überlegungen. Es war Eve, die sich im Schlaf herumwälzte und der Todeszone gefährlich nahekam. Er sprang hastig auf, doch bevor er sie erreichte, drehte sie sich schon wieder auf den Bauch. Er musterte die Frau, deren tiefe, gleichmäßige Atemgeräusche verrieten, dass sie fest schlief.

Ihren Spitznamen Bird hatte sie wohl dem tätowierten Raubvogel zu verdanken, der sich quer über ihren Rücken spannte und die Schwingen bis zu den Händen hinab ausstreckte. Von dem hinten tief ausgeschnittenen, ärmellosen Tanktop nur zu einem Bruchteil verdeckt, schillerte der Adler selbst in der ewigen Dämmerung der zweiten Zone in allen Farben.

Das hat bestimmt wehgetan, dachte Marc, dem die durchtrainierte Frau nun den Rücken zuwandte. Das Oberteil ihres Overalls, das zerknüllt neben ihr lag, hatte sie wohl als Kopfkissen benutzt. Er hob es auf, legte es Eve über die Schultern und zog sich leise wieder auf seinen Wachposten zurück.

Der vierte Sektor

»Oh, Gott sei Dank, wir haben es endlich geschafft«, keuchte Fynn, der vor dem Eingangskraftfeld in den vierten Sektor stand. Nach über drei Tagen des Gänsemarsches durch die Dämmerzone war er mit den Nerven am Ende. Außerdem schmerzte sein Bein höllisch. Die Überschallnadel des Destroyers, die ihn getroffen hatte, war durch Muskeln und Sehnen glatt durchgegangen. Glücklicherweise hatte sie, soweit er es sagen konnte, nichts Lebenswichtiges verletzt. Er konnte gehen, aber es tat noch immer ziemlich weh.

Während er sich vorsichtig an der Wand neben der Energiebarriere abstützte, wandte er sich ein letztes Mal der kahlen Ebene zu, durch die sie tagelang gewandert waren. Der Weg, der sich scheinbar willkürlich durch diesen Sektor zog, war für ihn schon jetzt nicht mehr zu erkennen. Er fröstelte bei dem Gedanken, wie viele Leben notwendig gewesen waren, um die sichere Passage durch diese Hölle zu finden. Bei welchen der unzähligen Aschehäufchen mochte es sich um Menschen gehandelt haben?

Er wandte sich seufzend dem Kraftfeld zu, durch das in diesem Moment Baran Kowros als Zweitletzter der Gruppe schritt und schloss hastig auf. Zwar verspürte er überhaupt keine Lust, in den vierten Sektor vorzudringen, der vor unbekannten Gefahren und Fallen sicher nur so strotzte. Doch allein zurückbleiben wollte er definitiv noch weniger.

Schlimmer als die letzten Kilometer wird es ja wohl hoffentlich nicht werden, oder?

Immerhin waren sie problemlos dem Pfad gefolgt, den das Navigationsgerät vorgab, und hatten so den zurückliegenden Bereich des Trapships ohne Verluste hinter sich gebracht. Doch Fynn war sich sicher, dass das nicht so bleiben würde, denn ab jetzt würden ihnen die Computer nichts mehr bringen. Er schloss zu den anderen auf, die sich um den russischen Programmierer versammelt hatten.

»Bisher nur wenig Menschen haben so weit geschafft«, meinte Baran, der die holografische Karte geöffnet hatte, um sich einen Überblick zu verschaffen. »Nächste paar hundert Meter wir haben noch Daten von Fallen, aber danach wird schwierig.«

***

»Ab sofort zeichnen wir jede Kleinigkeit auf!«

Die aufgeregte Stimme Joshua Falkners hallte laut durch die Lautsprecher des Kontrollraums. Der Administrator beugte sich erregt über das Mikrofon an seinem Schreibtisch im Turm, während er die Geschehnisse im Koloss auf der Projektion vor sich verfolgte.

»Endlich haben sie das Ende der bekannten Zonen erreicht und dringen in unerforschtes Gebiet vor«, freute er sich und ließ die Faust triumphierend auf die Tischplatte knallen.

Erfreulicherweise war der Angriff der Destroyer in der ersten Zone fehlgeschlagen. Da hatte er sich von seinen Gefühlen leiten lassen und definitiv einen Fehler gemacht. Zu allem Überfluss hatte es auch noch ausgerechnet Johannson beinahe das Leben gekostet und gerade auf ihn legte der Administrator seine ganze Hoffnung.

Dieses Mal konnte er es schaffen. Den Berechnungen seiner Ingenieure zufolge waren im unbekannten Bereich der vierten Zone nur noch wenige Fallen übrig. Dumm nur, dass diese nahezu unpassierbar waren. Alle, die bis dorthin vorgedrungen waren, hatten bislang den Tod gefunden.

Nur noch ein paar Fallen, dachte Falkner, *dann betreten sie das Zentrum, das bisher kein Mensch je zu Gesicht bekommen hat.*

Josh war aufgeregt, wie ein kleiner Junge am Weihnachtsabend. Lange hatte er den Moment herbeigesehnt, endlich die letzten Hindernisse zu überwinden und in den Kern des Kolosses vorzudringen. Er war sich sicher, dass dort eine Zentrale wartete, von der aus dieses technologische Wunder gesteuert wurde.

***

Aufgeregt waren zur selben Zeit auch die vier unfreiwilligen Teilnehmer von Trapzone. Sie standen vor einer nahtlosen Wand, die den Korridor abschloss und keinen Eingang zu haben schien.

Und am schlimmsten war es für Marc Sanders, der ahnte, dass die letzten Minuten seines Lebens angebrochen waren. Nach dem Auswahlsystem, das sie bereits am Eingang in den zweiten Sektor vereinbart hatten, war er wieder einmal an der Reihe. Es war an ihm, sich der ersten Falle zu stellen, die noch kein Mensch vollständig durchquert hatte.

»Immerhin«, versuchte er sich selbst Mut zu machen, »gibt es die Aufzeichnungen der Trapzone-Teilnehmer, die es bis hierher geschafft haben.«

Er trat in Gedanken versunken einen Schritt nach vorne und erschrak. Obwohl er noch mehrere Meter von der Wand, die in den nächsten Fallenraum führte, entfernt stand, wurde diese schlagartig durchsichtig und verschwand mit einem letzten Flimmern, als hätte sie nie existiert. Der Saal, der dahinter lag, war leider nicht leer wie die meisten, durch die sie bisher gekommen waren. Menschliche Überreste, die sich in den unterschiedlichsten Stadien der Verwesung befanden, lagen überall auf dem Boden verteilt herum. Von nahezu unversehrten Leichen über teilweise skelettierte Körper bis hin zu einzelnen Knochen reichte der Zustand der Unglücklichen, die es zwar in den Raum hinein aber nicht wieder herausgeschafft hatten.

Während Marc die Zahl der Toten entsetzt auf mindestens Hundert schätzte, fielen ihm auch einige Schädel der Oktopoden auf, die ebenfalls im Raum verstreut herumlagen. Doch nirgendwo konnte er Überreste ihrer Exoskelette entdecken, die sonst überall zu finden waren. Dazu wehte ein unbeschreiblicher Gestank zu ihnen herüber, während Marc einen Schritt zurücktrat und die Wand erneut wie aus dem Nichts erschien.

»Also haben es diese Außerirdischen auch schon bis hierher geschafft«, flüsterte er. »Ob wohl Einige von ihnen weiter als die Menschen ins Trapship vorgedrungen sind?«

Niemand erwiderte etwas. Ihren Gesichtern konnte er ansehen, dass sie von dem Anblick so entsetzt waren, wie er selbst. Mit zitternden Fingern begann er, die Aufzeichnungen der letzten Trapzone-Teilnehmer zu prüfen, die es bis hierher geschafft hatten.

»Oh Gott, sie sind alle ertrunken«, murmelte er erschüttert, als er die Videodaten abrief. »Dieses File hier ist das Letzte. Charlotte Owens, zweiundvierzig Jahre alt, bewaffneter Raubüberfall mit mehrfacher Todesfolge. Verurteilt zu zweimal lebenslänglich in den Minen von Lunar II. Sie war die Kandidatin, die bisher am weitesten in das Trapship hineingelangt ist.«

Die Holo-Projektion aus dem Stirnband der Frau baute sich flackernd inmitten der stumm dastehenden Gruppe auf. So sehr Marc diesen Reif verabscheute, der sich auch um seinen Kopf wand, so beeindruckt war er auf der anderen Seite von den Aufzeichnungen der Kameras in diesem Gerät. Sie erzeugten ein so plastisches Bild der Umgebung, dass er unwillkürlich zurückschreckte, als Owens loslief. Die Frau bewegte sich vorsichtig auf den Saal zu, vor dem Marc und seine Gefährten nun ebenfalls standen. Als sie die Stelle überschritt, an der sich die Wand in Luft aufgelöst hatte, flammte ein grüner Energievorhang vor ihr auf. Sie streckte zögernd die Hand aus, zuckte aber vor der Berührung des Kraftfeldes wieder zurück.

Unschlüssig stand sie einen Augenblick da, blickte sich um, doch außer ihr befand sich niemand mehr im Korridor. Nur sie war am Leben geblieben. Dann wandte sie sich erneut dem flackernden Energieschirm zu, straffte sich und trat entschlossen hindurch. Im selben Moment verschwanden ihr orangefarbener Overall und alles Übrige, was sie bei sich trug. Das grüne Licht erlosch und die Wand hinter ihr erschien stattdessen erneut aus dem Nichts. Während die nun vollkommen nackte Frau in den Raum hineinrannte, schob sich zeitgleich ein Labyrinth aus Gittern, Vorsprüngen, Röhren und Stangen aus Boden, Wänden und der Decke. Sie übersprang eine Mauer, die vor ihr in die Höhe schnellte, rollte sich geschmeidig ab und hastete weiter.

Als plötzlich sintflutartige Wassermassen aus dem Boden sprudelten, schrie sie vor Todesangst auf, ohne jedoch stehen zu bleiben. Innerhalb von Sekunden füllte sich der Raum, und die Frau, die zunächst durch die ansteigende Flut gewatet war, begann zu schwimmen. Als die Luft fast verdrängt war und sie sich bereits dicht unter der Decke befand, atmete sie heftig ein und aus und tauchte.

Charlotte war gut durchtrainiert, das musste Marc zugeben, während er die Aufzeichnung verfolgte von der er bereits das Ende kannte. Sie kam gut voran – offensichtlich hatte sie sich im Vorfeld genau eingeprägt, welchen Weg die bisherigen Taucher genommen hatten, bevor ihnen die Luft ausgegangen war. Sie quetschte sich zwischen Gittern durch, schwamm mit kräftigen Zügen an Leichen vorbei, die in ihrem Weg trieben, und erreichte schließlich den Punkt, nach dem es keine Aufzeichnungen mehr gab. Zwei Minuten war sie nun schon ohne Sauerstoff unterwegs und kämpfte sich verbissen durch einen weiteren Gang dicht über dem Boden. Sie quetschte sich an einer männlichen Leiche vorbei, die mit toten Augen in die Ferne starrte. Ihr Zustand ließ vermuten, dass sich der Mann noch nicht lange hier befand. Die Daten, die der Computer neben dem Holo abspielte, bestätigten Marcs Verdacht. Es handelte sich um den letzten Begleiter von Charlotte Owens, der kurz vor ihr sein Glück beim Durchqueren der Unterwasserfalle versucht hatte.

Die Frau hatte mittlerweile den Gang durchschwommen, sich bis dicht unter die Oberfläche durch einen schrägen Kanal hinauf gekämpft und tauchte nun mit kräftigen Zügen auf der anderen Seite wieder in die Tiefe. Kurz bevor sie eine weitere Röhre am Boden des Labyrinths erreichte, verließ sie die Kraft. Sie ruderte hektisch mit den Armen, ihre Muskeln verkrampften sich und die letzten Luftblasen aus ihrer Lunge stiegen lautlos auf. Alles in Marc schrie danach, die Augen zu schließen, um den Todeskampf der jungen Frau nicht weiter verfolgen zu müssen. Doch er zwang sich, zuzusehen. Vielleicht gab das Holo ja noch Informationen preis, die sein eigenes Überleben sichern konnten. Er konzentrierte sich voller Grauen auf das Filmmaterial, das den Todeskampf von Charlotte Owens zeigte. Schließlich erlahmten ihre Bewegungen, und sie trieb mit zur Seite gestreckten Armen im hellblauen Wasser langsam nach oben. Als die Hirnaktivität nachließ, flackerte auch die Aufzeichnung des Stirnbands und erlosch dann komplett.

Der Gestank, der noch immer in der Luft hing, obwohl der Saal der Ertrunkenen wieder hinter der Wand verschwunden war, sowie das gerade Gesehene waren zu viel für Marc. Leichenblass wandte er sich ab und lief zur Wand des Korridors. Dort übergab er sich mehrmals geräuschvoll und blieb dann zitternd am Boden hocken. Erst Minuten später rappelte er sich wieder auf und kehrte zu den anderen zurück.

»Entschuldigt, Leute«, keuchte er, »aber das war einfach zu viel für mich. Diese letzte Kandidatin ist so weit gekommen und dann doch gescheitert. Und die sah deutlich sportlicher und durchtrainierter aus, als ich es je von mir sagen konnte. Wie soll ich das nur schaffen? Es ist fast unmöglich!«

Mit herabhängenden Schultern stand er da und starrte in den Saal, in dem die Knochenberge von Hunderten vergeblichen Versuchen zeugten, diesen zu durchqueren.

»Wieso war sie nackt?«, fragte sich Evelina leise. »Wie kann das Feld zwischen Kleidung und menschlichem Gewebe unterscheiden? Und warum hat sich das verdammte Sprengstirnband nicht auch mit aufgelöst? Das wäre zumindest etwas Positives an dieser Todesfalle.«

Baran zuckte resigniert mit den Achseln. »Weiß nicht. Doch alle, die durchgehen, sind ohne Kleidung. Vielleicht, weil Stirnband mit Gehirn verbunden, grünes Feld erkennt nicht als Maschine? Ich jedenfalls nicht gut Schwimmer. Nur so wie Stein in Wasser.«

Er klopfte Marc mitfühlend auf die Schulter. »Viel Glück, Kamerad.«

Marc schluckte trocken und nickte schicksalsergeben. Auch wenn er alle Risiken dort drinnen zu seinen Gunsten abwog, gab es trotzdem nicht die geringste Möglichkeit für ihn durch diese Wasserfalle lebendig durchzukommen. Er war noch nie ein guter Sportler gewesen und er hasste es unterzutauchen. Seine Kondition schätzte er bestenfalls als mittelmäßig ein. Er konnte es niemals durch diesen Saal schaffen. Doch er war an der Reihe und würde sich nicht drücken.

»Nun, es hilft ja wohl alles nichts«, stammelte er mit zitternder Stimme. »Wünscht mir Glück, ich kann es brauchen!«

Er trat einen Schritt vor und das grüne Energiefeld baute sich übergangslos vor ihm auf. Er atmete einige Male tief durch und versuchte, seinen vor Todesangst rasenden Puls zu ignorieren. Unsicher streckte er den Arm nach dem pulsierenden Kraftfeld aus.

»Na, jetzt komm mal wieder runter«, flüsterte Eve, die von hinten an ihn herangetreten war, und legte Marc die Hand beruhigend auf die Schulter. »Hast du vergessen, dass ich Weltmeisterin im Apnoetauchen bin? Wenn das hier jemand schaffen kann, dann ja wohl ich, oder? Unsere Abmachung war bisher gut für die bekannten Fallen, aber das hier ist etwas ganz anderes. Ab sofort bin ich dafür, dass der mit den größten Überlebenschancen versucht, durchzukommen. Und hier bin das wie gesagt ja wohl ich!«

Entschlossen trat sie vor, sah Marc ernst an und flüsterte ihm leise zu: »Wenn ich es nicht schaffe, habt ihr keine Chance. Ihr könnt dann nur noch zwischen Ertrinken und dem deutlich schnelleren Tod in den Energiefeldern der zurückliegenden Falle wählen.«

Marc nickte dankbar. »Mit Sicherheit bist du deswegen auch hier. Falkner kennt diesen Raum. Wie alle, die Trapzone verfolgt haben. Dieser arrogante Mistkerl hat einfach die Weltmeisterin im Apnoetauchen entführt, weil er sich mit dir die besten Chancen ausrechnet.«

»Er ist ein berechnender Drecksack«, stimmte Maja zu, »doch so viel muss der Neid ihm lassen: Er hat das hier generalstabsmäßig vorbereitet.«

Sie lächelte ihn an. »Was mich aber nicht daran hindert, ihm ordentlich in den Arsch zu treten, wenn wir hier wieder raus sind.«

»Stell dich hinten an«, flüsterte Marc, während er sie spontan umarmte. »Wir haben alle eine Rechnung mit ihm offen. Und versprich mir, da drinnen gut auf dich zu achten.«

»Ich verspreche es.«

Der grüne Energieschirm flackerte und erlosch, während sich gleichzeitig die durchsichtige Wand wieder aufbaute und langsam in ein milchiges Weiß überging. Doch das nahm Evelina Russo nicht wahr. Wie sie es in dem Holo der letzten glücklosen Besucherin dieses Raumes gesehen hatte, rannte auch sie in den Saal hinein, in dem sich erschreckend schnell die bereits bekannten Barrieren aus Boden, Wänden und Decke schoben. Das Hindernis über das Owens in der Videoaufzeichnung gehechtet war, hatte Eve passiert, bevor es hochschnellte. Wertvolle Sekunden gewann sie zudem, als sie die steile Rampe, die Charlotte bereits schwimmend zurückgelegt hatte, zu Fuß hinauf hastete, während hinter ihr die Fluten brodelnd und schäumend in die Höhe schossen. Oben angekommen blieb ihr gerade noch genügend Zeit, um einmal tief durchzuatmen, bevor sie sich mit einem Hechtsprung in die Fluten stürzte.

Schlagartig wurde es still um sie. Eve war nun in ihrem Element und tauchte mit langen gleichmäßigen Zügen in die Tiefe. Sie folgte dem Weg ihrer Vorgängerin und passierte den bereits bekannten Mann, der sie aus grausig leeren Augenhöhlen anzustarren schien. Eve brauchte ihre ganze Selbstbeherrschung, um nicht entsetzt auszuatmen. Sie schob sich hastig an der schaurigen Wasserleiche vorbei und erreichte nach einer weiteren

Minute Charlotte Owens, die auf halber Höhe des dreidimensionalen Unterwasserlabyrinths zwischen zwei Stangen eingeklemmt hing. Die Frau blockierte damit den einzigen Durchgang – ganz so, als wolle sie den Weg für nachfolgende Kandidaten versperren.

Eve blickte sich um, doch es gab keinen anderen Ausweg. Beherzt griff sie nach der toten Frau und zog an deren Füßen, jedoch ohne Erfolg.

Verdammt, so bekomme ich sie nie aus den Stäben heraus, dachte sie, änderte ihre Strategie und packte die Stangen, zwischen denen die Leiche hing. Dann stemmte sie sich von hinten dagegen und drückte mit aller Kraft. Ein Ruck ging durch den toten Körper, doch er bewegte sich nur einige Zentimeter nach vorne, bevor er diesmal an den Beckenknochen stecken blieb.

Erneut änderte sie ihre Vorgehensweise und packte die Leiche an der Hüfte, während sie gleichzeitig ihre Beine um eine der Stangen schlang. Sie riss an der toten Charlotte Owens, die sich ruckartig drehte und schließlich nach einem letzten beherzten Stoß den Durchgang freigab. Wie schwerelos glitt der leblose Körper davon und blieb gegenüber an einem Vorsprung hängen. Mit ihren toten Augen schien sie Eve vorwurfsvoll zu mustern: *Wieso bist du am Leben, während ich hier gestorben bin?*

Evelina schüttelte das Unbehagen ab, das sie bei dem Anblick der Ertrunkenen überkam und stieß sich nach einem kurzen Rundblick in Richtung der Decke kraftvoll ab. Die Aktion hatte viel Kraft, Zeit und vor allem kostbaren Sauerstoff gekostet. Trotzdem blieb die erfahrene

Taucherin ruhig und prüfte jeden Abschnitt des Labyrinths sorgfältig, bevor sie weiter hinein schwamm. Mittlerweile waren acht Minuten vergangen und noch war der Ausgang nicht in Sicht. Langsam machte sie sich mit der Möglichkeit vertraut, in diesem überdimensionalen Horroraquarium zu sterben.

Das Blut begann durch ihre Adern zu rauschen, und immer lauter hörte sie ihr Herz, das nur noch Stickstoff durch ihren Körper pumpte. Hektisch blickte sie sich erneut um und endlich sah sie den Ausgang aus dieser Unterwasserfalle. Doch von dem rettenden blauschimmernden Kraftfeld trennte sie ein Gitter, das nur ganz oben an der Decke des Raumes einen schmalen Durchgang aufwies.

Zu weit, viel zu weit, dachte sie, doch trotz der Panik, die sie überkam, zog sie sich an dem Geflecht hinauf. Oben angekommen glitt sie mit letzter Kraft durch die schmale Öffnung in dem filigranen Netz. Evelina wollte schon in die Tiefe tauchen, als sie ein Reflex an der Decke innehalten ließ. Dort, vom blauen Licht des weit unter ihr liegenden Energiefeldes angestrahlt, schaukelte ein mächtiger Oktopodenschädel träge in der von ihr ausgelösten Strömung.

»Glaubst du, sie schafft es noch? Immerhin sind es nun schon über zehn Minuten.«

Niedergeschlagen blickte Shiyan zu Fynn auf, doch der zuckte nur resigniert mit den Schultern.

»Weiß nicht«, antwortete Baran stattdessen. »Glaube aber kaum. Zu lange schon ohne Sauerstoff.«

»Und was machen wir nun?«

»Weiß nicht«, wiederholte der Russe, »weiß nur dass Eve beste Taucher von uns alle. Wenn sie nicht schafft, keiner von uns kann es schaffen!«

»Bleibt uns nur die Feuerbestattung in den Energiefeldern hinter uns«, meldete sich Fynn zu Wort. »Besser ein schneller Tod dort, als langsam zu verdursten oder zu ertrinken.«

»Geben wir ihr noch etwas Zeit!«

Marc wollte die Hoffnung nicht aufgeben. Doch nachdem über zehn Minuten vergangen waren, ließ auch er sich resigniert an einer Korridorwand hinabgleiten und starrte ohne Zuversicht vor sich hin.

»Verdammt, dass ich mal so abtrete, wäre mir in Malmö nie in den Sinn gekommen«, flüsterte Fynn, der sich neben ihn setzte.

»Denke ich, ist noch nicht so weit«, riss Baran die beiden aus ihren trübsinnigen Gedanken. »Tut sich was an Wand!«

Und tatsächlich verschwand diese wie schon vorher schlagartig. Doch dieses Mal tauchte kein grünes Feld auf. Die vier, die mit dem Leben bereits abgeschlossen hatten, starrten in den Saal, in dem nur einige Wasserpfützen davon zeugten, dass er noch vor Sekunden eine perfide Todesfalle gewesen war. Und weit hinten, wo der Raum in den nächsten Korridor überging, stand im hellen Viereck eines Durchgangs Evelina und winkte ihnen zu.

»Was ist los?«, brüllte sie herüber. »Wollt ihr warten, bis sich die Kammer wieder mit Wasser füllt oder kommt ihr lieber gleich? Ich schwimme jedenfalls auf keinen Fall noch einmal da durch!«

»Allmächtiger, sie hat es geschafft«, rief Marc außer sich vor Freude, half Fynn auf die Füße und lief los, ohne auf ihn und die Übrigen zu warten.

»Ja, hat sie wohl«, murmelte der Schwede, während er humpelnd hinterherging. »Lauf du ruhig vor. Ich schaffe das schon alleine.«

Doch Marc hörte ihn nicht mehr.

»Verdammt! Sie hat es wirklich geschafft!«, wiederholte er leise, während er gleichzeitig versuchte, nicht über eine der vielen Leichen zu stolpern, die überall herumlagen.

Schließlich kam er bei Evelina an und blieb grinsend vor ihr stehen.

»Ich bin so froh, dass du es geschafft hast«, flüsterte er ihr erleichtert zu, doch bevor er sie in die Arme schließen konnte, waren Shiyan, Maja und Baran an seiner Seite und umarmten die lachende Italienerin stürmisch. Nur Sekunden, nachdem auch Fynn den Raum hinter sich gelassen hatte, schloss sich die Wand lautlos. Nichts deutete mehr auf den Saal voller verwesender Leichen hin.

Erst jetzt gelang es Marc, Evelina, die sich ihm lächelnd entgegenstreckte, zu umarmen. Ein überwältigendes Glücksgefühl durchströmte ihn, als er sie an sich zog und den Duft ihrer noch nassen Haare tief einatmete. Minutenlang standen sie eng umschlungen da, bis sie sich schließlich von ihm löste. Unangenehm berührt bemerkte Marc erst jetzt, dass die Übrigen feixend neben ihnen warteten. Und noch etwas anderes fiel ihm schlagartig auf.

»Äh, du bist ja gar nicht mehr nackt«, quetschte er unbeholfen hervor. »Wo hast du denn diesen Anzug her?«

»Ah, ist es dir aufgefallen?«, flüsterte sie leise in sein Ohr. »Schlimm?«

Er merkte, wie ihm das Blut ins Gesicht schoss, während er protestierend den Kopf schüttelte.

»Äh, nein, nein, überhaupt nicht, ich dachte nur ...«

»Lag auf dem Teil dort drüben«, wandte sie sich mit einem schelmischen Lächeln an alle, bevor die Situation noch peinlicher für Marc wurde. Sie zeigte auf eine meterhohe Säule, die wie ein Stalagmit mit abgeschnittener Spitze aussah. Das Ding wirkte, als wäre es aus dem Boden gewachsen.

»Sowie Stiefel, Computer, Nahrungsriegel und was ich sonst noch bei mir trug. Keine Ahnung, wie das alles da hingekommen ist.«

»Wie hast du das überhaupt gepackt?«, fragte sich Maja. »Ich kann ja wirklich lange die Luft anhalten. Aber über zehn Minuten? Und dann noch bei körperlicher Anstrengung? Das ist absolut irre!«

»Ich hätte es auch beinahe nicht geschafft, doch im letzten Moment hatte ich einfach Glück.«

»Welche Art von Dusel kann es in einem Aquarium voller Wasserleichen geben?«

»Genau die Art, dass es dort Tote gibt«, lachte Evelina und genoss es sichtlich, die Ratlosigkeit in den Gesichtern zu sehen.

»Als ich schon aufgeben wollte, hat mich ein Lichtreflex auf einen Oktopodenschädel aufmerksam gemacht, der unter der Decke trieb. Ein echt großes Teil, dessen Besitzer ich zu Lebzeiten nicht gerne begegnet wäre. Der hat mich gerettet.«

Sie lachte auf und schüttelte die nassen Haare. Doch weder bei Fynn noch bei den Übrigen fiel der Groschen.

»Ja und?«, stieß er daher begriffsstutzig aus. »Was hat der Schädel eines vor Jahrtausenden verstorbenen Tintenfisches damit zu tun, dass du es geschafft hast?«

»Leute, echt jetzt?«

Evelina konnte angesichts so viel Verständnislosigkeit nur erneut den Kopf schütteln.

»Was denkt ihr, warum der an der Decke trieb? Während alle übrigen Knochen auf dem Boden lagen? Schon mal was von Auftrieb gehört?«

»Igitt«, verzog Shiyan angeekelt das Gesicht. »Du hast Luft aus dem Schädel eines Aliens geatmet?«

»Klar«, lachte Evelina, »bin mir ziemlich sicher, dass es ihn nicht mehr gestört hat. Und er wäre vielleicht sogar froh darüber gewesen, mir das Leben zu retten, denkt ihr nicht auch?«

Baran war unterdessen zu der Säule hinübergegangen und strich über deren Oberfläche. Seitlich konnte er das glatte kühle Material anfassen. Als er die Oberseite berührte, ließ ihn ein Kribbeln zunächst erschrocken zurückzucken. Er rieb sich die Hand und legte sie erneut auf die absolut ebene, silbern schimmernde Fläche. Wie schwerelos schwebten seine Finger dicht über der Oberfläche. Ein Prickeln wie von aufschäumendem Brausepulver kroch durch seine Hand und wurde stärker, als er den Druck erhöhte. Mit aller Kraft drückte der Russe, doch er rutschte seitlich weg und wäre zu Boden gestürzt, wenn ihn Marc, der das außergewöhnliche Objekt ebenfalls neugierig studierte, nicht aufgefangen hätte.

»Spasibo«, keuchte Baran erstaunt, während er sich wieder aufrichtete, »ist merkwürdiger Apparat.«

»Muss wohl eine Art von Materietransporter sein«, murmelte Marc. Er tippte mit dem Zeigefinger auf den Stalagmiten, doch auch ihm gelang es nicht, die silbern schimmernde Oberfläche zu berühren. Als er stärker drückte, knisterte es leise, und silberne Blitze zuckten um seine Fingerkuppe. Schließlich zog er seine Hand weg, und während die beiden zum Rest der Gruppe zurückkehrten, ging ihm ein Gedanke durch den Kopf, der Hoffnung aufkeimen ließ.

Hätte nicht gedacht, dass so etwas realisierbar ist. Aber wenn die Erbauer des Kolosses in der Lage waren, Kleidung und Ausrüstung viele Meter weit zu transportieren, dann ist das vielleicht auch über größere Distanzen möglich. Eventuell gibt es ja doch eine Chance, aus dieser Lage mit heiler Haut herauszukommen?

Dechiffrierung

»Diese Enge hier gefällt mir überhaupt nicht«, murrte Fynn. »Da bekommt man ja Platzangst!«

Nachdem sie der Wasserfalle entronnen waren, hatte nicht wie bisher ein breiter heller Korridor auf sie gewartet. Vielmehr mündete der Ausgang des letzten Saals in einen schmalen lichtlosen Gang, der erschreckende Ähnlichkeit mit einem Abwasserkanal aufwies.

Seit einer Stunde liefen sie nun schon durch diese Dunkelheit, und er erwartete jeden Moment, auf eine tödliche Vorrichtung zu stoßen. Doch keine bodenlose Grube, kein Flammenmeer und keine Säureseen hatten sie bislang verschlungen.

»Also ich finde das Dämmerlicht viel bedrohlicher«, flüsterte Maja so leise, als könne ihre Stimme ein Unheil auslösen. »Ich mag die Dunkelheit eigentlich. Doch in dieser Röhre, in der nur unsere Computer etwas Licht erzeugen und sich in jeden Moment eine unsichtbare Todesfalle auftun kann, finde ich sie bedrückend.«

Evelina, die bisher schweigend die Gruppe angeführt hatte, blieb so plötzlich stehen, dass Fynn, der in dem niedrigen Tunnel nur gebückt gehen konnte und daher die meiste Zeit auf seine Füße starrte, in sie hineinlief.

»Oh, sorry, das tut mir leid«, murmelte er, tief in Gedanken versunken. Doch die Italienerin wandte sich Maja zu und wisperte vorwurfsvoll in ihre Richtung.

»Grazie mille, dass du mich an die Gefahren hier erinnerst. Möchtest du lieber nach vorne? Ich verzichte gerne auf die Führungsposition.«

»Problem mit Platz und Licht löst sich dort!«

Barans tiefe Stimme hallte erschreckend laut durch die Enge des Tunnels. Er zeigte auf einen hellen blauen Fleck am Ende der gebogenen Röhre.

»Könnte auch eine weitere Falle sein«, brummte Fynn, was ihm einen zweiten, noch anklagenderen Blick von Evelina einbrachte.

»Stupido!«

Aufgebracht stapfte sie durch den Tunnel davon. Als sie kurz darauf alle aus der Enge der Röhre stolperten, hätte der Kontrast zu den letzten Stunden kaum größer sein können. Der Korridor weitete sich zu einem kreisrunden Saal, dessen Decke weit über ihnen in einem weißen Nebel zu verschwinden schien. In den Wänden verteilten sich gleichmäßig zehn Durchgänge, vor denen blau leuchtende Energieschirme flackerten. Der Hallenboden vor den Ausgängen war bedeckt mit den Schädeln, Knochenstücken und Exoskelettfragmenten der Oktopoden und ließ keinen Zweifel darüber offen, was mit neugierigen Besuchern passierte, die den leise summenden Kraftfeldern zu nahe kamen. Ringsum drehten sich über den Energiefeldern zwei langsam umlaufende Hieroglyphenzeilen. Marc erkannte sie sofort: Es handelte sich um dieselben Zeichen, die er bereits auf Falkners dünner Metallfolie studiert hatte und die ihn seither nicht mehr losließen. Alle zehn Sekunden verharrten die

Bänder kurz in ihren Positionen, bevor sie sich erneut weiterbewegten.

»Verdammt, hier Ende von Aufzeichnungen über sicheren Weg«, fluchte Baran Kowros und schaltete das Hologramm ab, das er seit dem Eintritt in die vierte Zone nicht aus den Augen gelassen hatte.

»Na, das kann ja heiter werden«, meinte Maja mit Blick auf die am Boden verstreuten Überreste. »Dann müssen wir uns ab jetzt wohl auf die eigenen Instinkte verlassen.«

»Das ist nicht ganz richtig«, murmelte Marc leise, der in die Mitte des Saales stolperte und die Schriftzeichen musterte. Die Übrigen ließen sich erschöpft an den Wänden zu Boden sinken. Doch er konnte sich nicht ausruhen. Fasziniert starrte er auf die Schriftbänder, die sich ohne Unterlass durch den Raum drehten und dabei immer wieder für Sekunden erstarrten.

»Was meinst du?«

Erschrocken zuckte er zusammen und wandte sich so ruckartig um, dass er Eve, die leise neben ihn getreten war, zu Boden stieß. Sie stolperte überrascht nach hinten, rollte sich aber mit katzengleicher Geschmeidigkeit ab und blieb verblüfft sitzen.

»Das tut mir schrecklich leid«, entfuhr es Marc, der ihr helfend die Hand entgegenstreckte, um sie hochzuziehen. »Ich habe dich nicht kommen hören. Muss wohl zu tief in Gedanken gewesen sein.«

»Ist ja nichts passiert«, erwiderte sie leise, während sie weiterhin seine Hand festhielt. »Ich sollte mich vielleicht auch nicht so anschleichen. Zumindest nicht in einer Umgebung, in der man ständig mit dem Schlimmsten rechnen muss.«

Sie lachte leise auf und Marc lief ein Schauer durch den Körper. Es war betörend, sie so dicht bei sich zu haben. Sie umschloss noch immer seine Hand und presste sich dich an ihn. Irritiert wollte er zurückzucken, doch sie umschlang mit dem freien Arm seinen Rücken und zog ihn dichter an sich heran. Ihre vollen Lippen kamen ihm verheißungsvoll näher, und erst jetzt bemerkte er, dass er schwitzte.

»Äh, ich stinke bestimmt ganz furchtbar.«

»Ja, sicher«, entgegnete sie und kicherte erneut leise, »ich auch. Was solls?«

Auch wieder wahr, dachte er, während er sich leicht herunterbeugte, um sie zu küssen. Doch kurz bevor sich ihre Lippen berührten, ließ ihn ein leises Husten zurückschrecken. Irritiert sah er sich um und bemerkte, dass Baran grinsend zu ihnen herübersah. Als der Russe mitbekam, dass er ebenfalls gemustert wurde, hob er den rechten Arm und streckte die Faust mit dem Daumen nach oben in die Luft.

»Wir haben einen Beobachter«, flüsterte Marc atemlos, als er sich widerwillig von Eve löste. Sie wandte sich schmunzelnd zu dem noch immer feixenden Programmierer um und nickte.

»Lass uns das ein anderes Mal fortsetzen«, stimmte sie zu und drückte sich von ihm weg. »Am besten irgendwo, wo wir ungestört sind!«

»Aber was meintest du vorher?«, griff sie ihre ursprüngliche Frage wieder auf. »Was war so interessant? Du hast die Laufschriften angestarrt, als hättest du ein Gespenst gesehen.«

»Das habe ich in gewisser Weise auch« antwortete er nachdenklich. »Einen Geist, der seit Jahrmillionen hier herumspukt und hinter dessen Geheimnis ich bisher nicht gekommen bin.«

Unverständnis leuchtete in Evelinas Augen, doch sie schwieg und ließ ihn seine Gedanken weiterverfolgen.

»Vor einiger Zeit wurde ich von Joshua Falkner kontaktiert. Er bat mich, ein Artefakt zu untersuchen, das eine seiner Drohnen im ersten Sektor des Kolosses gefunden hatte. Es handelte sich um das Fragment einer metallischen Folie, die mit den gleichen Schriftzeichen versehen war, wie die, die wir hier auch sehen.«

»Und konntest du die Sprache entziffern?«

»Nein, das Stück war zu klein und stark verwittert. Unmöglich, es aufgrund der wenigen Anhaltspunkte zu dechiffrieren.«

Er rieb sich nachdenklich mit der linken Hand über den sprießenden Stoppelbart, während er die Zeichenbänder studierte, die gleichmäßig an der Wand entlangkrochen.

»Doch hier«, schloss er seinen Gedankengang, »sind deutlich mehr Zeichen zu sehen. Und sie befinden sich in der richtigen Anordnung, ohne dass Teile fehlen. Mit dem Wissen, das ich schon habe, und etwas Zeit, sollte es mir möglich sein, die Sprache zu entschlüsseln.«

Stunden vergingen, in denen Marc ohne Unterbrechung in der Mitte des Raumes saß und zu den Hieroglyphen hinaufstarrte. Er unterbrach seine Studien nur, als ihm Eve etwas zu trinken und zu essen brachte. Und auch das hätte er abgelehnt, doch sie setzte sich neben ihn und wartete ab, bis er den Proteinriegel und das Wasser hinuntergewürgt hatte.

Endlich, nachdem er eine weitere Stunde leise vor sich hinmurmelnd wie eine Salzsäule in der Mitte des Raumes dagestanden hatte, entfuhr ihm ein Schrei, der seine Gefährten erschrocken aufspringen ließ.

»Verdammt, ich habe es geschafft!«

Baran, der gerade aufgewacht war und sich gähnend streckte, zuckte zusammen.

»Warum brüllst du wie Löwe?«, grunzte er empört.

»Was meinst du?«, wollte auch Fynn wissen. »Spann uns nicht auf die Folter.«

»Wird es uns helfen, diesen Raum zu verlassen?«, fügte Shiyan hinzu.

Marc grinste nur idiotisch in die Runde und genoss es sichtlich, seine Gefährten im Unklaren zu lassen.

»Mensch, nun sag schon«, quengelte Evelina, »kannst du es lesen?«

»Ja, kann ich. Und ich verstehe nicht nur die Sprache, sondern weiß auch, wie diese Falle hier funktioniert. Und vor allem, wie wir sie unbeschadet durchqueren können.«

Er zeigte auf die Knochenhaufen, die vor jedem Kraftfeld lagen.

»Die armen Teufel dort haben einfach auf gut Glück versucht, diesem Raum zu verlassen. Doch das ist Selbstmord in Anbetracht der fast unzähligen Kombinationsmöglichkeiten. Es gibt nur ungefähr alle zehn Minuten einen Durchgang, der sicher ist. Immer dann, wenn die Schriftzeichen anhalten. Die Bänder stoppen im Abstand von sechzig Sekunden für kurze Zeit. In diesen wenigen Augenblicken müssen wir alle hindurchkommen. Ich weiß zwei Zyklen im Voraus, welches Tor passierbar wird. Denn einige der Zeichen ändern sich ständig, wie ihr vielleicht schon festgestellt habt. Und ein ganz Bestimmtes davon ist ein Zähler. Den erkennt man aber nur, wenn man die umgebende Schrift lesen kann. Das alles ist überaus faszinierend!«

Fynn konnte sich der Begeisterung des Kryptologen nicht anschließen. Er knurrte leise und unterbrach Marcs Euphorie, der vor Aufregung und Eifer glühte.

»Ja, das haben die Kerle, die da in den Kraftfeldern gestorben sind, sicher auch gedacht, kurz bevor sie pulverisiert wurden.«

Ohne ihn zu beachten, fuhr Marc mit seinen Erklärungen fort. »Am besten, wir stellen uns nebeneinander auf und springen auf mein Kommando gemeinsam durch das Tor. Wenn ich diesen Text richtig entziffert habe, warten dahinter noch ungefähr zwanzig weitere identische Räume. Wie gesagt: Die Wahrscheinlichkeit, hier lebend durchzukommen, ohne die Laufschriften lesen zu können ist mikroskopisch gering.«

»Was willst du sagen mit: wenn ich richtig entziffert habe Text?«, fragte Baran mit bedrohlichem Unterton in der Stimme. »Du dir nicht sicher?«

Marc blickte den russischen Programmierer an, als müsse er einem kleinen Kind einen vollkommen logischen Sachverhalt erklären.

»Doch schon«, dozierte er. »Ein Restrisiko bleibt natürlich immer. Aber das ist verschwindend gering, glaubt mir.«

»Wie hoch Risiko?«, wollte Baran wissen.

»Ungefähr zehn Prozent, dass ich falschliege!«

Maja war offensichtlich nicht beruhigt. »Das klingt für mich nicht wirklich sicher«, hakte sie hartnäckig nach. »Was ist, wenn deine Annahmen nicht stimmen?«

»Dann werden wir sterben. Die Energiefelder werden uns desintegrieren, bevor wir Zeit haben, darüber nachzudenken.«

»Oh, na super«, erwiderte sie leise. »Wenn ich so drüber nachdenke, klingen neunzig Prozent Sicherheit eigentlich gar nicht so schlecht, oder?«

Sie machte eine einladende Geste mit den Armen. »Also los, Professor. Wir folgen dir.«

»Drei, zwei, eins und los«, rief Marc, löste seinen Blick von den Laufschriftbändern und sprang durch das Kraftfeld.

»Und wieder einmal haben wir es geschafft«, kommentierte Maja sarkastisch, als sie auf der anderen

Seite in einem identischen Saal ankamen. »Wie bei den dreiundzwanzig Versuchen vorher auch schon!«

Genauer gesagt, vierundzwanzig Mal, wenn ich mich nicht verrechnet habe, dachte Fynn.

»Müssten wir diese Falle nicht so langsam hinter uns haben?«, stellte in diesem Moment Shiyan die Frage, die auch ihm seit einigen Minuten durch den Kopf geisterte.

»An sich schon«, antwortete Marc nachdenklich und sah sich in dem Raum um. »Kann aber auch sein, dass ich die Zahlensymbole bisher falsch gedeutet habe.«

»Und heißt was?«, knurrte Baran.

»Hm, Moment, lass mich kurz überlegen«, sinnierte der Kryptologe, »mal sehen, wenn ich ...«

Augenblicke später stieß er einen lauten Schrei aus.

»Verdammt«, stieß er aus. »Ich habe die Zahlen falsch interpretiert. Da oben, seht ihr? Das Zeichen da bedeutet fünf und das dort drüben ist eine Zwei. Es hieß im ersten Saal also fünfzig und nicht zwanzig.«

»Na, so ein Glück«, stöhnte Fynn, der in den letzten Stunden wieder angefangen hatte zu humpeln. »Da können wir ja froh sein, dass du nur die Zahlen vertauscht hast und nicht mehr!«

»Ja, genau«, stimmte Maja zu, »so ein Schwein aber auch. Bleiben ja nur noch sechsundzwanzig Räume, die wir durchqueren müssen.«

Bodenlose Tiefe

»Verdammt, wie sollen wir denn das schaffen?«

Entgeistert starrte Maja auf den Abgrund, der vor ihnen lag und trat dicht an die Kante heran. Sie kannte keine Höhenangst, doch hier zuckte sie unwillkürlich zurück, als sie hinabblickte.

Die Schlucht, an der sie standen, war bodenlos. Absolut glatte Wände führten senkrecht in die Tiefe. Weit unten waberte ein gefährlich leuchtender grüner Nebel, der von Blitzen durchzuckt wurde. Sie wollte sich gar nicht vorstellen, was mit ihr geschehen würde, wenn sie da hineinfiel. Wobei es wohl keinen Unterschied machte, von den Energieentladungen geröstet oder durch den Aufprall auf welchem Boden auch immer getötet zu werden. Sie schüttelte sich entsetzt und ging unwillkürlich noch einige Schritte zurück.

»Meine Güte, ist das tief!«

»Das vollkommen unmöglich«, meinte auch Baran, der die Entfernung abschätzte, die sie vom Korridor auf der anderen Seite dieses Abgrundes trennte. »Mindestens zwanzig Meter. So weit kein Mensch kann springen.«

»Vielleicht ist es ja möglich, seitlich Löcher in die Wand zu schießen, an denen wir uns auf die andere Seite hangeln könnten?«, fragte sich Marc und betrachtete den absolut glatten Korridor. Er zog die Armeepistole heraus, die er dem mumifizierten Soldaten im zweiten Sektor abgenommen hatte, zielte und schoss. Der Knall dröhnte ohrenbetäubend durch den Gang und die Kugel prallte mit hellem Sirren von der Wand ab.

»Mensch, was soll denn das?«, rief Maja erschrocken. »Kannst du uns nicht warnen, wenn du so was vorhast?«

»Tut mir leid«, entschuldigte er sich, während er an die Korridorwand herantrat und diese untersuchte.

»Kein Kratzer«, gab er enttäuscht von sich. »Ich kann nicht einmal sehen, wo die Kugel abgeprallt ist.«

Marc bückte sich nach der leeren Patronenhülse und warf sie in den Abgrund, wo sie taumelnd hinunterfiel und schließlich im Dunst verschwand. Atemlos lauschten alle auf das Geräusch des Aufpralls, doch es war nichts zu hören.

»Verdammt tief«, schluckte Baran, »was wir machen jetzt?«

»Zurück können wir jedenfalls nicht«, meinte Evelina schließlich, »und bisher war doch jede Falle irgendwie zu bezwingen. Ich glaube nicht, dass es hier anders ist.«

»Du hast recht«, stimmte Marc zu, der ebenfalls angestrengt nach einer Lösung suchte. »Wozu sollten sich die Erbauer des Kolosses bisher eine Hintertür offengehalten haben, nur um hier eine unüberwindliche Falle aufzubauen? Es muss einen Weg dort hinüber geben!«

Doch auch Stunden später als sie jeden Zentimeter akribisch untersucht hatten, schien es keine Möglichkeit zu geben die Schlucht zu überqueren. Während Maja, Shiyan und Marc erschöpft eingeschlafen waren, hatten sich Baran und Fynn in der Mitte des Korridors niedergelassen und starrten missmutig vor sich hin. Sie saßen dicht am Abgrund, und Baran, der ohne besonderen Appetit einen Proteinriegel verzehrte, zerknüllte gedankenverloren die Verpackung und warf sie in die Tiefe. Doch statt – wie die Patronenhülse – direkt hinabzufallen, hüpfte sie zunächst einmal in die Luft, bevor sie nach unten trudelte. Aufgeregt rückte sich der russische Programmierer die Brille auf der Nase zurecht, während er Fynn ungläubig ansah.

»Du gesehen?«

»Ich gesehen!«, nickte Fynn und wischte sich den Schweiß von der Stirn. »Und ich denke, wir wissen jetzt beide, wie wir da rüberkommen!«

Hastig weckte er die schlafenden Gefährten und sammelte ohne weitere Erklärungen mehrere Nahrungsriegel ein. Sie starrten den Schweden erstaunt an, der langsam am Rand des Abgrunds entlangging, die Riegel zerrieb und die Krümel verstreute. Plötzlich blieb er stehen, lief noch einmal zwei Schritte zurück und kehrte wieder um.

»Kommt mal her«, sagte er erleichtert und zeigte auf die Stelle direkt vor sich. »Hier ist es möglich!«

»Bist du übergeschnappt?«, rief Evelina, die aus sicherem Abstand schaudernd in den Abgrund starrte. »Da gibt es nichts außer einem bodenlos tiefen Loch, in dem du sterben wirst!«

»Nein, ich denke, dass wir es hier schaffen könnten«, erwiderte er. »Kommt doch endlich mal her, dann seht ihr, was ich meine. Hier kommen wir rüber!«

»Oder auch runter«, murmelte er so leise, dass ihn niemand hören konnte. »Wenn ich mich irre, ist der Weg hinab auf jeden Fall verdammt lang.«

Ohne auf die entsetzten Schreie des Teams zu achten, schloss er die Augen, trat einen Schritt nach vorne und schwebte über der Schlucht.

»Wieso fällt er nicht runter?«, fragte sich Eve.

»Es gibt wohl so etwas wie ein unsichtbares Kraftfeld, auf dem man stehen kann«, vermutete Marc, »aber wer die Position nicht kennt, stürzt unweigerlich in den Abgrund.«

Fynn, der mittlerweile die Augen wieder geöffnet hatte, lachte erleichtert auf.

»Eigentlich ist es ganz einfach!«, rief er. »Als Baran vorher die Verpackung seiner Ration hinuntergeworfen hat, ist die nicht gleich runtergefallen, sondern wie von einem unsichtbaren Hindernis abgeprallt.«

Er drehte sich um seine eigene Achse und streute erneut seine Krümel aus. Einige davon blieben einfach vor ihm in der Luft liegen. Wieder machte er einen zaghaften Schritt. Seine Bewegungen wurden sicherer und langsam setzte er seinen Weg fort. Als Maja an der Stelle ankam, an der die Krümelspur den Weg über den Abgrund wies und dem Schweden folgen wollte, wurde sie von Baran zurückgehalten.

»Du besser wartest!«, knurrte er und zeigte auf die Krümel, die eben noch direkt vor ihnen gelegen hatten und in diesem Moment in die Tiefe fielen.

»Scheint, dass Weg von Fynn wieder verschwindet!«

»Danke, Baran – du hast mir wohl gerade den Hals gerettet.«

Weiß im Gesicht verfolgte Maja, wie der Schwede scheinbar schwerelos über dem Abgrund schwebte und sich immer weiter von ihnen entfernte. Der Weg führte in alle Richtungen und dreimal näherte sich Fynn, dem der Schweiß in Sturzbächen von der Stirn rann, fast wieder seinem Ausgangspunkt. Endlich sprang er mit einem mächtigen letzten Satz in die Sicherheit der gegenüberliegenden Seite. Im selben Augenblick flimmerte die Luft über dem Abgrund und ein schmaler halbtransparenter Steg materialisierte in der Mitte des Ganges.

»Los, Leute«, rief Maja und rannte auf die Brücke zu, »Dreiunddreißig Sekunden, wenn die Falle hier wie die anderen funktioniert! Danach ist der Übergang wieder verschwunden.«

Evelina, Shiyan und Baran folgten. Auch Marc nickte und lief hinter ihnen her. Bei Eve und Shiyan wirkte es fast spielerisch, wie sie auf dem schmalen weißen Pfad entlang hetzten. Baran balancierte deutlich langsamer hinterher, doch immer noch um ein Vielfaches schneller als Marc. Die drei waren bereits auf der gegenüberliegenden Seite angekommen, als er erst die Mitte der Schlucht erreichte und hier den Fehler machte, auf seine Füße zu sehen. Wie paralysiert blieb er stocksteif stehen, während die Angst, hinunterzufallen, ihn lähmte. Wie durch einen Nebel hörte er den Aufschrei von Eve, als diese realisierte, dass er sich noch immer auf der Brücke befand.

»Marc«, wehte ihr Schrei zu ihm herüber, »nicht hinuntersehen!«

»Das mache ich aber schon«, schrie er in Todesangst zurück. »Ich kann nicht weiter. Ich werde runterfallen!«

»Das wirst du sicher nicht«, rief die Italienerin. »Konzentrier dich nur auf mich. Sieh nicht mehr hinunter, sondern schau zu mir herüber!«

Der beruhigende und gleichzeitig befehlende Klang ihrer Stimme ließ Marc tatsächlich aufblicken. In Todesangst saugte sich sein Blick geradezu an ihrem Mund fest.

»Sehr schön«, ermutigte sie ihn, »das machst du super! Und jetzt setzt du einfach einen Fuß vor den anderen. Ganz langsam und nichts überstürzen!«

Erneut beruhigten ihn ihre Worte und nun gehorchte ihm endlich auch sein Körper wieder. Mit mechanischen Bewegungen tastete er sich vorsichtig voran. Den Blick auf Eve gerichtet, erwartete er jede Sekunde, dass sich der schmale Steg auflösen und er ins Verderben stürzen würde.

»Oh, verdammt!«, fluchte Fynn in diesem Moment. Die Brücke fing an zu flackern und löste sich von der gegenüberliegenden Seite her in rasender Geschwindigkeit auf.

»Marc, spring!«, schrie Eve und dieses Mal war da etwas in ihrer Stimme, das keinen Widerspruch duldete. Er stolperte nach vorne und machte einen unbeholfenen Satz in die Luft. Doch seine zitternden Beinmuskeln ließen ihn im Stich und er sprang zu kurz. Entsetzt rutschte er an der Kante hinab und sah sich bereits im Abgrund verschwinden, als Eve auf ihn zu hechtete und seine Handgelenke zu fassen bekam. Doch auf dem glatten Fußboden liegend fand sie keinen Halt und glitt langsam mit ihm in die Tiefe.

»Eve, lass mich los«, kreischte Marc, als er realisierte, dass er sie mit sich in den Abgrund zog, »das kannst du nicht schaffen. Rette dich selbst!«

»Ich lass dich nicht fallen«, war alles, was sie erwiderte, während sie sich verbissen an seine Handgelenke klammerte.

»Sie nicht«, knurrte Fynn, der an der Kante auftauchte und ebenfalls nach Marcs Arm griff, »und ich genauso wenig. Wir brauchen dich vielleicht noch!«

Mit einem Ruck zog er ihn so weit herauf, dass Baran seinen Overall zu fassen bekam. Gemeinsam hievten sie Marc über die Kante, wo er atemlos und zitternd liegen blieb. Es dauerte lange, bis sich sein rasender Puls wieder beruhigte. Und während der ganzen Zeit, in der er am Boden lag und vor Angst geschüttelt nach Atem rang, ließ Evelina seine Hand nicht los und redete beruhigend auf ihn ein.

»Was für eine teuflische Falle!«

Maja schüttelte entsetzt den Kopf. »Was müssen das nur für heimtückische Geschöpfe gewesen sein, die sich so etwas wie das Trapship ausgedacht haben?«

»Nicht gehabt viele Freunde, vielleicht?«, mutmaßte Baran.

»Tja, mit dieser Riesenmausefalle haben sie sich auch sicher keine Neuen gemacht!«, erwiderte Fynn. Er stand auf und zog Marc, der noch immer vor Anstrengung zitterte, auf die Beine. »Lasst uns sehen, dass wir hier wegkommen!«

Der Vorhang fällt

Vor ihnen lag ein etwa einhundert Meter langer Saal, der kaum breiter als der Korridor war. Ratlos starrte Marc in den vollkommen leeren Raum. Nur die Grundfläche, die aus demselben silbern glitzernden Material zu bestehen schien, wie Wände und Decke, wirkte eigenartig und schien sich zu bewegen.

»Es sieht so aus, als würde der ganze Untergrund vibrieren, oder?«

Shiyan kniete sich vor dem Eingang hin und blickte viele Minuten stumm und regungslos in den Raum, bevor sie sich wieder bedächtig erhob.

»Es bewegt sich tatsächlich«, teilte sie ihre Beobachtungen mit. »Die Schwingungen werden von kleinen Erhebungen hervorgerufen, die sich scheinbar willkürlich hin und her bewegen. Doch wenn man sie eine Weile beobachtet, erkennt man ein Schema.«

Maja nickte anerkennend. »Du hast recht. Jetzt sehe ich ebenfalls ein Bewegungsmuster. Sieht fast so aus, wie die Laserbarrieren, die bei meinem letzten Auftrag in Berlin die Exponate absichern sollten. Ist sicher nicht ratsam, die Buckel hier zu berühren.«

Sie streckte und dehnte sich, bevor sie weitersprach: »Da ich mit solchen Alarmsystemen Übung habe, ist es wohl am besten, wenn ich als Erste durchgehe, oder?«

»Nein, ich versuche es.« Shiyan schüttelte den Kopf und legte Maja den Arm auf die Schulter, um sie zurückzuhalten. »Im Zirkus habe ich schon einmal eine ähnliche Nummer eingeübt. Ich glaube, ich kann es schaffen.«

Mit einem letzten abschätzenden Blick betrat sie den Saal. Ungläubig beobachtete Marc, wie die Chinesin durch den Raum glitt. Als ob sie es monatelang einstudiert hätte, trippelte sie auf den Fußspitzen wie eine Balletttänzerin zwischen den Erhebungen hin und her, drehte Räder, ließ sich scheinbar willkürlich zurückfallen, um dann erneut mit akrobatischen Flickflacks weiter vorzudringen.

Niemals hätte er das geschafft, und obwohl ihn Falkner in diese Situation gebracht hatte, musste er neidlos zugeben, dass die Zusammensetzung des Teams genial war. Jeder von ihnen hatte einzigartige Fähigkeiten und konnte Räume durchqueren und Fallen deaktivieren, die für alle Übrigen unüberwindbar waren. Trotzdem war sich Marc sicher, dass er den Administrator bezahlen lassen würde. Zumindest, wenn es in seiner Macht lag. Während er Shiyan zusah, wie sie in einer atemberaubenden Grazie durch den Saal wirbelte, bezweifelte er jedoch, überhaupt noch einmal in seinem Leben dicht genug an Falkner heranzukommen.

Die Chinesin hatte sich bis auf wenige Meter vor den Ausgang vorgearbeitet, als Maja einen entsetzten Schrei ausstieß.

»Shiyan, pass auf, der Rhythmus der Hügel hat sich verändert.«

Die Warnung kam für die Artistin zu spät, die in diesem Augenblick abgesprungen war und sich in einem anmutigen Vorwärtssalto durch die Luft schraubte. Als sie auf dem Boden aufkam, berührte ihre Ferse eine der Erhebungen und sie erstarrte, als ob die Zeit stehen geblieben wäre.

Während Shiyan wie versteinert im Raum stand, kam Bewegung in das silberne Material, mit dem der gesamte Saal ausgekleidet war. Es floss von den Wänden herab, tropfte in zähen Fäden von der Decke und glitt am Boden wie eine Armee winziger Metallwürmer auf die bewegungslose Artistin zu. Dort angekommen lief es zu einer glitzernden Masse zusammen, die an den Beinen der reglosen Frau hinaufkroch. Alles spielte sich in erschreckender Lautlosigkeit ab und Marc wandte sich entsetzt ab.

Wie zum Teufel sollen wir durch diesen Raum kommen, wenn schon Shiyan es nicht schafft, die Fallen zu deaktivieren?

Ohne Vorwarnung packte Baran seinen Arm und riss ihn mit sich, während er in den Raum stolperte.

»Dawai, dawai«, brüllte er, »das vielleicht einzige Chance!«

Entsetzt riss Marc sich los und taumelte rückwärts aus der Todeszone heraus, während Baran sich im Laufen umwandte und erneut »Dawai, dawai!« brüllte. Als niemand reagierte, riss er fragend die Arme in die Luft, während er weiter in den Saal hineinrannte. Marc befürchtete, die silbernen Schlangen, die Shiyan noch nicht erreicht hatten, würden sich nun auf den Russen stürzen. Doch sie änderten ihre Richtung nicht und ignorierten das neue Opfer, das weiter auf den Ausgang zu hetzte. Hatte der verrückte Programmierer tatsächlich eine Möglichkeit entdeckt, durch den Raum zu kommen, bevor der seine Fallen neu ausrichtete? Als er den Saal schon fast durchmessen hatte, kam auch Bewegung in Fynn und Maja.

»Worauf wartest du?«, schrie Eve ihn an und hastete hinter den anderen her. »Baran hat recht. Shiyan können wir nicht mehr helfen.«

Als Marc sich endlich ebenfalls aufraffte, wurde es höchste Zeit. Alle Silberfäden hatten mittlerweile die in der Bewegung eingefrorene Artistin erreicht. Als letzter der Gruppe stürmte er an der jungen Chinesin vorbei. Ein kurzer Blick genügte, um zu sehen, dass sie tot war. Sie starrte mit gebrochenen Augen in die Ferne. Was sie umgebracht hatte, wusste er nicht. Doch er fand es tröstlich, dass die schillernde Flüssigkeit, die wie lebendes Quecksilber aussah und langsam an ihrem steifen Körper emporkroch, Shiyan nicht mehr ersticken würde. Zumindest war ihr Tod schnell und unverhofft eingetreten.

TEIL 4
Der Stadtmensch

Die Doppelsonne brannte heiß auf die Bauwerke des sechseckigen Platzes inmitten der Stadt herab, aber der Mann, der sich in einem der Gebäude an der Peripherie versteckt hielt, bemerkte davon nichts. Die Häuser mochten Äonen alt sein, in ihrem Inneren herrschten jedoch überall exakt fünfunddreißig Grad Celsius. Egal, in welchem der zahllosen Türme, Wohnblocks und Hallen man sich aufhielt. Und genauso wenig spielte es eine Rolle, ob diese künstlichen Sonnen vom Himmel brannten oder die drei blassen Monde die Umgebung in grünes Dämmerlicht tauchten, wenn der Nachtzyklus anbrach.

Wie die Erbauer diese konstanten Innentemperaturen trotz der nicht vorhandenen Scheiben und Türen in den Öffnungen der Wände erzeugt hatten, war ihm auch nach all den Jahren, die er hier verbracht hatte, ein Rätsel.

Gegen die brütende Hitze, die in der Stadt schon früh am Morgen herrschte, war es geradezu kalt im Inneren der Gebäude. Nur nachts, wenn es draußen auf erträgliche zwanzig Grad Celsius herunterkühlte, ging er hinaus. Trotz der Sicherheit, die die Bauwerke gegen eine Vielzahl gefährlicher Wesen boten, die in der Stadt umherstreiften, schlief er für gewöhnlich im Freien. Meist zog er sich auf das Dach eines der hohen Türme zurück, auf dem er mit einem Lagerfeuer die flugfähigen Nachträuber fernhielt.

Daran, wie an viele weitere Besonderheiten der Stadt hatte er sich bereits vor Jahren gewöhnt. Er legte die Waffe, die er in Händen hielt für einen Augenblick zur Seite und wischte sich mit dem brüchigen Ärmel seines Overalls den Schweiß von der Stirn. Dann drückte er den Daumen auf den pockenförmigen Auslöser des Gewehrs, dessen Form entfernt an das abgesägte Horn eines Narwals erinnerte. Auf die fremdartige Schusswaffe war das Zielfernrohr einer alten terrestrischen Pistole montiert, die er bereits vor langer Zeit ausgemustert hatte. Die war zwar effektiv gegen nahe Ziele, lockte mit ihrem lauten Knall aber regelmäßig deutlich gefährlichere Gegner an als diejenigen, die er mit ihr erledigte.

Der Mann blinzelte kurz, dann spähte er wieder auf die Fläche hinaus, die er der Einfachheit halber den Marktplatz des Todes getauft hatte. Vollkommen friedlich lag dieser im hellen Sonnenlicht vor ihm. Im Zentrum befand sich eine zehn Quadratmeter umfassende niedere Mauer. Inmitten der grasbewachsenen Fläche stand ein mächtiger Baum, der seine Äste weit in den Himmel reckte. Winzige Düsen sprühten dünne Wasserstrahlen ins Innere dieser künstlichen Oase, wo sie in einen schmalen Kanal plätscherten, der die Baumwurzeln wie ein glitzernder Ring umschloss. Eine Idylle, die absolut friedlich wirkte und doch Tod und Verderben für unaufmerksame Besucher bereithielt.

In den langen Jahren der Einsamkeit, die hinter ihm lagen, hatte er vielen markanten Stellen in dieser verlassenen Stadt Namen gegeben. Fallengasse, Feuerbrücke und Laserrampe, die einen verschluckten, verbrannten oder zerteilten, wenn man ihnen zu nahe kam, waren nur drei davon.

Auffällige Gebäude wie das Schwert, die Nadel und der Wachturm halfen ihm bei der Orientierung. Diese weithin sichtbaren Türme waren vor allem deshalb so nützlich, weil sich große Teile der Stadt täglich veränderten. Als ob die riesige bebaute Fläche ein gigantisches amöbenhaftes Lebewesen wäre, dessen Form ständig im Fluss war.

Eine Bewegung am gegenüberliegenden Ende des Marktplatzes ließ den Mann aufmerken. Ein weiterer Bewohner der Stadt war aufgetaucht und spähte aus dem Schatten einer schmalen Straße hervor. Das Geschöpf – einem sechsbeinigen Hasen nicht unähnlich – witterte am Rand des sonnenbeschienenen Platzes nach allen Seiten, bevor es einige zaghafte Hopser in Richtung des mit Gras bewachsenen Miniaturparks machte, der inmitten der Stadt verheißungsvoll duftete. Es stellte das große Ohr auf, das wie eine fellbedeckte Parabolantenne aus seinem Kopf wuchs und lauschte erneut, während seine Fühltentakel gierig in Richtung der blaugrünen Leckerei zuckten.

Los, mach schon. Nur noch ein paar Meter!

Als ob das Tier die Gedanken des Mannes gehört hätte, setzte es sich in Bewegung. Kurz verschwand es hinter dem gewaltigen Stamm des Baumes, bevor es mit einem mächtigen Satz auf die hüfthohe Umrandung der Grasfläche sprang. Erneut zuckte sein Lauscher aufmerksam nach allen Richtungen. Dann übermannte es der Hunger und es senkte den Kopf, um das frische, saftige Gras zu fressen.

Auf diesen Moment der Unachtsamkeit hatte der Mann in seinem Versteck gewartet. Ein kurzer Blick durch das Visier seiner Waffe genügte, bevor ein nadelfeiner purpurner Strahl die Mündung des gewendelten Laufes verließ und den fellbedeckten Grasfresser traf. Schock und Reflexe schleuderten das Geschöpf hoch in die Luft, bevor es zurück auf die Mauerkrone stürzte und langsam auf den Marktplatz herab rutschte.

»Nein, nein, nein, nein!«, fluchte der Schütze leise, der verfolgte, wie seine Beute eine der winzigen pockenartigen Erhebungen berührte, die rings um das begrünte Areal aus der ansonsten spiegelglatten Fläche ragten.

Sofort schoss ein silberglänzendes Netzgeflecht aus dem Boden, das sich nach innen bog und die Beute des Mannes wie eine Kuppel umschloss.

»Verdammt, der Hase ist verloren«, brummte der Jäger, der sich in seinem Versteck aufrichtete und die verhärteten Muskeln streckte. Er nahm seinen brüchigen Rucksack auf, schulterte die Narwalwaffe und verließ eilig das Haus. Vorsichtig pirschte er über den Platz, wobei er sorgsam darauf bedacht war, nicht ebenfalls eine der Erhebungen zu berühren.

Als er an dem gefangenen Hasenwesen vorbeikam, öffnete sich im Inneren der Falle ein kleines Loch, aus dem ein Schwarm leuchtend roter Spinnentiere strömte. Ein leises Rascheln wie von altem Papier erfüllte die Luft. Die winzigen dreibeinigen Spinnen legten sich wie eine blutige Decke über ihr Opfer. Als sie sich Sekunden später in den Untergrund zurückzogen, war das Hasenwesen spurlos verschwunden.

Der Geruch von Tod und Blut stieg dem Mann in die Nase, während das Netz im Boden verschwand und den Platz so makellos wie zuvor zurückließ. Nichts deutete auf die heimtückische Falle hin, die hier unter der Oberfläche auf unvorsichtige Opfer lauerte. Er wandte sich achselzuckend ab, als in der Ferne ein schrilles Heulen erklang.

»Höchste Zeit, dass ich hier verschwinde!«, flüsterte der Mann und hetzte über den glühend heißen Platz davon. Er atmete erleichtert auf, als er in den Schatten derselben Straße eintauchte, aus dem der Hase vor wenigen Minuten herausgehoppelt war. Als er im Zwielicht verschwand, erklang erneut das heisere Bellen. Dieses Mal deutlich näher.

Die letzte Zone

Keuchend rannte Marc weiter und blickte schaudernd über die Schulter zu der Stelle, an der Shiyan – mittlerweile bis zum Hals von dem schillernden Metall bedeckt – wie eine Skulptur dastand. Als er wieder nach vorne sah, bremste er hart ab, um nicht in Baran hineinzurennen, der am Ende des Saales vor einem zehn Meter hohen Portal stehen geblieben war. Staunend starrte er auf das ovale Tor, in dem das bekannte blaue Energiefeld flackerte, das um ein Vielfaches größer war als die Durchgänge, die sie bisher in neue Areale des Trapships geführt hatten.

»Haben wir es tatsächlich durch den vierten Sektor geschafft«, flüsterte Marc, »oder ist das nur der nächste tödliche Fallenraum?«

»Weiß nicht«, antwortete Baran. »Kann sein Ausgang in Sicherheit, kann genauso sein Tor zur Hölle. Wer kann schon sagen in diese verdammte Trapship?«

Dem jungen Russen liefen die Tränen an den Wangen herunter. Unbeholfen rückte er an seiner Brille herum, während er sich noch einmal zu der Toten umwandte.

»Leb wohl Shiyan«, flüsterte er leise, »du jetzt hast es jedenfalls hinter dir!«

»Lasst uns durchgehen«, rief Maja, »Wir können nichts mehr für sie tun. Hinter dem Tor warten möglicherweise weitere Hinterhalte, doch wir können hier auf keinen Fall länger stehen bleiben.«

Sie griff nach Baran und schubste ihn durch das Kraftfeld, bevor er protestieren konnte. Dann sprang sie selbst hindurch.

Die Flüssigkeit hatte Shiyan mittlerweile komplett umschlossen und breitete sich nun zu ihnen hin aus. Rinnsale, Tümpel und Pfützen verbanden sich zu einer durchgehenden Fläche, die gefährlich schnell näherkam. Sogar an den Wänden glitt das Zeug wieder wie zäher Honig empor, als ob die Schwerkraft hier keinen Einfluss hätte.

»Maja hat recht«, rief Marc. »Wenn uns dieses flüssige Metall erreicht, ergeht es uns wie Shiyan.«

Traurig blickte er zu dem Ort zurück, an dem nur noch die menschlichen Konturen unter dem schillernden Gel an die Artistin erinnerten, die dort – nur zwei Meter vom Ausgang entfernt – vor wenigen Minuten gestorben war.

Verdammt, sie hätte es fast geschafft, dachte er frustriert. Und es blieb ihnen nicht einmal Zeit, Abschied zu nehmen, denn bereits jetzt schlängelte sich das zähe Rinnsal gefährlich nahe an sie heran.

»Kommt schon«, rief er Eve und Fynn zu. »Egal, was da auf uns wartet. Schlimmer als dieses Zeug hier kann es nicht sein!«

Er sprang ebenfalls durch das Energieportal, stolperte auf der anderen Seite noch einige Meter weiter und fiel auf die Knie. Ein stechender Schmerz schoss durch seinen Kopf und ließ ihn laut aufschreien. Ohne darüber nachzudenken packte er das Stirnband und riss es herunter. Entsetzt starrte er auf den silbernen Reif, der mit blutverschmierten Dornen in seinen Händen lag, und wartete darauf, dass das heimtückische Gerät explodieren und ihn in den Tod reißen würde. Doch nichts geschah, und während der Schmerz wie flüssige Lava durch seinen Schädel raste, verschwamm die Welt um ihn herum zu einem blutroten Nebel. Bevor er die Besinnung verlor, bekam er noch mit, dass Maja ebenfalls reglos dicht neben ihm lag.

Als er wieder zu sich kam, beugte sie sich über ihn. Sie blutete aus unzähligen Wunden an der Stirn und auch ihre kurz geschnittenen blonden Haare waren rot verschmiert. Marc setzte sich benommen auf, strich sich über die schmerzenden Schläfen und stellte erstaunt fest, dass seine Hand blutverschmiert war, als er sie wieder zurückzog. Langsam kam die Erinnerung zurück und er blickte sich verwundert um.

Anders als bisher waren sie diesmal nicht in einen neuen, klinisch sauberen weißen Korridor gesprungen. Vielmehr wirkte die Umgebung wie eine kleine Höhle, in der er auf einem moosähnlichen Untergrund saß. Gelbes Licht kam von fluoreszierenden Pilzen an den Wänden der Kaverne, die nach wenigen Metern endete und – soweit Marc das in seinem benommenen Zustand erkannte – in einen abknickenden Gang mündete.

»Warum leben wir noch?«, krächzte er leise.

Maja zuckte mit den Schultern und sah ihn ebenso ratlos an, wie er sich momentan fühlte.

»Ich weiß es nicht. Alle bis auf Fynn haben ihre Stirnbänder herunter gerissen, doch keines davon ist explodiert.«

»Computer geht nicht mehr«, rief Baran bedauernd aus, der neben dem Torbogen saß und seinen Unterarm untersuchte. Der russische Programmierer sah fürchterlich aus. Auch ihm floss das Blut aus unzähligen winzigen Wunden, wo das Stirnband seine Stacheln tief unter die Kopfhaut getrieben hatte.

Marc warf einen Blick auf den eigenen Rechner, der die Energie direkt von seiner Körperwärme bezog und bisher fehlerlos funktioniert hatte. Das Display war schwarz. Auch dieses Gerät schien defekt zu sein.

Macht nichts, dachte er, *schließlich ist noch kein Mensch je so weit gekommen wie wir. Hier könnte uns der Computer sowieso nicht mehr helfen!*

Mit Majas Hilfe richtete er sich auf, und während sie nach Eve sah, torkelte er in die Ecke der Höhle, in der Fynn am Boden kauerte, sich an die Schläfen fasste und leise vor sich hinmurmelte. Hatte der Schwede den Verstand verloren? Doch als er näherkam, winkte Fynn ab und streckte den Daumen in die Luft.

»Alles klar bei mir. Fühle mich nur noch ein wenig schwindelig!«

Marc nickte und wandte sich Baran zu, der eines der blutgetränkten Stirnbänder aufgehoben hatte und interessiert untersuchte.

»Pass bloß auf mit den Dingern. Nicht, dass die jetzt noch explodieren.«

Baran sah erschrocken auf und legte das Band vorsichtig wieder zu den anderen dreien auf den Boden zurück. Er tippte auf seinen Unterarmcomputer.

»Da – Du hast recht. Dein Display auch kaputt?«

Eine kurze Kontrolle brachte die Gewissheit, dass sämtliche Rechner nicht mehr funktionierten. Marc konnte sich nicht erklären, was passiert war. Doch er vermutete, dass das letzte Tor, durch das sie gesprungen waren, die Geräte mit einer Art elektromagnetischem Puls lahmgelegt hatte.

Wie dem auch sei – er war froh, das Kopfband los zu sein und bis auf Baran schien niemand die Computer zu vermissen. Sie ließen die Höhle hinter sich und gingen vorsichtig durch den Gang, der nach wenigen Metern den Blick auf die letzte Ebene des Kolosses freigab. Und diesmal wartete kein Sektor auf sie, in dem sich die Fallenräume wie Perlen auf einer schier endlosen Kette reihten.

Vielmehr öffnete sich der staunenden Gruppe der Blick auf eine Stadt, die im Licht einer Doppelsonne vor ihnen lag. Tausende von Gebäuden, die wie gigantische Termitenhügel aussahen, breiteten sich in einem kreisrunden Talkessel zu ihren Füßen aus. Zwischen den im Sonnenlicht schimmernden Wohnhügeln und auf deren Dächer wuchsen palmenähnliche Pflanzen, die zum Teil weit emporragten.

Die staunenden Gefährten standen auf einem kleinen Plateau, das gut fünfzig Meter über dem Sektorboden aus der Wand ragte und von dem eine breite Straße in Serpentinen zu der Stadt hinunterführte. Ein Flusslauf trat an der steil abfallenden Kante aus und stürzte weit unter ihnen in ein künstliches Wasserbecken. Von dort aus sprudelte es durch einen Kanal in der Mitte einer breiten, leicht abschüssigen Allee bis zu einem unregelmäßig geformten Platz, in dessen Zentrum sich ein kleiner See ausbreitete.

Hohe Bäume beschatteten die Straße, und hier und da waren niedrige Büsche und grasbewachsene Stellen zu sehen.

Wohin das Auge blickte, spannten sich Hängebrücken, Stege und dicke Seile in den unterschiedlichsten Höhen und Richtungen zwischen den turmartigen Gebäuden und verbanden die Bauwerke miteinander.

In der Ferne wuchsen einige dieser Strukturen wie Nadeln in den dunstigen Himmel. Und im Zentrum der Stadt ragte ein einzelner, funkelnder Turm in die Höhe, der in allen Farben des Spektrums schillerte. Auf seiner Spitze thronte eine Kugel, die auf diese Entfernung wie eine glitzernde Perle wirkte.

Marc wandte sich um und sah, dass der Tunnel, durch den sie gekommen waren, in eine Wand eingelassen war, die sich fugenlos erhob und weit oben in eine gewölbte Kuppel überging, welche das kreisrunde Areal überspannte. Allerdings war kaum etwas von dem hoch aufragenden Dach zu sehen. Wenige Meter von der Wand entfernt ging das graue Material in die täuschend echte Illusion eines tiefblauen Himmels über, an dem blassrosa

Wolken langsam dahinzogen. Marc ließ seinen Blick überwältigt an der Mauer entlang gleiten, die den innersten Sektor des Kolosses begrenzte, während sein Verstand noch damit beschäftigt war, die Dimensionen dieser unglaublichen Stadt zu erfassen. Nur diese Umrandung, die in der Ferne hinter den Häusern verschwand, erinnerte ihn daran, dass er in einem gigantischen Komplex auf dem Mars stand und nicht auf einem exotischen Planeten irgendwo in der Galaxis.

»Das ist wunderschön hier«, flüsterte Eve ergriffen, als sie den Serpentinen nach unten folgten. »Wenn man das ganze Grauen vergisst, das wir auf dem Weg hierher erlebt haben, könnte man meinen, im Himmel angekommen zu sein.«

»Vielleicht auch in Hölle«, knurrte Baran. »Kommt nur darauf an, ob hier gefährlich oder nicht.«

»Wir sollten auf jeden Fall weiterhin die Augen offenhalten«, stimmte Marc zu.

Auch Maja sah sich skeptisch um. Zwar schien es im Moment ungefährlich zu sein und das Donnern des herabstürzenden Wasserfalles wehte beruhigend zu ihr herüber. Doch wie schnell sich friedliche Situationen hier drinnen ins Gegenteil verkehrten, war ihr schließlich erst vor Kurzem schmerzlich bewusst geworden.

»Die Stadt sieht nicht gerade sicher aus«, stimmte sie dem russischen Programmierer zu, der noch immer misstrauisch dreinblickte. »Seht nur, wie viele Gerippe herumliegen. Hier ist alles genauso tot wie in den vorherigen Sektoren.«

»Du hast schon recht«, murmelte Marc, der sich hinhockte, »trotzdem glaube ich, dass wir hier relativ sicher sind!«

Er untersuchte zwei der Skelette, die ineinander verschlungen direkt vor ihm auf der breiten Straße lagen. Die erste Kreatur war einer der mumifizierten Oktopoden, die man überall im Koloss fand. Hatte diese Spezies, die bis ins Innerste des gigantischen Komplexes vorgedrungen war, die Bewohner ausgelöscht? Oder waren sie womöglich sogar die Erbauer dieser Anlage?

Das andere Wesen war eine der Echsen, deren sterbliche Überreste ihnen ebenfalls bereits auf ihrer Wanderung durch das Trapship begegnet waren. Sie hatte zu Lebzeiten eine schlichte graue Robe getragen, die im Gegensatz zu ihrem einstigen Träger erstaunlich gut erhalten war. Der Stoff knisterte leise unter Marcs Händen, während er die Knochen darunter genauer untersuchte. Dieses Exemplar war im Kampf gegen den Oktopoden gefallen, der einen seiner Tentakel um den Hals seines Gegners gewickelt hatte. Doch die mit einem sauberen Schnitt in der Mitte durchtrennte Oktopodenpanzerung ließ darauf schließen, dass der Reptiloid nicht kampflos gestorben war. Die Waffe, mit der er seinen Gegner zur Strecke gebracht hatte, hielt er noch immer in seiner skelettierten Klaue.

Als Marc bemerkte, dass Maja ihn weiterhin verständnislos anstarrte, hob er den Schädel der Echse auf und streckte ihn ihr entgegen.

»Soweit ich das sehe«, setzte er zu einer Erklärung an, »liegen hier nur die Überreste dieser Spezies und die der Oktopoden herum. Ganz offensichtlich hat zwischen ihnen ein Kampf getobt.«

»Ja und?«, wollte Maja wissen, die ihm den Knochen aus der Hand nahm und verständnislos musterte, »was heißt das?«

»Das bedeutet, dass es eine dieser Spezies bis hierher durch die ganzen Fallen hindurchgeschafft hat. Die andere Rasse muss zwangsläufig die sein, die das Trapship erbaut hat. Ich denke, das waren die Reptiloiden. Sie haben sich vermutlich mit den lebensgefährlichen Außensektoren vor den Aggressoren verteidigt. Es wäre unsinnig den Ort, in dem man lebt mit tödlichen Vorrichtungen zu spicken.«

»Vielleicht gemerkt, dass Schlacht verloren«, warf Baran ein, »und deshalb aktiviert Fallen in Stadt?«

»Hm, tja, richtig – das könnte natürlich sein.«

Maja war ebenfalls nicht überzeugt.

»Wieso sollten nicht die Oktopoden das Trapship gebaut haben? Das wäre genauso gut möglich, oder?«

»Ja schon. Doch wenn ich mir die Architektur dieser Stadt ansehe und die Eingänge und Fenster der Gebäude, dann tippe ich eher auf die Echsen als Erbauer des Kolosses. Wieso sollten diese Tintenfischwesen eine Umgebung erschaffen, in der sie nur in speziellen Anzügen überleben konnten?«

Marc erhob sich und wischte sich die schweißnassen Hände an der Hose ab, wo sie rote Spuren hinterließen.

Verwundert blickte er auf seine blutbesudelten Finger. Er fasste sich vorsichtig an die Stirn, stellte aber erleichtert fest, dass die Wunden aufgehört hatten, zu bluten. Erst jetzt spürte er, wie heiß es hier drinnen war. Es mussten an die fünfzig Grad Celsius sein und zudem war die Luftfeuchtigkeit extrem. Doch vermutlich war es genau das Klima, in dem sich die Echsenwesen wohlgefühlt hatten.

»Ich muss mich zuerst mal frisch machen«, murmelte er und ging zu dem Katarakt hinüber. Vorsichtig streckte er die Hand aus, hielt sie kurz ins Wasser und zuckte schnell zurück. Doch nichts geschah und mutiger ließ er das kalte Nass über seinen Arm fließen, bevor er sich schließlich ganz unter den Wasserfall stellte. Minuten später fühlte er sich zum ersten Mal seit langer Zeit wieder sauber. Während die anderen sich noch wuschen, beschattete er die Augen und starrte zu den Gebäuden in der Mitte der Stadt hinüber. Der glitzernde Turm mit der kugelförmigen Spitze ragte in der Ferne in den Himmel. Marc wandte sich Eve zu, die wie selbstverständlich dicht an seine Seite getreten war und seine Hand hielt.

»Ich denke, wir sollten zu diesem Turm dort gehen.«

»Wie kommst du darauf? Vielleicht liegt unser Ziel auch irgendwo zwischen diesen unzähligen Gebäuden. Wir könnten in dieser toten Stadt ewig suchen und nichts finden.«

»Ich kann mich natürlich täuschen, doch der Turm steht exakt in der Mitte dieses Sektors. Ich denke, dass unsere Chance dort am größten ist, das Kontrollzentrum, oder was auch immer den Koloss steuert, zu finden.«

»Dann lass uns hingehen. Ist so gut wie jedes andere Ziel. Hauptsache, du hast mit deiner Theorie über diesen fallenfreien Sektor recht und wir kommen unbeschadet an.«

Baran kam tropfnass zu ihnen und kniete sich neben dem Echsenskelett nieder. Nachdem er seine Brille mit der uralten Robe getrocknet hatte, entwand er der skelettierten Klaue die Waffe mit einem übelkeitserregenden Knacken und nahm sie andächtig in die Hand.

»Pass bloß auf mit dem Ding«, rief Eve, als der Russe den spiralförmig gewendelten Stab hochhob, der wie das abgebrochene Horn eines Einhorns aussah. »Wer weiß, was das genau ist. Vielleicht explodiert es einfach, wenn du es falsch anfasst.«

»Njet – nicht explodieren«, murmelte Baran, »hier auf Seite ist kleine Erhebung.«

Er streckte das Hornstück weit von sich und zielte mit dem dünnen Ende auf den Brunnen in der Mitte der Allee. Dann drückte er den Daumen sacht auf den winzigen Höcker. Mit einem gefährlichen leisen Summen schoss ein purpurner nadelfeiner Strahl aus der Spitze der Lanze und fraß sich in eine der Wasserdüsen. Kleine Flammen züngelten um die Einschlagstelle und eine beachtliche Dampfwolke stieg auf. Das Material des Brunnens schmolz wie Butter in der Sonne, und die Fontäne, die bislang fast senkrecht in die Luft geschleudert worden war, wurde abgelenkt. Der Wasserschwall prasselte nun gegen die Fassade eines der Häuser am

Straßenrand. Er floss daran herab und bildete einen kleinen Bach, der die flach abfallende Allee hinab sprudelte und sich weiter unten in der Dämmerung einer der Seitenstraßen verlor.

»Verdammt, was denkst du dir nur dabei?«, rief Maja und starrte Baran entsetzt an, der die Schusswaffe in seiner Hand fasziniert hin und her drehte und von allen Seiten musterte.

»Was du meinst damit?«

»Ich meine, dass du dir mit einer unbekannten Waffe ein verflucht großes Loch in den Pelz brennen könntest«, fluchte sie weiter, »oder uns in die Luft sprengst, weil du einen Jahrhunderte alten außerirdischen Laser abfeuerst, ohne zu wissen, was du tust.«

»Ist doch passiert nichts«, gab der Russe gutmütig brummend zurück. »Hat funktioniert alles. Ich gezielt auf Brunnen und peng: Schuss getroffen!«

Überzeugt von sich strahlte er die noch immer mit zornesrotem Kopf dastehende Diebin an.

»Jetzt wir haben Strahlengewehr. Ist doch gut, oder?«

»Und wenn das Ding in die andere Richtung losgegangen wäre? Dann hättest du nicht Waffe, sondern peng: Loch in Schädel wie Oktopode, du blöder Russe!«

Sie stapfte wütend davon, wobei sie sich noch einmal umwandte, und Baran anbrüllte: »Schon mal darüber nachgedacht?«

»Njet – nicht daran gedacht«, gab dieser kleinlaut von sich, »aber warum du regst so auf? Ist Loch in mein Schädel oder nicht?«

Nachdenklich sah er Eve und Marc an, die sprachlos dastanden. Doch dann hellte sich seine Miene spontan auf.

»Ah, ich verstehe«, rief er der davoneilenden Frau hinterher, »du mich magst. Deshalb du so wütend auf mich, richtig?«

»Eigentlich wäre es hier total friedlich«, schmunzelte Eve, »wenn sich die beiden nicht so laut streiten würden.«

»Vielleicht soll diese Idylle ja nur Sicherheit vortäuschen, damit ungebetene Besucher unaufmerksam werden«, überlegte Marc. »Ich denke, wir sollten am Rand der Straße im Schutz der Gebäude bleiben, oder was meint ihr?«

»Hört sich an wie guter Plan«, nickte Baran mit erhobenem Haupt, »Ich gehe vor. Ich habe Waffe!«

»Ach und ich nicht?«, lachte Marc und klopfte auf die Armeepistole, die er am Werkzeuggürtel trug. »Aber geh du nur vor. Das ist mir mehr als recht!«

Während sie in den Schatten der Häuser liefen, erscholl ein lautes Trompeten, das wie der Ruf eines mächtigen Lebewesens klang. Von irgendwo aus der Stadt wehte es zu ihnen herüber und schien Marcs Bedenken zu bestätigen.

»Wir sind wohl nicht vollkommen allein hier«, stellte Maja fest. »Das klang nicht wie etwas dem man begegnen möchte.«

»Das hat sich nach einem verdammt großen Tier angehört«, stieß auch Fynn besorgt aus und sah sich nervös um. Das heisere Bellen, das dem tiefen dröhnenden Trompeten zu antworten schien, sorgte ebenfalls nicht dafür, dass er sich besser fühlte.

»Es scheint mehr als nur ein Stadtbewohner hier zu leben«, flüsterte er ängstlich. »Lasst uns möglichst leise weitergehen und jede Deckung nutzen, die wir kriegen können.«

Unsichtbare Gefahr

Wie jeden Tag hatte sich der Mann auf den Marktplatz begeben und spähte aus seinem Versteck durch das offene Fenster des Gebäudes. Hierher kam er seit Jahren immer zur selben Zeit, um zu jagen. Die ungefährlichen Grasfresser der Stadt fanden sich ebenfalls in den frühen Morgenstunden auf dem Platz ein, um am Baum zu trinken und das saftige Gras zu fressen, das sich hier täglich erneuerte.

Er hatte sich über die Jahre eingerichtet, und so hockte er auf dem Stuhl, den er aus Ästen, Knochen und Sehnen gebaut hatte. Auf dem baugleichen kleinen Tisch daneben lagen seine Wasserflasche und der Rucksack, den er immer mit sich führte.

Die relative Kühle des Gebäudes war angenehm. Draußen wurde es bereits wieder brütend heiß und stickig, doch hier drin ließ es sich aushalten. Er nahm einen Schluck aus der Wasserblase, die er aus dem Magen eines der größeren Fleischfresser gefertigt hatte, und leckte sich über die spröden Lippen. In der Stadt konnte man schnell dehydrieren. Das Klima, das einst für die reptilienartigen Bewohner gedacht war, eignete sich nur eingeschränkt für einen Menschen.

Draußen, wo der Wasserdampf in kleinen Wolken über den Platz wehte, tat sich etwas. Mit einer langsamen Bewegung legte er die Wasserblase fast lautlos wieder zurück und angelte sich stattdessen das Gewehr vom Tisch.

Aus einer Seitenstraße näherte sich eine kleine Herde Grasfresser dem Platz. Unwillkürlich straffte sich der Mann und nahm die Strahlwaffe fester in die Hand. Seit Tagen hatte er nichts erlegt. Wenn er eines der Geschöpfe erwischte, dann konnte er seine Vorräte wieder auffüllen. Und das Fleisch dieser Kreaturen – mochten sie auch noch so seltsam aussehen – war äußerst schmackhaft.

Das Leittier kam auf seinen drei Spinnenbeinen, die auf dem harten Boden leise klackerten, vorsichtig näher. Seine beiden zangenartigen Klauen, die es an feingliedrigen Armen weit vor sich streckte, schlossen und öffneten sich reflexartig. Sein melonenförmiges Auge, das an einem langen biegsamen Stiel oben aus dem Körper wuchs, zuckte nervös umher, während es die Lage peilte. Doch da momentan keine erkennbare Gefahr von dem friedlich im Sonnenlicht daliegenden Platz auszugehen schien, machte es einige trippelnde Schritte in Richtung des saftigen Grases, das unter dem Baum wuchs.

Der Mann straffte sich und legte ohne Hast das Gewehr an. Da es in der Stadt nur wenige Stellen gab, an denen Tiere vergleichsweise einfach an das begehrte Grünzeug und frisches Wasser herankamen, war dieser Platz ideal für die Jagd. Er blieb dennoch wachsam, denn eine Herde dieser Pflanzenfresser zog immer auch Raubtiere an, von denen es in der Stadt ebenfalls mehr als genug gab.

Das Leittier hatte mittlerweile den Graskreis fast erreicht und tänzelte auf seinen drei spitzen Beinen geschickt um die winzigen Erhebungen auf dem Boden herum. Es sprang mit einem letzten Satz auf die hüfthohe Mauer und suchte mit seinem Auge erneut misstrauisch die Umgebung ab. Beruhigt darüber, dass noch immer keine Feinde in der Nähe waren, fing es an, mit einem seiner spitzen Beine auf die Umrandung zu trommeln. Das leise Klackern, mit dem es seine Herde herbeirief, die noch immer in der Sicherheit der Häuserschatten ausharrte, erinnerte den Mann an Morsezeichen, die er vor unendlich langer Zeit gelernt hatte.

Den Daumen dicht über der Auslöserwarze des Strahlers schwebend, wartete er geduldig darauf, dass die Tiere näherkamen. Zwar hatte er das Leittier genau im Visier und es wäre ein Leichtes gewesen, dieses zu erlegen. Doch er wusste ebenso gut, dass er damit die ganze Herde auf dem Gewissen haben würde, da diese den vielzähligen Feinden ohne ihren Anführer hilflos ausgeliefert waren. Daher geduldete er sich, bis das letzte und jüngste Tier auf den Marktplatz trippelte.

Mit einem eleganten Satz hüpfte es zu seinen Artgenossen und begann, mit den Klauen das saftige Gras auszureißen und es sich in das gierig wartende Maul zwischen den Armen zu stopfen.

Der Mann zielte sorgfältig, doch in dem Moment, als er abdrücken wollte, lenkte ihn eine Bewegung am Rand seines Wahrnehmungsbereiches ab und er wandte den

Blick vom Zielfernglas hin zu der Häuserfront gegenüber. Im ersten Moment war nichts zu sehen, doch er wusste, dass er sich auf seine Sinne verlassen konnte, die während der vielen hier drinnen verbrachten Jahre aufs Äußerste geschärft waren. Und tatsächlich erspähte er einige Sekunden später ein Flimmern an einer der Wände, das sich langsam seitwärts bewegte. Gleichzeitig nahm er weitere Schlieren wahr, die sich nach allen Richtungen ausbreiteten und die Grasfresser, die nichts ahnend in der Mitte des Platzes fraßen, umzingelten.

Verdammt, wieder ein Morgen verschwendet, dachte er, während er den Gewehrlauf langsam und vorsichtig aus der Fensteröffnung zurückzog. Die Jagd war für heute vorbei, denn das Rudel Tarnschrecken, das draußen den Ring um die arglosen äsenden Dreibeiner schloss, würde keine Beute für ihn zurücklassen. Wenn er nicht aufpasste, konnte es sogar sein, dass ein besonders hungriges Exemplar seine Scheu vor dem Gebäudeinneren verlor und versuchte, hier einzudringen.

In der Sekunde als er sich bedächtig in die schützende Dunkelheit des Hauses zurückzog, lenkte ihn – diesmal von der anderen Seite des Platzes her – etwas vollkommen Unglaubliches ab.

Eine humanoide Gestalt trat dort drüben in die Mitte einer Straße und verscheuchte die Grasfresser, die bisher friedlich geäst hatten. Mit lautem Getrappel ihrer stabförmigen Beine machten sie sich quer über den Marktplatz davon. Und dann rief das Wesen etwas, was der Mann in seinem Versteck zwar nicht verstehen, aber doch eindeutig identifizieren konnte. Nach all den langen Jahren hörte er das erste Mal wieder eine menschliche Stimme!

Unerwartete Hilfe

»Also bisher ging ja alles gut«, meinte Maja, »aber wohin sollen wir denn jetzt?«

Marc blieb stehen und blickte sich suchend um, während ihm der Schweiß in Strömen herunterrann. Seit Stunden schon drangen sie in die Stadt vor, und die schwüle Hitze, die hier herrschte, machte ihm zu schaffen. Seine Zunge klebte am Gaumen und der Durst war fast übermächtig. Er nahm seine Flasche heraus, die er, wie die anderen auch, an der von Baran abgelenkten Wasserfontäne aufgefüllt hatte. Das glucksende Geräusch, das erklang, als er sie schüttelte, verriet ihm, dass sein Vorrat bereits bedenklich abgenommen hatte. Vorsichtig, um nur ja keinen Tropfen zu verschwenden, setzte er das Gefäß an die aufgesprungenen Lippen und trank in durstigen Zügen. Als er sie an ihren Platz in seinem Gürtel zurücksteckte, fing er bereits wieder an zu schwitzen. Es fühlte sich an, als ob das wenige Wasser, das er getrunken hatte, sofort in Schweiß umgewandelt würde, der in Strömen von seiner Stirn lief.

»Wahnsinn«, keuchte er, »das sind doch mindestens fünfzig Grad Celsius hier, oder?«

»Wir müssen dringend Wasser finden«, entgegnete Eve. »Meine Flasche ist auch fast leer und bei dieser Hitze halten wir ohne Flüssigkeit nicht lange durch!«

Marc nickte und trat vorsichtig aus dem Schatten, um sich zu orientieren. Er umfasste die Einhornwaffe mit festem Griff und legte den Daumen vorsorglich auf den Auslöser. Jeder von ihnen trug mittlerweile eines dieser fremdartigen Gewehre, die überall in den Häusern, Treppen und Plätzen neben ihren einstigen Besitzern herumlagen. Es mussten Tausende der Reptiloiden gewesen sein, die sich hier im Gefecht gegen die Oktopoden gewehrt hatten. Überall in der Stadt waren die Spuren erbitterter Kämpfe noch immer zu sehen. Und wo man auch hinsah, lagen die Skelette und Exopanzerungen der beiden Rassen herum, die sich hier wohl in einer letzten Schlacht gegenseitig ausgelöscht hatten.

Er machte einige Schritte aus der Deckung der Häuserzeile heraus, an der sie sich bislang entlanggeschlichen hatten. Behutsam tastete er sich voran – jederzeit damit rechnend, dass sich unter ihm eine Fallgrube auftat, Flammenzungen nach ihm leckten oder aus dem Boden schnellende Stacheln ihn aufspießen würden. Zu lange waren sie durch Bereiche voller tödlicher Fallen gelaufen, und er konnte einfach nicht glauben, dass es im innersten Sektor des Trapships tatsächlich ungefährlich sein sollte.

In der Mitte der Straße beschattete er die Augen mit der Hand, während er sich suchend umsah. Die Allee führte schnurgerade auf einen runden Platz zu, in dessen Zentrum ein mächtiger Baum inmitten einer Wiese aufragte. Seltsame, dreibeinige Wesen, die mit klauenbewehrten Armen das Gras abrissen und in ihre Mäuler stopften, sahen zu ihm herüber und rannten dann in wilder Panik davon.

Marc ignorierte das davoneilende Rudel. Er hatte nur Augen für das grasbewachsene Rondell, um das herum kleine Wasserfontänen in die Luft schossen. Und hoch über den Dächern der dahinter liegenden Häuser erspähte er den sechseckigen Turm, in dem sie hofften, einen Ausweg aus dieser gigantischen Todesfalle zu finden. Freudestrahlend wandte er sich zu seinen Gefährten um.

»Hey, Leute«, rief er, alle Vorsicht vergessend, »ich habe Wasser gefunden. Und der Turm, zu dem wir wollen ist auch nicht mehr so weit entfernt, wie wir dachten!«

Ein leises Klappern ließ ihn erneut herumfahren. Er riss die Waffe hoch, doch da war nichts. Spielten ihm seine angespannten Nerven womöglich einen Streich?

Alarmiert machte er einige Schritte zurück auf die Gebäude zu, in deren Schatten Baran und die anderen noch immer warteten. Ein schneller Blick über die Schulter sagte ihm, dass sie seine Unruhe bemerkt und ebenfalls die Waffen erhoben hatten. Doch außer der heißen flirrenden Luft, die von der erhitzen Straße aufstieg, war nichts zu sehen. Während er versuchte, die Quelle des eigentümlichen Lautes zu ergründen, erklang das Geräusch erneut. Diesmal deutlich näher und aus dem Schatten des gegenüberliegenden Hauses. Marc kniff die Augen zusammen, um besser sehen zu können, und entdeckte ein Flackern in der Luft, das sich eindeutig auf ihn zubewegte. Reflexartig drückte er den Auslöser seiner Waffe und der Purpurstrahl jagte aus der Mündung und traf den konturlosen Schemen. Ein schmerzerfülltes

Jaulen erklang und ein fremdartiges Geschöpf wurde vor dem völlig verblüfften Schützen sichtbar. Wie ein fleischgewordener Albtraum stand die mit sechseckigen metallisch funkelnden Schuppenplatten bedeckte Gestalt da und starrte ihn aus vier großen Facettenaugen an. Sie erinnerte den wie erstarrt dastehenden Marc entfernt an eine Gottesanbeterin.

Mit dem Unterschied, dass ich noch nie eine drei Meter hohe Heuschrecke gesehen habe, die sich unsichtbar machen kann!

Auf seinen vier Spinnenbeinen torkelte die Bestie einige Schritte auf ihn zu. Ihre beiden mit je einer dolchartigen Klaue versehenden Arme streckte sie zuckend nach vorne, während roter Schaum aus dem halbgeöffneten Maul auf den Boden tropfte. Marc schoss erneut und diesmal durchtrennte der Strahl eines der stelzenartigen Beine auf der rechten Seite. Das Geschöpf knickte um und brach mitten auf der Straße schlitternd zusammen. Ein letztes Mal verschwammen seine Konturen, als es versuchte, die Tarnung wieder aufzubauen, dann durchlief den Körper ein spastisches Zucken und schließlich lag es reglos in der Sonne.

»Was zum Teufel«, entfuhr es Marc, der überrascht weiter zurückwich. Während er das zusammengebrochene Tier musterte, stieß Eve eine Warnung aus.

»Vorsicht Marc, da ist noch eine dieser Kreaturen vor dir!«

Er riss sich von dem Anblick der toten Albtraumgestalt los und sah sich suchend um. Tatsächlich flimmerte direkt vor ihm die Luft. Bevor er reagieren konnte, spürte er einen scharfen Schmerz, als eine wie aus dem Nichts vor ihm auftauchende Klaue in seinen Arm eindrang. Schmerzerfüllt schrie er auf und schleuderte reflexartig seine Waffe weit von sich. Seltsamerweise ließ der Schmerz augenblicklich nach, und Marc wunderte sich nur noch, warum die Welt um ihn herum plötzlich in warmem, schwarzen Nebel versank.

Der junge Greis

»Ah, er kommt endlich wieder zu sich«, war das Erste, was Marc wie durch einen Nebel hörte, als er mühsam die Augen öffnete.

»Was ist passiert?«, krächzte er heiser.

»Trink erst mal was«, antwortete eine Stimme, die er nicht zuordnen konnte. Ein Schatten beugte sich über ihn, und im nächsten Moment rann Wasser in seinen Mund, das er dankbar trank.

»Langsam«, lachte die fremde Stimme leise auf, »du solltest dir etwas Zeit lassen. Es ist ein Glück, dass du den Giftstachel der Tarnschrecke überlebt hast.«

So plötzlich, wie der Angriff auf der Straße erfolgt war, kehrte die Erinnerung daran zurück. Marc setzte sich ruckartig auf – nur um augenblicklich wieder laut stöhnend zurückzufallen. Stechende Kopfschmerzen durchzuckten ihn und Übelkeit stieg in ihm auf.

»Verdammt, tut das weh«, fluchte er und hielt sich mit der rechten Hand den Kopf. »Fühlt sich an, als würde mir gleich der Schädel explodieren!«

Er nahm dankbar den Wasserschlauch entgegen, den ihm der Fremde reichte und setzte sich erneut auf – dieses Mal jedoch deutlich vorsichtiger. Noch immer pochte sein Schädel, als würde ein Schmied mit dem Hammer dagegenschlagen. Aber zumindest verflog die Übelkeit so schnell, wie sie gekommen war. Dafür machte sich ein Brennen in seiner linken Schulter bemerkbar, wo ihn der

Stachel der Tarnschrecke verletzt hatte. Der gesamte Oberarm war ein einziger Bluterguss, und dort, wo der Stich erfolgt war, wölbte sich die Haut zu einer mächtigen Beule.

»Sieht schlimmer aus, als es ist«, sagte der Fremde, der seinen Blick richtig interpretierte. »Bis morgen sollte es schon wieder so ziemlich abgeklungen sein. Ist so ähnlich wie der Stich eines Moskitos.«

»Bin nur noch nie von einem drei Meter großen Moskito gestochen worden«, stöhnte Marc, »aber immerhin – ich lebe!«

Neugierig sah er sich um. Weit über ihm funkelten drei grüne Monde an einem schwarzen sternenlosen Himmel. Das blasse Licht beleuchtete die Stadt nur schwach. Etwas entfernt konnte er die Silhouette des sechseckigen Turmes sehen, der in die Dunkelheit ragte.

Er lag an einem Lagerfeuer, das leise knisternd brannte und über dem ein Stück Fleisch unbekannter Herkunft briet. Offensichtlich befanden sie sich auf dem Dach eines Gebäudes. Eve, Maja, Baran und Fynn saßen ihm gegenüber und sahen ihn erleichtert an.

Hinter dem Schweden entdeckte Marc ein Objekt, das ihn neugierig machte. Ein ovaler Reifen von ungefähr drei Metern Höhe stand mitten auf dem Dach und in seinem Inneren waberte eins der Energiefelder, die im Koloss die Ebenen trennten und dafür sorgten, dass keiner mehr hinausgelangte. Doch dieses Kraftfeld hier war nicht blau, wie die Bisherigen, sondern leuchtete in rubinroter Farbe.

Der Mann, der ihm das Wasser gegeben hatte, kauerte neben ihm und wartete geduldig, bis Marc den Wasserschlauch wieder zurückgab.

»Was ist passiert?«, wandte er sich neugierig dem Fremden zu. »Und wer sind Sie? Wo befinden wir uns und was ist mit der – wie nannten Sie das Ding noch? – Tarnschrecke?«

»Ganz schön viele Fragen auf einmal«, lachte der Angesprochene leise, »aber ich will versuchen, alles zu beantworten.«

Er räusperte sich und fing dann an zu erzählen.

»Zunächst einmal können wir auf das unpersönliche Sie verzichten, denke ich. Wir sitzen hier alle in der gleichen Falle, und da sehe ich nicht ein, dass wir uns mit Förmlichkeiten aufhalten. Ich bin ...«

Seine Stimme begann zu zittern und der Mann wischte sich die Tränen aus den Augen.

»Entschuldigt bitte«, räusperte er sich leise. »Früher war ich nicht so emotional. Doch ihr könnt euch nicht vorstellen, was es für mich bedeutet, endlich wieder Menschen zu sehen und mit ihnen zu sprechen. Ich hatte die Hoffnung schon fast aufgegeben.«

Marc nickte. »Lass dir Zeit. Ich laufe im Moment bestimmt nicht weg!«

Der Fremde lachte leise auf und schüttelte den Kopf. »Nein, ganz sicher tust du das nicht. Du bist von einer Tarnschrecke gestochen worden, bevor ich sie erwischte. Tut mir leid, dass ich nicht schnell genug reagiert habe, aber glücklicherweise bist du ja noch am Leben.«

Er nahm den Wasserschlauch auf und trank ebenfalls in langen durstigen Zügen, bevor er den Behälter an Marc zurückgab und erneut zu sprechen begann.

»Echt üble Viecher, diese Tarnschrecken«, erklärte er. »Betäuben ihre Opfer, bevor sie die Beute fressen. Du hast ziemlich schlecht ausgesehen und wir haben dich erst mal durch das Portal da drüben in Sicherheit gebracht.«

Er zeigte auf das rote Energiefeld, nahm einen weiteren Schluck aus der Wasserblase und fuhr fort. »Aber erst einmal sollte ich mich vielleicht vorstellen. Mein Name ist Samuel Winter, aber früher nannten mich alle nur Sam.«

»Samuel Winter?«, fuhr ihm Marc ungläubig ins Wort. »Das ist unmöglich. Dann wärst du ja über einhundert Jahre alt!«

»Es ist aber so, glaubt mir«, meinte Sam, »und wenn du mich einfach erzählen lässt, beantworten sich die meisten deiner Fragen vermutlich schon von selbst.«

Sam berichtete vom Untergang der Magellan, der Landung auf dem Mars und davon, wie sie die Barriere gesprengt und schließlich den Koloss erreicht hatten. Als er an dem Punkt anlangte, an dem Emilia von dem Energiefeld getötet wurde, schluckte er schwer und rang mit der Fassung. Auch nach so vielen Jahren waren die Ereignisse noch so präsent, als wäre alles erst gestern geschehen.

»Bis zu diesem Punkt wussten wir schon so einigermaßen Bescheid«, meinte Maja voller Mitgefühl und strich Sam mitfühlend über den Arm. »Es gibt Holo-Aufzeichnungen, Audiodateien und Filmmaterial der Anzugskameras und Drohnen, die nach eurem Verschwinden im Trapship gefunden wurden. Das Wrack der Ares-9 Marslandeeinheit wurde komplett auseinandergenommen und analysiert. Das Teil steht heute in Washington im Smithsonian. Genau wie die lebensgroßen Nachbildungen der Crew. Die haben der Ares-9 Expedition sogar einen eigenen Saal spendiert! Doch wie ist es dir gelungen, die Fallen zu überleben, ohne ihre Positionen zu kennen? Und warum – verzeih die Frage – bist du noch am Leben und siehst aus, als ob du erst gestern auf dem Mars gelandet wärst?«

»Na ja, ganz so frisch bin ich sicher nicht mehr«, lächelte er und strich sich über seinen Vollbart, der bis zu seiner Brust herab reichte, »aber du hast schon recht. Es ist ein verdammtes Wunder, dass es mich immer noch gibt. Als Emilia starb, wurde mir klar, dass ich auf diesem Weg nicht mehr aus dem Koloss entkommen würde. Und was sollte ich schon draußen auf dem Mars? Der Sandsturm hatte uns mittlerweile eingeholt, Rover und MLE waren zerstört und die Sauerstoffvorräte waren nahezu aufgebraucht. Ich war einsam, verstört und ohne Lebensmut. Vielleicht spürte der Koloss irgendwie, dass ich nicht mehr weiterleben wollte, und ließ mich deshalb am Leben. Oder er hielt mich für eins der Echsenwesen. Wer weiß das schon?«

Nachdenklich sah Sam in die Flammen und nahm schließlich seine Erzählung wieder auf:

»Jedenfalls bin ich tagelang planlos in der Parkebene herumgewandert, ohne dass mir etwas passiert ist. Irgendwie gelangte ich zum Eingang in den zweiten Sektor, ging durch das rot leuchtende Energiefeld und kam in einem der Gebäude hier in der Stadt heraus. Keine Korridore mit Fallen, keine Blitzebene, keine Gefahren. Aber fragt mich nicht, wieso ich direkt hierher teleportiert wurde.«

Sam zuckte mit den Schultern, griff nach einem Messer und schnitt große Stücke des Bratens ab, die er an Marc und die Übrigen weiterreichte. Dann nahm er sich ebenfalls eine dicke Scheibe und begann nachdenklich darauf herumzukauen.

»Seither lebe ich hier«, griff er seine Geschichte wieder auf, »und ich habe mich eingerichtet. Es gibt auch hier Fallen, aber sie sind bei Weitem seltener als draußen, und wenn man vorsichtig ist, lässt es sich hier ganz gut leben.«

»Du lebst schon über einhundert Jahre allein in dieser Stadt?«, wunderte sich Fynn. »Aber wieso bist du kaum gealtert? Hast du dafür eine Erklärung?«

»Nein, keine Ahnung«, antwortete Sam, »vielleicht ist es etwas in der Luft oder im Wasser. Könnte auch eine Art zellerneuernde Strahlung sein, die hier in der Stadt herrscht. Das habe ich nie herausgefunden.«

Kurz kehrte Stille ein, während alle über das eben Gehörte nachdachten und aßen. Baran, der mit seinem

Stück schnell fertig war und sich genüsslich die Finger leckte, nahm das Gespräch wieder auf.

»Du sagst roter Durchgang dich hergebracht«, brummte er. »Vielleicht das ist Ausweg aus Trapship?«

»Ja, darüber habe ich mir auch Gedanken gemacht«, erwiderte Sam. »Doch wie gesagt habe ich sonst nirgendwo Kraftfelder in dieser Farbe gefunden, die nach draußen führen. Nur die Stadtportale, die es hier überall gibt. Und ihr könnt mir glauben, dass ich den ganzen Sektor danach abgesucht habe. Genug Zeit hatte ich ja immerhin!«

»Aber wir sind doch auch über das Tor da drüben hier heraufgekommen«, meinte Maja und nickte in Richtung des rot leuchtenden Ovals. »Du bist dir sicher, dass es keine gibt, durch die wir entkommen können?«

Sam schüttelte traurig den Kopf. »Soweit ich weiß, nein, leider nicht.«

»Stadtportale?«, griff Marc auf. »Ist das purpurrote Energiefeld da hinter Fynn so eins?«

»Ja, genau«, erwiderte Sam, »sind vollkommen ungefährlich und verdammt hilfreich, wenn man schnell verschwinden muss. Leider transportieren sie einen nur innerhalb dieser Zone von Ort zu Ort. Hab noch kein einziges gefunden, das hier rausführen würde!«

»Woher weißt du eigentlich von der Blitzebene, wenn du direkt aus dem ersten Sektor hierhergekommen bist?«, wechselte Eve das Thema. »Diese Abschnitte im Koloss kann man doch nur von außen nach innen erreichen, oder?«

»Ja, du hast recht«, stimmte Sam zu. »Von innerhalb der Stadtebene ist es unmöglich, wieder hinauszugelangen. Zumindest wüsste ich nicht, wie. Ich werde euch morgen früh zeigen, wieso ich die Ebenen kenne und woher ich meine Informationen habe. Jetzt sollten wir schlafen. Keine Sorge, das Feuer wird die fliegenden Nachträuber von uns fernhalten. Und alle anderen Tiere trauen sich sowieso nicht in die Häuser hinein.«

Brücken und Dächer

»Marc, aufwachen, es wird schon hell.«

Die sanfte Stimme von Eve brachte ihn dazu, die Augen zu öffnen. Schlagartig war er wach und sah sich um. Für einen kurzen Moment war er desorientiert, doch dann kehrten die Erinnerungen an den vergangenen Abend wieder zurück. Er erhob sich mit knackenden Gelenken und streckte sich ausgiebig. Verwundert untersuchte er seinen Arm, doch außer ein paar blauen Flecken war nichts mehr von seiner Begegnung mit der Tarnschrecke übriggeblieben.

Samuel Winter war bereits wach. Er stand am Rand des Flachdaches und spähte durch ein altertümliches Fernglas in Richtung des sechseckigen Turmes, der schon seit der Ankunft in diesem zentralen Bereich des Trapships ihr Ziel gewesen war.

»Ah, guten Morgen«, begrüßte er ihn, als Marc hinüberging und das erste Mal die Stadt von oben betrachtete. Der Anblick, der sich ihm bot, war atemberaubend.

Das Gebäude, auf dem sie sich befanden, war sicherlich an die siebzig Meter hoch. Von hier aus überblickte er die gesamte Stadt, die sich nach allen Richtungen bis zu der Mauer hin ausdehnte, die diesen Sektor umschloss. Marc ging vorsichtig die letzten Schritte bis zu einer hüfthohen Umrandung. Als er in die Tiefe sah, in der sich – wie überall in der Stadt – Hunderte von Brücken über den Abgrund spannten, fuhr er unwillkürlich zurück.

»Das ist verdammt hoch hier«, wandte er sich an den grinsenden Piloten. »Nichts für Menschen wie mich, die an Höhenangst leiden!«

»Oh, dann wirst du bestimmt Spaß an unserer heutigen Wanderung haben«, grinste Sam und wies mit der Hand über die Dächer der Stadt in Richtung des sechseckigen Turmes. Wortlos reichte er das Fernglas weiter und deutete auf die Basis des gigantischen Bauwerks, das im Licht der aufgehenden Doppelsonne violett leuchtete.

»Schau da rüber«, sagte der ehemalige Pilot. »Dort am Eingangsportal des Hexagonturms: Siehst du das Flimmern auf dem Platz vor dem Gebäude?«

Marc hob den Feldstecher an die Augen und starrte angestrengt in Richtung des mächtigen Bauwerks. Dieses stand inmitten eines grasbedeckten Parks, in dem sich ein kleiner See befand. Eine Herde der Spinnenkühe graste friedlich am Rand des Platzes. Er konnte einige Würgebäume sehen, die er bereits von der Parkebene kannte, doch sonst wies nichts darauf hin, dass es dort etwas Gefährliches geben könnte. Sein Blick wanderte weiter zu der Basis des Turmes. Tatsächlich war da ein kaum wahrnehmbares Flirren erkennbar, das Marc vor seiner Begegnung mit den Tarnschrecken als aufsteigende Warmluftströmung gedeutet hätte.

»Ja klar, könnte Hitzeflimmern sein«, antwortete er deshalb, »vielleicht aber auch diese verdammten unsichtbaren Gottesanbeterinnen von gestern. Warum fragst du?«

»Keine Warmluft«, lachte Sam leise auf, »und schon gar keine Schrecken. Eher so was wie Wächter.«

»Was du meinst mit Wächter?«, flüsterte Baran, der mit den anderen dazugekommen war und nun ebenfalls in Richtung des Turmes starrte.

»Wie ich es sagte. Es sind getarnte Aufpasser, die den Eingang bewachen. So was wie die Tarnschrecken nur hundertmal gefährlicher. Die stürzen sich auf alles, was sich bewegt, sobald es dem Turm zu nahe kommt, und fressen es vollständig auf. Ich hab mal einer Herde Spinnenkühe dabei zugesehen, wie sie in Panik da rein gerannt sind. Haben es nur wenige Meter geschafft, bevor sie von den Bewachern zur Strecke gebracht wurden. Ist nichts von ihnen übriggeblieben.«

Entsetzt nahm Marc das Fernglas von den Augen und reichte es weiter. Sprachlos starrten alle in Richtung des vollkommen friedlich daliegenden sonnenbeschienenen Platzes.

»Und wir wollten da einfach hinlaufen«, murmelte Fynn geschockt mit einem Seitenblick auf Marc. »War wohl doch kein so guter Plan!«

»Hey, woher hätte ich das denn wissen sollen?«

»Das konnte niemand ahnen«, meinte Eve, die dicht neben Marc getreten war und ihm über den Arm strich. »Mach dir deshalb keine Vorwürfe. Schließlich schweben wir hier drinnen schon von Anfang an in Lebensgefahr.«

»Eigentlich hätte es ja wohl doch jemand ahnen können, oder?«, meinte Marc. »Genauer gesagt hättest

Du es wissen müssen, wenn deine Hellsichtigkeit richtig funktionieren würde.«

Nachdenklich musterte er Fynn, doch der wandte sich mit unschuldigem Blick und einem Achselzucken ab.

»Hey, ich sagte euch schon, dass meine Fähigkeiten sich nicht steuern lassen. Die kann ich nicht einfach wie mit einem Schalter anknipsen.«

»Und wie kommen wir da drüben rein?«, lenkte Maja das Gespräch wieder auf das sechseckige Gebäude, welches sie durch das Fernglas musterte. »Ich sehe nur den Weg über die Brücke, die sich da auf halber Höhe zum Turm hinüberspannt. Ist verdammt hoch und sieht nicht besonders vertrauenserweckend aus. Scheint aber die einzige Möglichkeit zu sein, dort einzudringen.«

»Das ist richtig«, erwiderte Sam. »Wer da drüben rein will, muss die Dächer, Hängebrücken, Seile und Stege nutzen. Jeder Versuch, den Turm über die Straßen und den Vorplatz da unten zu erreichen, ist von vorneherein zum Scheitern verurteilt. Und Stadtportale führen leider noch nicht mal welche in die Nähe. Es hat mich Jahre gekostet, einen Weg hinein zu finden. Diese Flimmerwächter sind das Tödlichste, was die Stadt zu bieten hat. Und es gibt eine ganze Menge ekelhafter Biester hier drin, das könnt ihr mir glauben.«

Viele Stunden später hatten sie sich dem Turm bereits merklich genähert, obwohl der verschlungene Weg auf dem sie Sam folgten, oft genug in die falsche Richtung führte. Sie balancierten in schwindelerregenden Höhen auf kaum gesicherten Stegen, schwankenden Hängebrücken und an Seilen über die Abgründe zwischen den Gebäuden. Die schwüle Luft, die sich schnell aufheizte, machte die Wanderung zu einem kräftezehrenden Unterfangen, das Marc an seine Grenzen brachte.

Etliche Male war er schon beinahe abgestürzt und hatte sich erst im letzten Moment abgefangen. Baran hatten sie einmal an der Sicherungsleine, mit der sie alle aneinandergebunden waren, hochziehen müssen, nachdem er auf einer Planke weggerutscht war.

Was auch kein Wunder ist, wenn man sieht, wie wir alle schwitzen, dachte Marc und konzentrierte sich dabei auf die letzten Schritte über eine schmale Brücke. Erleichtert sprang er auf den balkonähnlichen Vorsprung, in welchen der Steg nahtlos überging und freute sich, endlich wieder festen Boden unter den nackten Füßen zu haben.

Er wandte sich um und sah Maja dabei zu, wie sie fast spielerisch auf ihn zulief. Wie alle anderen in der Gruppe hatte auch sie ihre Stiefel und Socken ausgezogen. Genau genommen war es sogar ihre Idee gewesen und Marc musste zugeben, dass es sich barfuß deutlich besser auf den schwankenden Stegen laufen ließ. Mit einem kleinen Sprung landete die stoppelhaarige Blondine neben ihm.

»Puh, geschafft«, grinste sie ihn frech an, »macht richtig Spaß, findest du nicht?«

Marc blickte nach unten und konnte noch immer nicht fassen, was er hier seit Stunden trieb. Sollte er das hier überleben, dann hatte er seine Höhenangst vermutlich für alle Zeiten überwunden. Doch Spaß machte die Plackerei ganz sicher nicht.

»Vielleicht, wenn man eine Bergziege ist«, gab er trocken zurück, betrat das Gebäude durch ein ovales Loch in der Wand und genoss die kühlere Luft im Inneren. Noch immer war er fasziniert davon, wie die Erbauer dieser Stadt das Kunststück fertiggebracht hatten, die Temperaturen im Inneren der Gebäude konstant zu halten.

»Stopp, Leute«, keuchte er, »ich brauche dringend mal eine Pause.«

Er ließ sich auf einen der pilzartigen weichen Blöcke fallen, die den ursprünglichen Bewohnern wohl als Sitzgelegenheit gedient hatten. In jeder Wohnhöhle – wie er mittlerweile die durch Gänge miteinander verbundenen Behausungen nannte – waren diese Pilzsofas, die aus dem Boden zu wachsen schienen, zu finden.

»Da – gute Idee«, stimmte auch Baran zu, der sich sofort neben ihm auf eines der leise quietschenden Objekte sinken ließ. »Schließlich ist doch egal, wann wir kommen an diese Turm. Und für mich schon lange ist viel zu heiß draußen.«

Fynn nickte bestätigend, während er sich vorsichtig setzte und tief in seinen Sitzpilz einsank.

»Hätte nie gedacht«, keuchte er, »dass ich mich als Nordländer mal über eine Temperatur von fünfunddreißig Grad Celsius im Haus freuen würde!«

Der Hexagonturm

»Ich gehe keinen Schritt mehr weiter!«, rief Marc und starrte paralysiert in die Tiefe. »Ihr seid doch alle vollkommen wahnsinnig!«

Seine Hände krallten sich in die Seile der Brücke, sodass die Knöchel weiß hervortraten. Unfähig sich zu bewegen, stand er wie eingefroren da und wagte kaum zu atmen.

So viel dazu, dass ich hier meine Höhenangst verlieren könnte, dachte er. Während er wie ein hypnotisiertes Kaninchen die flimmernden Wächter in der Tiefe anstarrte, konnte er nur daran denken, wie es sich wohl anfühlte, die sechzig Meter im freien Fall zurückzulegen. Zumindest bekam man sicher nicht mehr mit, wie sich die unsichtbaren Bestien auf einen stürzten, wenn man dort hinunterfiel.

Maja, die vor ihm ging, wandte sich vorsichtig um und fasste ihn ermutigend an der Schulter.

»Hey, komm schon«, raunte sie ihm beruhigend zu, »schau mich an. Sieh nicht runter, sondern immer nur zu mir. Du schaffst das!«

»Bin mir da nicht so sicher«, heulte er leise auf, wandte aber den Blick von der Tiefe ab, die ihn magnetisch nach unten zu ziehen drohte. Er starrte Maja mit weit aufgerissenen, angsterfüllten Augen an. »Das war eine verdammt miese Idee mit der Hängebrücke!«

Sie nickte erleichtert und lachte leise auf. »Ja, war es wirklich. Und wenn das Fluchen dir dabei hilft, die Angst zu überwinden, dann schimpf meinetwegen, bis wir oben sind. Aber jetzt machst du einfach einen Schritt nach dem anderen!«

Gefühlte Stunden später hatte Marc es geschafft und trat mit zitternden Muskeln aufatmend auf den breiten Balkon vor einem Eingang, wie er ihn noch nie gesehen hatte. Der Torbogen, hinter dem eine undurchdringliche Dunkelheit auf sie wartete, war gute zehn Meter hoch und ebenso breit. In sanftem Goldton glänzend hob er sich von den ansonsten in allen Farben schillernden Außenwänden ab. Erst jetzt erkannte er, warum der Turm schon von Weitem so funkelte. Unzählige sechseckige Schuppen, mit denen das gesamte Gebäude überzogen war, reflektierten das Sonnenlicht in allen Spektralfarben und Marc kniff die Augen zu schmalen Schlitzen zusammen, um nicht geblendet zu werden.

Im Rahmen des mächtigen Torbogens waren verschlungene silberne Ornamente eingelassen, die sanft pulsierten. Riesige, wie Reißzähne geformte dolchartige Zacken, die umlaufend aus dem merkwürdigen Durchgang ragten, verliehen diesem das Aussehen eines Raubtieres, das nur darauf wartete, sie zu verschlingen.

»Das sieht nicht wirklich verlockend aus«, brachte Fynn zum Ausdruck, was alle dachten. »Eher wie eine Einladung zum Abendessen mit uns als Hauptgang!«

»Keine Sorge«, lachte Sam und ging, ohne zu zögern, durch das Tor, »das Schlimmste haben wir geschafft.

Alles, was uns dort drinnen erwartet, sind die Geister der Vergangenheit.«

»Was meint er damit?«, fragte sich Maja, während sie ihm folgte, doch Marc konnte nur mit den Schultern zucken.

»Keine Ahnung, ich weiß genauso wenig wie du. Lass es uns herausfinden.«

Sie betraten den Turm und taghelles Licht flammte auf. Die Halle, die sich an den Eingang anschloss, nahm die gesamte Grundfläche des Gebäudes ein und war doppelt so hoch wie das Eingangstor hinter ihnen.

Die Innenwände wirkten, als wären sie gewachsen und nicht gebaut worden. Organische Strukturen verschmolzen mit technischen Elementen zu einer surrealen Umgebung, die Marc frösteln ließ.

Wie die Kathedrale eines vollkommen verrückt gewordenen außerirdischen Architekten.

An jeder der sechs Ecken des Saales reckten sich knochenartige von innen heraus leuchtende Säulen bis zur Decke empor. Wie Rippen eines mächtigen urzeitlichen Wesens wuchsen sie aus dem Boden. Davor standen übergroße Statuen der Echsenwesen, die ihre Arme ebenfalls hoch emporstreckten und mit den klauenbewehrten Händen die Decke stützten. Alle waren mit wallenden Gewändern bekleidet, und dort, wo ihre Gliedmaßen nicht von der Kleidung bedeckt waren, blitzte schuppige Haut hervor. Marc fröstelte, als er die Statue musterte, die direkt neben dem Eingang stand. Spitze Fangzähne ragten aus dem halbgeöffneten Maul und die krallenbewehrten Hände und Füße ließen ihn vermuten, dass es sich bei diesem Exemplar sicher nicht um einen Vegetarier gehandelt hatte. Ganz anders wirkte die Skulptur auf ihn, die sich auf der linken Seite anschloss. Diese hatte statt spitzer Zahnreihen nur zwei Knochenplatten im Maul, die wie ein Papageienschnabel aus dem mächtigen Schädel ragten.

Er drehte sich staunend im Kreis, während er versuchte, nicht über die Knochen zu stolpern, die den Boden überzogen. Es handelte sich dabei ausschließlich um Skelette und mumifizierte Überreste der Echsenwesen. Während sie alle langsam und schweigend weitergingen, hallten ihre Schritte laut von den Wänden und der Decke wider. Marc hatte den Eindruck, sich in einer Gruft zu befinden. Dieses Gefühl wurde noch verstärkt, wenn einer von ihnen versehentlich auf die unzähligen Knochen trat und diese mit lautem Knacken zu Staub zerfielen.

Keiner der Oktopoden schien es bis zu diesem Ort geschafft zu haben, was Marc wunderte. Schließlich lagen deren Exopanzerungen zu Tausenden in den Straßen und den Bauwerken der Stadt, die sie auf ihrer Reise hierher durchquert hatten. Auch in dem Gebäude, von dem aus sich die Brücke bis zu diesem merkwürdigen Turm spannte, lagen sie zu Dutzenden. Und über diesen Steg, der von dem hundert Meter entfernten Bauwerk am Rand des Platzes herüberführte, hätten die Kopffüßler sicher leichtes Spiel gehabt, hier einzudringen. Wieso also waren hier drinnen keine Überreste dieser eigentümlichen Wesen zu finden?

Bevor er Sam fragen konnte, eilte der bereits in den Saal hinein. Der Pilot lief zur gegenüberliegenden Wand hinüber und blieb dort vor etwas stehen, das Marc – obwohl auch im Inneren des Turmes angenehme Temperaturen herrschten – den Schweiß auf die Stirn trieb. Staunend und voller Furcht vor dem, was kommen würde, ging er deutlich langsamer durch den Saal. Schließlich blickte er fassungslos zwischen Sam und der unfassbaren Konstruktion hin und her, bei der es sich unzweifelhaft um eine Treppe handelte. Ovale Platten, die wie dünne goldene Papierscheiben aussahen und in der Luft schwebten, führten in zwei Spiralen zu einem Loch in der Decke hinauf und verloren sich im Dämmerlicht der darüberliegenden Etage. Sie ließen keinen Zweifel an der Funktion dieser filigranen Konstruktion und erinnerten Marc spontan an die Windungen eines DNA-Stranges.

»Oh nein«, stöhnte er, »sagtest du nicht, das Schlimmste läge hinter uns? Wenn wir diese Wendeltreppe hinaufmüssen, an der nicht einmal ein Geländer dran ist, dann streike ich. Die Stufen sind ja mehr als einen Meter voneinander entfernt!«

»Und besonders stabil sehen sie auch nicht aus«, stimmte Fynn zu, der den Aufgang ebenfalls skeptisch musterte.

»Diese Scheiben sind tatsächlich der einzige Weg nach oben«, amüsierte sich Sam, »aber wartet ab, bis ihr sie benutzt habt, bevor ihr euch darüber aufregt.«

»Es ist ganz einfach«, rief er und trat auf eine von zwei goldglänzenden Platten, die direkt über dem Boden schwebten.

»Vollkommen sicher! Ich hab das schon Hunderte Male gemacht. Ihr dürft euch nur nicht bewegen.«

Marc stockte der Atem, in Erwartung, den Piloten auf die nächste Scheibe klettern zu sehen. Doch der blieb still auf der Platte stehen. Ein blaues, kugelförmiges Kraftfeld umschloss ihn, und die Metallscheibe schwebte empor. Wie auf einem goldenen Tablett stehend wurde Sam hinauftransportiert, während sich gleichzeitig die hauchdünnen Platten der anderen Spirale in entgegengesetzter Richtung nach unten in Bewegung setzten. Alles lief vollkommen lautlos ab, und der Pilot verschwand schließlich durch die Öffnung in der Decke, durch welche die eigenartige Konstruktion in das darüberliegende Geschoss führte. Während die Scheiben geräuschlos stoppten, tauchte sein Kopf am Rand des kreisrunden Ausschnittes auf.

»Los, kommt«, hallte seine Stimme gespenstisch durch den riesigen leeren Raum. »Wenn ihr diese Ebene hier erreicht, dann genügt ein Schritt aus dem Kraftfeld heraus und ihr habt es geschafft. Falls ihr den richtigen Moment verpasst, transportiert euch die Platte einfach wieder nach unten.«

»Dawai, dawai, ich das muss ausprobieren!«, rief Baran, drängelte sich nach vorne und trat den Weg hinauf an. Die Gefährten konnten sehen, wie er die Hand vorsichtig in Richtung des Kraftfeldes streckte. Doch die blau leuchtende Umhüllung wurde nur ausgebeult, ohne dass es ihm gelang, sie zu durchbrechen.

»Ist ganz sicher«, stieß der russische Programmierer begeistert aus, dessen Stimme dumpf durch die Energiefeldblase drang. »Fühlt an wie Kaugummi!«

Dann verschwand er im oberen Stock, um kurze Zeit später grinsend neben Sam wieder aufzutauchen.

»Dawai, dawai – ist wirklich einfach wie Kinderspielzeug!«

»Ist nicht einfach wie Kinderspielzeug«, knurrte Marc. Er verspürte nur wenig Lust, sein Leben einer schwebenden Plattform anzuvertrauen, die ihn zwanzig Meter in die Höhe heben würde. »Wenn schon, dann ist es ein Kinderspiel. Und für einen Mann mit Höhenangst ist es auch das ganz sicher nicht!«

Er zuckte erschrocken zusammen, als ihn von hinten jemand berührte. Eve nahm seine Hand und drückte sie fest.

»Du kannst das. Ganz sicher! Du hast auch die Brücke über den bodenlosen Abgrund geschafft.«

Einer nach dem anderen betrat die schwebende Treppe, wurde von dem Kraftfeld umhüllt und hinaufbefördert. Als Marc bange Minuten später ebenfalls oben ankam und von der Platte sprang, benötigte sein Verstand einige Sekunden, um zu begreifen, was er da sah.

Hunderte matt leuchtende Blasen, deren Oberflächen sich sanft kräuselten, schwebten scheinbar ziellos durch das Stockwerk. Wie übergroße Luftballons trieben sie langsam dahin und änderten ihre Richtung, wenn sie mit anderen kollidierten. Wabernde Schatten und bunte Wirbel leuchteten im Inneren der Sphären. Als Marc neugierig näher an eine herantrat, stoppte sie vor ihm und die nebelhaften Schemen verdichteten sich zu einem Bild. Eine Gruppe Würgebäume inmitten der blaugrünen Grasebene des ersten Sektors wurde sichtbar. Fasziniert bewegte sich Marc um die Blase herum und die Szenerie änderte die Perspektive, als würde er tatsächlich um die Baumgruppe herumlaufen.

Das Ganze wirkte so realistisch, dass Marc erstaunt den Atem anhielt. Fragend blickte er seine Gefährten an, die sich ebenfalls vor die Blasen gestellt hatten. Soweit er es sehen konnte, stellte dabei jede Sphäre einen anderen Ausschnitt des Trapships dar. Maja, die direkt neben ihm stand, hatte das Hologramm der Schlucht vor sich, die Fynn überwunden hatte. Vor Evelina waberte eine Kugel, die einen Bereich der Blitzebene zeigte.

»Wenn ihr die Dinger berührt, seht ihr Abschnitte innerhalb des Kolosses«, rief Sam und tippte zur Demonstration eines der Objekte an. Die Sphäre dehnte sich schlagartig aus und umschloss den Piloten wie eine große schillernde Seifenblase. Gleichzeitig erschien ein silberner Ball, der direkt vor Sams Händen schwebte und den dieser ohne Zögern ergriff.

»Lässt man den Finger über die Oberfläche dieser Kugel gleiten, verändert man die aktuelle Position. Ist wie ein dreidimensionaler Joystick. Ich glaube, es handelt sich bei diesem Stockwerk um einen Überwachungsraum, in dem die Erbauer den kompletten Koloss überblicken konnten.«

Marc streckte vorsichtig den Finger aus und berührte mit der Kuppe die Blase vor sich, in der nun ein Raum im zweiten Sektor des Trapships zu sehen war. Ein leichtes Kribbeln fuhr durch seine Hand, doch es geschah nichts weiter. Das holografische Bild im Inneren seiner Sphäre schien sich schlagartig zu erweitern und umgab ihn schließlich vollkommen. Auch vor ihm erschien wie durch Zauberhand die silbern glänzende Kugel.

Die Illusion des mit giftigem Gas gefüllten Fallenraumes, in dem er die Armeepistole gefunden hatte, war perfekt. Erschrocken zuckte er zurück und stand übergangslos wieder im Überwachungsraum vor der Kugel, in der nun eine andere dreidimensionale Projektion sichtbar wurde.

»Verblüffend«, stieß er fasziniert aus, »absolut verblüffend!«

Erneut berührte er behutsam die sanft leuchtende Oberfläche und dieses Mal umgab ihn die Ansicht des Stadtportals, das sie erst vor Kurzem durchschritten hatten. Er bewegte den Finger über die Hülle der silbernen Kugel und tatsächlich veränderte sich die ihn umgebende Szenerie. Marc kam es so vor, als würde er davonschweben. Schon nach kurzer Zeit hatte er die Steuerung verinnerlicht und bewegte sich durch die Stadt. An einer Herde der Spinnenkühe vorbei, die im Schatten einiger Bäume friedlich in einem Park ästen, glitt er über Plätze und Straßen auf den glitzernden Hexagonturm zu. Während unter ihm die getarnten Wächter vor dem mächtigen Bauwerk auf unvorsichtige Besucher lauerten, flog er langsam an den funkelnden Mauern hinauf. Er durchquerte das klauenbestückte Tor, bei dessen Anblick ihm noch immer ein kalter Schauer über den Rücken lief und schwebte an der Treppe empor in den Kontrollraum. Und hier konnte er tatsächlich seine Begleiter und sogar sich selbst sehen, wie sie in den durchscheinenden Blasen standen.

»Absolut verblüffend«, murmelte er erneut, bevor er die Hände von der Oberfläche der Kugel nahm. Das Bild zog sich in die Sphäre zurück, und sie fuhr fort, langsam durch den Saal zu schweben.

Er ging zu Maja und Sam hinüber, die sich an einer der Außenwände niedergelassen hatten, und setzte sich neben den ehemaligen Piloten. Bisher hatten die holografischen Sphären sein ganzes Denken eingenommen, und so realisierte er erst jetzt, dass sich in diesem Stockwerk ebenfalls ein Aufgang befand.

Wie in der unter ihnen liegenden Eingangshalle spannten sich die Knochenstrukturen auch hier an den Ecken des Saals empor. Und genau wie dort führte die

Doppelwendel an der gegenüberliegenden Wand durch ein Loch in der Decke. Doch dieses Mal glühte in dem Durchlass über ihnen eine gefährlich leuchtende violette Energiebarriere.

»Dort drüben müssten wir das Kraftfeld ausschalten, um in die nächste Ebene zu kommen«, murmelte Sam und zeigte auf eine tropfsteinartige Säule, die neben der Treppe aus dem Boden wuchs. An der Oberseite war sie mit schlangenartigen Auswüchsen versehen, die an den Enden in Saugnäpfe ausliefen.

»Aber ich habe nie herausgefunden, wie das zu machen ist. Jahrelang konnte ich in diesem Saal nur dabei zusehen, wie eine Gruppe nach der anderen hereinkam und in den Fallen zugrunde ging. Und immer habe ich gehofft, dass es irgendwann mal jemandem gelingt, bis in die Stadt vorzudringen. Doch keiner hat es geschafft.«

Er räusperte sich und fuhr mit belegter Stimme leise fort. »In der letzten Zeit war ich nur noch selten hier. Es war einfach zu deprimierend, den Menschen beim Sterben zuzusehen.«

»Muss verdammt einsam gewesen sein?«, meinte Maja.

Sam nickte und Tränen glänzten in seinen Augen, die er verstohlen mit dem Ärmel wegwischte.

»Das kannst du mir glauben«, antwortete er. »Es hat mich fast in den Wahnsinn getrieben, hier drin zu sitzen und nichts machen zu können.«

»Aber das ist nun vorbei«, flüsterte Maja und streckte vorsichtig die Hand nach ihm aus. »Jetzt sind wir da und ziehen das hier bis zum Ende zusammen durch!«

»Genau«, stimmte auch Marc zu, »und weil das so ist, wird euer Professor sich mal um das Zugangsterminal da drüben kümmern. Bin gespannt, ob ich rausfinden kann, wie es funktioniert.«

Sam, der es sichtlich genoss, die Hand Majas auf seinem Arm zu spüren, erhob sich widerwillig und folgte Marc, der zu der knotigen Säule hinüberging und versonnen davor stehen blieb.

»Ich habe nur gesagt, dass ich keine Ahnung habe, wie man das Kraftfeld ausschaltet«, meinte er und grinste, als er nach den Tentakeln griff, »aber wie es funktioniert hab ich schon rausgefunden!«

Die Fühler reagierten auf die Annäherung und reckten sich seinen Händen entgegen. Jede seiner Fingerkuppen wurde von einem der Saugnäpfe umschlossen und an der Oberseite der Säule öffnete sich eine Iris, aus der eine ovale Sphäre aufstieg. Sie hüllte die beiden Männer ein, während fremdartige Schriftzeichen an der Innenwand erschienen.

»Das Aktivieren ist nicht das Problem, wie ihr seht«, meinte er, »doch es nutzt nichts, solange man das hier nicht entziffern kann!«

»Du kannst es vielleicht nicht«, antwortete Marc leise und starrte fasziniert auf die Hieroglyphen, die sich mittlerweile in langsam umlaufenden Ringen angeordnet hatten, »aber ich sehr wohl. Ich kann das alles lesen!«

Der Dunkelschwarm

»Also, das Kraftfeld unter uns war schon knifflig«, meinte Marc frustriert, »aber der Computer hier ist noch einmal eine ganz andere Liga!«

Es hatte nicht lange gedauert, bis Marc das Energiefeld in die nächste Ebene deaktiviert hatte. Sie ließen den Saal mit den Überwachungsblasen hinter sich und gelangten ins oberste Geschoss des Turmes. Die kugelförmige Spitze, die von außen wie eine in mattem Weiß leuchtende Perle wirkte, war von innen durchsichtig und gestattete den Besuchern einen fantastischen Rundblick auf die umgebende Stadt. Doch niemand bewunderte im Moment die Aussicht. Alle hatten sich um eine graue Säule versammelt, die in der Mitte des ansonsten vollkommen leeren Raumes aus dem Boden ragte.

Der fast zwei Meter hohe Stalagmit war ebenfalls an der Oberseite mit den bereits bekannten Saugnapftentakeln versehen. Doch dieses Mal hatten sie sich an Marcs Stirn geheftet, worauf sich auch hier eine transparente Blase um sie gelegt hatte, an deren Innenwand Symbole aufleuchteten und wieder verblassten. Anders als im Stockwerk unter ihnen waren die Schriftzeichen in für Marc vollkommen unverständlichen Folgen und Reihen angeordnet, die er nicht entschlüsseln konnte.

»Ich fange nichts mit den Zeichen hier an«, murmelte er entmutigt, »das ergibt einfach keinen Sinn für mich. Habt ihr vielleicht eine Idee?«

Alle sahen sich an und schüttelten ahnungslos den Kopf. Nur Baran nickte langsam und zögerlich.

»Da – ja, ich sehe Struktur von Programmiersprache«, meinte er. »Ich verstehe nicht Zeichen und Zahlen, aber ich denke, das dort ist Anfang von Code.«

Er tippte auf einen blauen Kreis, der mit anderen Symbolen durch die Blase trieb. Schlagartig verschwand die Hülle, als ob der russische Programmierer eine Seifenblase zum Platzen gebracht hätte, und die Tentakel zogen sich von Marcs Stirn in den Stalagmiten zurück.

»Was ist passiert?«, »Was hast du getan?«, »Wo sind die Fühler hin?«, hallten die Fragen durch die Kuppel, doch Baran konnte nur erschrocken den Kopf schütteln.

»Njet – keine Ahnung«, stammelte er, »ich nur berührt Kreis.«

»Verdammter Russe«, schrie Fynn aufgebracht, »wenn die Tentakel nicht wieder auftauchen, werden wir nicht weiterkommen. Und dann sitzen wir für immer hier drin fest, wie die Mäuse in der Falle!«

»Ich nicht schuld!«, beteuerte Baran erneut, doch Fynn war so rasend vor Zorn, dass er mit erhobenen Fäusten auf den Programmierer zuging, der erschrocken zurückwich.

»Leute, das hilft uns doch nicht weiter«, schrie Maja auf und ging dazwischen. »Was soll den ...«

Ein tiefer, vibrierender Ton, der sich entfernt wie das Trompeten eines Elefanten anhörte, unterbrach den Streit, den Marc nur verwundert beobachten konnte. Was war nur in den sonst so ausgeglichenen Schweden gefahren?

Der Stalagmit leuchtete an der Spitze blau auf, und ohne Vorwarnung stand dort, wo er sich eben noch befunden hatte, ein drei Meter hohes Geschöpf, das Marc keuchend zurückfahren ließ.

Die Kreatur war eindeutig eines der reptilienartigen Wesen, die zu Tausenden als Skelette in den Straßen und Häusern der Stadt lagen. Das Exemplar, das nun vor ihnen stand und sie aus zwei lidlosen gelben Augen musterte, wirkte allerdings alles andere als leblos. Ein wallender Umhang aus blauem Stoff verhüllte den Großteil seines Körpers. Arme und Beine waren mit grünglänzenden Schuppen bedeckt. Der Kopf erinnerte Marc sofort an den mumifizierten Schädel, den schon die Ares 9 Crew im Zugangskorridor entdeckt hatte und der nun alle, die in das Trapship eindrangen, auf dem Obelisken am Eingang begrüßte. Das Wesen öffnete das mit Hornplatten bestückte Maul und fing an zu sprechen.

»Willkommen, Fremde«, dröhnte die Stimme der Kreatur durch den Raum, »die ihr es geschafft habt, ins Zentrum von Shor-tok, dem zwölften Stadtschiff von Sakahr zu gelangen. Ich bin Shom-ben, der Bewahrer und behüte seit dreihundert Millionen Jahren eurer Zeitrechnung dieses Raumschiff.«

Der Reptiloid verharrte nach dieser kurzen Ansprache wie eingefroren. Nur die Augen zuckten wie bei einem Chamäleon gelegentlich hin und her. Totenstille herrschte im Raum, während alle zu verstehen versuchten, was gerade vor sich ging.

»Na, da brat mir doch einer einen Storch!«, stieß schließlich Marc überrascht aus, woraufhin der Bewahrer aus seiner Starre erwachte und sich ihm zuwandte.

»Ungenügendes Datenmaterial«, dröhnte seine Stimme. »Bitte wiederhole die Anfrage!«

»Ah, scheint sich zu handeln um fortschrittlichen Hologrammcomputer«, murmelte Baran, »sehr interessant!«

»Was ist hier passiert?«, fragte Sam. »Wieso sind alle tot und wo kam dieses – wie nanntest Du es – Stadtschiff her?«

»Und wie kommt es, dass du unsere Sprache sprichst und uns verstehst?«, wollte Marc wissen. Einige Sekunden vergingen, in denen alle wild durcheinander fragten. Schließlich erklang die Stimme des Bewahrers erneut, und die Gefährten starrten verblüfft umher, als der Reptiloid sich zu einem Hologramm ausdehnte, das den ganzen Raum einnahm.

»Ich verstehe eure Sprache, da ich dem primitiven Geschöpf Marc Sanders alle notwendigen Informationen aus seinem biologischen Speicher, den ihr als Gehirn bezeichnet, entnommen habe.«

»Na, vielen Dank auch«, brummte Marc. »Auf der Erde werde ich als Universalgenie gehandelt und hier nennt man mich primitiv?«

Ohne auf ihn einzugehen, begann der Bewahrer die Fragen zu beantworten. Gleichzeitig erschien ein Sonnensystem mit sechs Planeten, die um eine rot-gelbe Doppelsonne kreisten, über ihren Köpfen. Der zweite Planet war von einer blauen pulsierenden Aura umgeben. Die Perspektive zoomte heran und der Himmelskörper hing schließlich wie ein blaugrüner Ball im Raum, während seine Eigenschaften in umlaufenden Bändern angezeigt wurden. Die tiefe Stimme des Bewahrers erklang erneut, als er die Geschichte seiner Welt vor ihnen ausrollte.

»Vor über dreihundert Millionen Jahren lebte mein Volk, die Saka-hor auf dem Dschungelplaneten Sakahr. In einem entfernten Spiralarm der Galaxie gelegen, die ihr Menschen Milchstraße nennt, trennten uns vierzigtausend Lichtjahre von eurem Sonnensystem. Unsere Sonden hatten die Erde und den Mars, der damals über eine atembare Atmosphäre verfügte schon viele Jahrhunderte zuvor erkundet. Auch andere Systeme, auf denen Leben möglich war, wurden in dieser Hochphase der sakahrianischen Zivilisation von den Spähschiffen der Shor-tok entdeckt.«

Erneut veränderte sich das Hologramm und zeigte nun eine Spiralgalaxie, in der Sakahr, die Erde und über ein Dutzend weitere Systeme mit bewohnbaren Planeten aufleuchteten. Marc erkannte den Sagitarius-Arm der Milchstraße als Heimat der Sakahrianer, doch bevor er eine Frage stellen konnte, änderte sich erneut die Ansicht, während die sonore Stimme des Bewahrers in ihrer Erzählung fortfuhr.

»... über Jahrtausende lebten die Shor-tok in Frieden auf Sakahr und trieben Handel mit den Völkern vieler Planeten. Doch dann entdeckten die Sonden des Dunkelschwarms der Loka-sti eine unserer Randwelten. Die achtarmigen Wesen waren ein räuberisches und überaus aggressives Volk, das jede Welt ausbeutete, an der ihre Schwarmschiffe vorbeizogen. In ihrer unersättlichen Gier nach Rohstoffen zogen sie von System zu System. Wo immer sie ankamen, plünderten sie die Ressourcen und nahmen sich rücksichtslos, was sie zur weiteren Expansion brauchten. Langsam und unaufhaltsam drangen die Loka-sti durch den gesamten Spiralarm nach Sakahr vor und trotz erbitterter Gegenwehr erreichten sie schließlich die Heimatwelt.«

Unvermittelt wechselte die Projektion erneut und Marc stand nun neben seinen Gefährten auf einem Tafelberg – dem Plateau inmitten der ersten Zone des Kolosses nicht unähnlich. Das Hologramm das sie umgab, war so real, dass er entsetzt keuchte, als am Himmel Tausende von schwarzen Objekten auftauchten, die scheinbar schwerelos durch die Wolkendecke sanken, und nur wenige hundert Meter über ihren Köpfen verharrten. Ihre Hüllen waren kantig und gezackt, was ihnen das Aussehen von riesigen tiefschwarzen Kristallen verlieh.

Der Himmel verdunkelte sich wie bei einer Sonnenfinsternis, als unzählige der in ihre Körperpanzer gehüllten Achtfüßler wie todbringende Samenkapseln aus den Raumschiffen Richtung Erdboden fielen.

Abwehrgeschütze eröffneten das Feuer auf die Kristallschiffe. Viele wurden getroffen, explodierten in der Luft oder sanken rauchend zu Boden. Andere retteten sich mit letzter Kraft aus dem Gefahrenbereich in den Orbit zurück. Doch so groß die Verluste der dunklen

Flotte auch waren, der schwarze Regen aus Oktopoden ließ nicht nach. Die blaugrünen Grassteppen um den Tafelberg wurden von ihnen bedeckt, und bald sah es aus, als woge ein dunkles Meer in den Tälern, dessen Wellen sich an den Steilhängen der Plateauberge brachen. Schließlich hörte der schwarze Regen auf und die Flut der Loka-sti erklomm die steilen Hänge der Berge.

»Viele Wochen und Monate dauerte der Kampf um Sakahr. Doch am Ende mussten wir einsehen, dass unsere Welt verloren war. Der Übermacht der Feinde hatten wir auf Dauer nichts entgegenzusetzen. Schon lange vor dem Eintreffen der ersten Kristallschiffe hatten die Sakahrianer Vorkehrungen für eine Evakuierung getroffen und zwanzig mächtige Raumschiffe erbaut, die auf ihren Startsockeln rund um die Hauptstadt ruhten. Die Shor-tok, das zwölfte Stadtschiff von Sakahr war noch nicht startbereit, als die übrigen elf Schiffe die Eingänge verschlossen und flüchteten. Eine fehlerhafte Schleuse ließ Abertausende der schwarzen Geschöpfe ein, bevor das Sternenschiff endlich von seiner sterbenden Heimatwelt fliehen konnte. Und so entbrannte auf der Shor-tok ein gnadenloser Kampf ums Überleben, während das Schiff auf Sprunggeschwindigkeit beschleunigte, um zu seinem weit entfernten Zielsystem zu gelangen. Viele der Oktopoden kamen in den Abwehrfallen der äußeren Sektoren um. Doch die Zahl der Eindringlinge war so gewaltig, dass Hunderte von ihnen den zentralen Kern erreichten und die Besatzung mit in den Tod rissen. Kurz vor der endgültigen Niederlage gelang es den übrig gebliebenen Sakahrianern, in den Turm zu flüchten und die Vollstrecker zu aktivieren, die in die Stadt ausschwärmten und die verbliebenen Loka-sti vernichteten. Doch einer kleinen Gruppe der Angreifer gelang es, bis zur Zugangsbrücke vorzudringen.«

Gebannt lauschte Marc den Worten Shom-bens, dessen tiefe Stimme wie Donner durch den Saal rollte.

»Bevor die Vollstrecker ihn erreichen konnten, schleuderte der Letzte von ihnen eine Bombe durch das Tor des Turmes. Die tödliche Giftwolke, die bei deren Explosion freigesetzt wurde, löschte die letzten Saka-hor in Sekunden aus. Nur einem Sakahrianer gelang es, den Raumanzug zu schließen, bevor ihn die todbringende Wolke umbrachte. Doch auch er hatte das Gift eingeatmet, und als er seinen Tod nahen fühlte, programmierte er mich, den Bewahrer. Er aktivierte alle automatischen Fallen und befahl mir, das Schiff auf dem Mars zu landen und zu verbergen. Dann betrat er den Transporter zum Ausgang und stürzte sich dem Tode nahe in das Desintegrationsfeld.«

Die Projektion erlosch, und Marc brauchte einige Minuten, um wieder in die Realität zurückzufinden. Während er versuchte, das soeben Gehörte zu verdauen, verharrte das Bewahrerhologramm regungslos.

»Das war ziemlich heftig«, flüsterte Fynn.

»Da – ja, nicht wahr?«, stimmte Baran zu, »Hologramm ist unglaublich, oder? Man wirklich gedacht zu stehen auf Berg von Sakahr.«

»Ich glaube nicht, dass Fynn die technologischen Feinheiten dieser Projektion gemeint hat«, antwortete Marc, »aber es war schon sehr eindrucksvoll, da hast du recht!«

»Zumindest wissen wir jetzt, was es mit den Skeletten und den Oktopoden auf sich hat«, murmelte Sam. »Der Raumhelm, der Morti so fasziniert hat, war also der letzte Überlebende der Saka-hor. Einfach unglaublich!«

»Wer ist Morti?«, fragte Maja, worauf Marc fassungslos den Kopf schüttelte.

»Lass mich raten«, erwiderte er. »Geschichtsunterricht und speziell die Ereignisse, die zum Artefaktkrieg geführt haben, haben dich in der Schule eher weniger interessiert, richtig?«

»Eigentlich überhaupt nicht«, gab Maja erstaunt zurück. »Woher weißt du? Und könnte mir vielleicht trotzdem mal jemand meine Frage beantworten?«

Der Verräter

Marc erwachte aus einem wirren Albtraum und kam nur langsam zu sich. Maja war darin vorgekommen, und auch Fynn und Sam hatten eine Rolle in der bereits verblassenden Vision gespielt. Doch weder erinnerte er sich an Einzelheiten, noch konnte er sich erklären, wieso er gefesselt am Rand des Kontrollzentrums am Boden lag.

Bevor er dazu kam, etwas zu sagen, spürte er eine Berührung an seiner Seite.

»Pst, leise«, hörte er die Stimme Sams flüstern. »Diese Ratte Fynn hat uns hier wie die Rollbraten verschnürt, während wir schliefen. Ich vermute mal, er hat uns irgendwie betäubt!«

Marc nickte zum Zeichen, dass er verstand. Tagelang hatten sie mit dem Bewahrerhologramm gesprochen. Dabei war ein immer tieferes Verständnis für die Schiffssysteme der Shor-tok entstanden. Vor allem Baran war es zu verdanken, dass sie es am Ende tatsächlich geschafft hatten, die Fallen komplett abzuschalten. Mit den Energiefeldern war es schwieriger gewesen, doch auch diese hatten sie am Vorabend nach langen Stunden deaktiviert. Nur die beiden Felder der Eingangsschleuse waren noch aktiv, jedoch war es laut dem Bewahrer nun möglich ein- und auszugehen ohne von dem Kraftfeld in Stücke geschnitten zu werden. Sogar für den kurzen Weg von der Shor-tok bis zur Marsstadt hatten sie eine Lösung in Form eines tragbaren Energiefeldgenerators gefunden, den die Sakahrianer für Außeneinsätze in giftigen Atmosphären benutzt hatten.

Der Flucht aus dem Stadtschiff stand also eigentlich nichts mehr im Wege, wäre da nicht Falkner gewesen. Der Administrator würde sie sicher nicht einfach ziehen lassen, nachdem sie den Knochenhügel im ersten Sektor gefunden hatten. Nicht umsonst hatte er ihnen dort schon die Destroyer auf den Hals gehetzt. Marc hegte berechtigte Zweifel daran, dass sie den Mars lebend verlassen würden, wenn es nach Falkner ginge. Da es bereits dunkel geworden war, hatten sie das Pläneschmieden vertagt, zusammen gegessen und waren dann schlafen gegangen.

Marc sah sich vorsichtig in dem düsteren Raum um. Das wenige Licht, das den Kontrollraum in ein Zwielicht tauchte, kam von dem blass leuchtenden Bewahrer in der Mitte, mit dem sich Fynn unterhielt. Er schien sich sicher zu fühlen, denn er sah kein einziges Mal zu ihnen herüber.

»Sind die anderen ebenfalls wach?«

»Schlafen alle tief und fest«, gab Sam kaum vernehmbar zurück. »Was auch immer dieser Drecksack uns gegeben hat, es scheint bei uns nicht so gut zu wirken. Ich denke, weil wir beide von den Tarnschrecken gestochen wurden. Vielleicht macht uns deren Gift weniger anfällig für Betäubungsmittel.«

»Leuchtet mir ein«, raunte Marc. »Doch was machen wir jetzt?«

»Bleib ganz ruhig liegen. Ich glaube, es gelingt mir, an deine Handfesseln zu kommen. Vielleicht kann ich sie lösen.«

Eine halbe Stunde später lagen die Männer noch immer reglos am Boden. Doch nun waren die Fesseln gelöst und Fynn nahm weiterhin keine Notiz von ihnen. Offensichtlich war er restlos davon überzeugt, dass die Betäubung wirkte. Marc wälzte sich zu Maja, Eve und Baran herum. Die drei schliefen tief und fest, doch ansonsten schien ihnen nichts zu fehlen. Gut so!

Ein Blick in Fynns Richtung stimmte ihn da schon weniger optimistisch. Der Mistkerl, dem sie bisher bedingungslos vertraut hatten, war mit einem der Strahlengewehre ausgerüstet. Die übrigen Waffen konnte Marc nicht entdecken – Fynn musste sie wohl irgendwo versteckt haben. Ein direkter Angriff auf den Verräter erschien ihm zu gefährlich. Glücklicherweise sah Sam das genauso. Der ehemalige Pilot robbte dicht an Marc heran.

»Fynn zu überwältigen halte ich für zu riskant«, wisperte er kaum hörbar. »Wir müssen uns erst wieder bewaffnen, bevor wir gegen ihn antreten können.«

»Wie soll denn das gehen?«

»Wir schleichen hinter seinem Rücken zur Treppe und versuchen, in das untere Stockwerk zu gelangen. Dann schlagen wir uns bis zum Tor durch und fliehen über die Brücke in die Stadt. Es gibt zahlreiche Verstecke, die ich schon vor Jahren eingerichtet habe, und Strahlengewehre liegen überall herum. Wir bewaffnen uns, kehren zurück, befreien die anderen und rechnen mit diesem Verräter ab!«

»Klingt einfach, wie du das sagst.«

»Wird es aber sicher nicht. Wir müssen aufpassen, dass wir an der Treppe nicht in die Nähe der Aktivierungsplatten kommen. Wenn sich die Treppenspindel in Bewegung setzt und das blaue Feld aufgebaut wird, ist alles vorbei.«

»Und wie sollen wir dann runterkommen?«

»Na, klettern – was denkst du denn? Und jetzt los!«

Nur wenige Minuten dauerte es um zur Treppe hinüberzukriechen. Für Marc fühlte es sich wie Stunden an, in denen er ständig zu Fynn hinübersah und hoffte, dass der Verräter sie nicht bemerkte. Doch alles blieb ruhig und so erreichten sie das Loch im Boden, das in den unter ihnen liegenden Saal hinabführte. Sie robbten dicht heran. Marc wurde schwindelig, als er in die Tiefe hinabsah.

Na super, dachte er, *da soll ich runterklettern? Das ist wieder mal genau das Richtige für mich und meine Höhenangst.*

Doch er kam nicht dazu, weiter darüber nachzudenken, denn Sam hangelte sich bereits in die Tiefe und glitt geschickt auf den stillstehenden Stufen den langen Weg nach unten. Marc warf einen letzten Blick in den Kontrollraum, wo Fynn bisher nichts von ihrem Fluchtversuch mitbekommen hatte. Er atmete entschlossen durch, bevor er sich ebenfalls auf die erste Treppenplatte fallen ließ und sich vorsichtig in die Tiefe bewegte. Er musste sich immer wieder aufs Neue zwingen, auf die nächste Stufe hinabzusteigen. Nassgeschwitzt kam er endlich unten an und betrat aufatmend den Boden des Saales, der durch die Überwachungsblasen in ein diffuses blaues Licht getaucht wurde.

Sie liefen hinüber zu der zweiten Wendeltreppe. Gerade als Marc mit dem Abstieg begann, leuchtete die Luft grell auf und ein nadeldicker, purpurroter Strahl zischte dicht an ihm vorbei und schlug fauchend im Boden ein. Der zweite Schuss versengte seine Haare und schmolz sich rauchend in die Kuppel. Ein gequältes Stöhnen entfuhr ihm, während er über die Kante des Loches rutschte und die breite Treppe hinab polterte. In Panik griff er im Fallen nach einer der Stufen, klammerte sich an den Rand und wurde vom eigenen Schwung herumgerissen. Er verlor abermals den Halt, schlug hart auf einer weiteren Platte auf und rollte – sich mehrfach überschlagend – über die letzten drei Stufen nach unten. Doch zumindest wurde sein Absturz so verlangsamt. Er landete mit einem schmerzerfüllten Aufschrei auf dem Boden und blieb benommen liegen. Zeit zum Ausruhen gab es nicht, denn Sam zog ihn sofort wieder auf die Beine. Marc schrie erneut auf, als flammende Schmerzen durch seinen Knöchel fuhren.

»Lass mich hier und besorg dir eine Waffe. Und dann kommst du zurück und legst diesen miesen Verräter um!«

»Kommt nicht infrage«, antwortete Sam und zog ihn erneut auf die Beine. »Ich hab ne viel bessere Idee.«

Er zerrte Marc bis zum Ausgang und ließ ihn neben dem Tor auf den Boden des Balkons gleiten. Die Brücke, über die sie vor Tagen den Turm betreten hatten, verlor sich auf der anderen Seite in der Dunkelheit. Inmitten der künstlichen Nacht des Stadtschiffes spendete nur einer der drei Monde diffuses grünes Licht, das kaum ausreichte, um die Umgebung zu beleuchten. Ein Stalagmit, der neben dem Tor aus dem Boden wuchs, gab etwas Deckung, sodass sie sich dahinter verstecken konnten. Doch würde sie das vor Fynn wirklich schützen?

»Hier«, flüsterte Sam leise und unterbrach seine Überlegungen. »Fühlst du hier das Loch?«

Er griff nach Marcs Hand und führte sie über die leicht poröse Oberfläche der Säule, bis er eine faustgroße Aushöhlung erspürte.

»Ja, klar, aber wie hilft uns das weiter?«

»Ich lasse dich jetzt allein und renne über die Brücke. Bis Fynn hier eintrifft, sollte ich nur noch als dunkler Schemen erkennbar sein. Ich hoffe, er folgt mir. Wenn er auf dem Steg ist, dann fass in das Loch hinein und drück so fest du kannst.«

Verwirrt sah Marc ihn an. »Was ...?«

»Keine Zeit. Vertrau mir. Ich hab das vor vielen Jahren entdeckt, und wenn dieser Mistkerl mir tatsächlich folgt, dann mach es einfach, ok?«

Keuchend vor Schmerzen, die wie Feuer in seinem Fuß pochten, nickte Marc. »Gut. Viel Glück, was auch immer du vorhast!«, flüsterte er leise, doch Sam war bereits aufgesprungen und hastete in langen Sätzen davon. Nur Sekunden später tauchte Fynn im Eingang des Turmes auf, sah sich kurz um und erspähte den flüchtenden Schatten, der über den Steg eilte. Er stand so dicht neben Marc, dass dieser nur den Arm hätte ausstrecken müssen, um den Verräter zu berühren. Doch glücklicherweise hatte der nur Augen für seine davonhuschende Beute.

»Stehenbleiben«, schrie er mit überschnappender Stimme. »Bleibt stehen, oder ich schieße!«

Er legte die Laserwaffe an und jagte mehrere Strahlenschüsse in die Dunkelheit. Die schemenhafte Gestalt auf der Brücke strauchelte, fiel vorne über und schlitterte einige Meter weiter, wo sie schließlich liegen blieb. Marc hielt sich die Hand vor den Mund, um nicht laut aufzuschreien.

»Ha, hab ich dich!«

Siegessicher trat nun auch der Verfolger auf die schmale Brücke und lief auf den Gefallenen zu, der regungslos dalag. Doch als Fynn die Hälfte des Steges hinter sich gebracht hatte, sprang Sam auf und rannte auf das Ende des Übergangs zu. Gleichzeitig hallte sein Schrei über den Platz.

»J E T Z T !«

Ohne zu zögern, streckte Marc die Hand in den Stalagmiten und drückte, so fest er konnte. Während die Dunkelheit die beiden Schatten auf der Brücke verschluckte, ertönte ein tiefes an- und abschwellendes Heulen, das wie der Klageruf einer urzeitlichen Bestie über den Platz rollte. Der Steg leuchtete dicht neben Marc so grell auf, dass er geblendet die Augen schloss und zurückzuckte. Als er sie kurz darauf wieder öffnete, konnte er nur ungläubig auf die Brücke starren, die zunächst immer transparenter wurde, um sich schließlich vollkommen aufzulösen. Blaue Funken tanzten wie sterbende Leuchtkäfer verglimmend in der Luft, dann war von dem filigranen Übergang, der den Abgrund über den parkähnlichen Platz überspannt hatte, nichts mehr übrig.

Von dem Warnsignal aufgeschreckt beschleunigte Sam seinen Lauf und jagte, so schnell er konnte die Brücke entlang. Im Gegensatz zu Fynn und Marc kannte er das dumpfe Röhren, das in ohrenbetäubender Lautstärke erklang. Vor vielen Jahren hatte er es schon einmal selbst ausgelöst. Und er wusste, dass ihm höchstens noch Sekunden blieben, den Balkon am Ende des Steges zu erreichen. Er blickte sich gehetzt um, ohne seine Geschwindigkeit zu reduzieren, und sah Fynn, der ebenfalls über die Brücke rannte. Rechts neben ihm zuckte einer der ungezielten Schüsse aus dessen Lasergewehr an ihm vorbei und schmolz sich funkensprühend in das Geländer. Eine zweite Energielanze hinterließ eine glühende Furche im bereits verblassenden Brückenboden. Doch sie schlug nicht nahe genug ein, um ihm gefährlich zu werden. Als er den verzweifelten Aufschrei Fynns hinter sich hörte, wusste er, dass auch seine Zeit abgelaufen war. Aus den Augenwinkeln nahm er ein blaues Glühen wahr und sprang im selben Moment hoch in die Luft. Mit den Armen rudernd versuchte er sich so weit wie möglich nach vorne zu werfen und sah gleichzeitig die Balkonkante des Gebäudes auf sich zufliegen, an der sich die letzten Reste der Brücke flackernd auflösten. Er krallte sich mit vorgestreckten Händen in das harte Material des Bauwerkes, wurde von seinem eigenen Schwung weitergerissen und verlor den Halt.

Fynn

Fynn schlug stöhnend die Augen auf und versuchte, sich zu orientieren. Alles war eigenartig verschwommen, kalt und nass. Erst jetzt realisierte er, dass er sich unter Wasser befand. Er ruderte in Panik mit den Armen und durchbrach schließlich prustend die Wasseroberfläche. Mit letzter Kraft paddelte er zum Rand des kleinen Sees und rollte sich am Ufer über eine flache Mauer auf die dunkle duftende Wiese dahinter.

Nach Luft schnappend blieb er liegen und starrte hinauf in den schwarzen Himmel, wo die Brücke, auf der er eben noch den Flüchtenden gefolgt war, nicht länger existierte. Irgendwie musste dieser verdammte Samuel Winter es geschafft haben, den Steg zum Einsturz zu bringen, um sich und Sanders zu retten.

Um die beiden würde er sich später kümmern. Doch sein vorrangiges Ziel war es, wieder in den Turm zurückzugelangen.

Johannson, sind Sie noch da?, ertönte in diesem Moment Falkners Stimme in seinem Kopf. Er tippte sich an die Schläfe und murmelte leise eine Bestätigung. Das Implantat funktionierte einwandfrei. Als der Administrator von Arcadia Nova vor sechs Monaten an ihn herangetreten war, um ihn einzustellen, hatte er noch daran gezweifelt, dass dessen Plan funktionieren konnte. Doch seine eigene finanzielle Situation und das Angebot Falkners, das ihn zu einem reichen Mann machen würde, hatten seine Bedenken schließlich davongespült. Die Operation war vollkommen unspektakulär gewesen, und die Zusatzinformationen, die er über das Implantat erhielt, hatten seine Tarnung perfekt gemacht.

Ein Medium, kicherte er in sich hinein, *diese Schwachköpfe haben mir die Geschichte tatsächlich abgekauft.*

Und nun war seine wohlverdiente Belohnung, mit der er für den Rest seiner Tage ausgesorgt hatte, in erreichbare Nähe gerückt.

»Ja, bin da. Die Brücke hat sich aufgelöst. Aber ich muss wohl so was wie einen Schutzengel haben, denn ich bin in einem Wasserbecken gelandet.«

Gut. Gehen Sie in den Turm zurück. Um die Flüchtenden kümmern sich meine Truppen später. Wir haben die Wüstenzone fast durchquert und sollten in vier bis fünf Stunden bei Ihnen im Stadtsektor eintreffen.

»Verstanden«, murmelte Fynn leise. »Ich begebe mich zu dem Gebäude, an dem die Brücke zum Kontrollturm ihren Ursprung hatte. Ich denke, von dort aus müsste sie sich wieder aktivieren lassen. Johannson Ende!«

Er setzte sich leise auf und versuchte, sich zu orientieren. Im fahlen grünen Schein der einsamen Mondsichel hoch am Himmel wirkte die Dunkelheit gespenstisch. Fynn blieb regungslos sitzen, bis sich seine Augen an das diffuse Licht gewöhnt hatten. Links von ihm leuchtete etwas im Gras. Er krabbelte auf Knien hin, um nachzusehen, worum es sich handelte. Als er mit den Händen den schlanken gewendelten Lauf seines Lasergewehrs berührte, atmete er erleichtert auf. Die Waffe, die er beim Sturz losgelassen hatte, wirkte unversehrt. Sein Schutzengel schien weiterhin über ihn zu wachen. So leise er konnte, erhob er sich und blickte wachsam in Richtung des Turmes. Das schwache Aufblitzen, das dort immer wieder für Sekundenbruchteile sichtbar wurde, jagte ihm kalte Schauer über den Rücken.

Das mussten die flimmernden Wächter sein, von denen Samuel erzählt hatte. Fynn legte keinen Wert darauf, diesen Geschöpfen hautnah gegenüberzustehen. Noch schienen sie ihn nicht entdeckt zu haben, doch das konnte sich jeden Moment ändern. Die Waffe im Anschlag zog er sich langsam in Richtung der äußeren Gebäude zurück. Er hatte es fast geschafft, als er über etwas stolperte, das mit einem hohlen Klappern davonrollte. Entsetzt starrte er auf den Schädel, den er versehentlich mit dem Fuß weggetreten hatte. Fynn blieb wie versteinert stehen und hielt den Atem an, während er in die düstere Nacht hineinlauschte.

***

Sam, der von seinem eigenen Schwung gegen die Wand des Bauwerkes geschleudert worden war, schüttelte benommen den Kopf und wunderte sich, noch am Leben zu sein. Der Balkon des Hauses, von dem aus die Brücke zum Turm hinüberführte, befand sich bestimmt fünfzig Meter über dem Erdboden. Ein Sturz aus dieser Höhe war auch dann tödlich, wenn man auf dem weichen blaugrünen Gras landete. Irritiert stemmte er sich hoch und stellte fest, dass er keineswegs ganz hinuntergefallen war. Vielmehr war er auf einem der Balkone unter seinem angepeilten Ziel gelandet. Außer einigen Prellungen und einem schmerzenden Knie schien er sich keine Verletzungen zugezogen zu haben. Während er sich noch benommen abtastete, hörte er ein helles Klappern. Augenblicklich ließ er sich wieder zu Boden fallen und beobachtete von seiner erhöhten Warte aus, wie sein Verfolger unten auf dem Platz wie erstarrt stehen blieb.

Verdammt noch mal, wie hat der den Sturz bloß überlebt?, fluchte er in sich hinein. Dann trug der Wind ein zweites Geräusch vom Turm herüber, das er nur zu gut kannte und das ihm das Blut in den Adern gefrieren ließ.

***

Ein Wispern, wie das leise Säuseln des Windes in der Krone eines Baumes schreckte auch Fynn auf, der noch immer wie erstarrt dastand. Seine Nackenhaare stellten sich auf, und er begann, vor Angst unkontrolliert zu zittern. Mit schweißnassen Händen umklammerte er das Lasergewehr, während er die Umgebung nach Gefahren absuchte.

Ein kaum wahrnehmbares Flimmern näherte sich ihm direkt von vorne, als er sich langsam rückwärts in Bewegung setzte. Sein Daumen verkrampfte sich über dem Auslöserwulst der Waffe und der tödliche Strahl verband für einen Sekundenbruchteil die filigrane Gewehrspitze mit dem flimmernden Schatten. Geblendet schloss Fynn die Augen. Als er sie wieder öffnete, wälzte sich eine zischende und pfeifende Kreatur auf ihn zu, die er sich in seinen schlimmsten Albträumen nicht hätte ausdenken können.

Der Wächter schien getroffen zu sein, und das Tarnfeld, das ihn bisher verborgen hatte, brach in immer kürzer werdenden Abständen zusammen. Die Bestie, deren sechs stelzenartige behaarte Beine in langen glitzernden Klingen ausliefen, schien nur aus Stacheln und Zähnen zu bestehen. Ihr tonnenförmiger Körper war überall dort, wo keine Dornen hervorragten, mit spiegelnden Schuppen bedeckt. Der Kopf der Kreatur lief in einem aufgerissenen Maul aus, dessen drei ringförmige Gebissreihen sich wie scharfgeschliffene Zahnräder gegeneinander bewegten und ein ekelerregendes mahlendes Geräusch erzeugten. Das Geschöpf fauchte ihn bösartig an und Geifer spritzte bis zu ihm, als es mit einem Satz hoch in die Luft sprang und nur einen Meter vor ihm landete. Erneut feuerte er, ohne den Auslöser wieder loszulassen. Doch der Strahl prallte wirkungslos von dem Schuppenpanzer des Untiers ab und wurde auf die Fassade eines nahen Gebäudes abgelenkt, wo er prasselnd einschlug. Und während der purpurrote Laser ununterbrochen hin und her geworfen wurde, schrie Fynn Johannson, wie er noch nie in seinem Leben geschrien hatte.

Ein übelkeitserregendes Krachen erklang, als Fynns Schädelknochen barst und der Todesschrei abrupt abbrach. Sam kauerte sich so klein wie möglich zusammen und blieb regungslos liegen. Er hatte noch nie beobachtet, dass die flimmernden Wächter in ein Gebäude eindrangen, wollte aber nichts riskieren. Obwohl sich Sam gute vierzig Meter über dem Ort des Grauens befand, stieg ihm der ekelhaft süße, kupferartige Geruch von Blut so durchdringend in die Nase, dass er befürchtete, sich übergeben zu müssen. Lautes Schmatzen und nasse Schlucklaute, mit denen der Wächter sein Opfer hinunterschlang, drangen in der Stille der Nacht überlaut bis zu ihm herauf. Minutenlang dauerten die Geräusche splitternder Knochen und reißender Muskeln an, während das Untier den Schweden auffraß.

Sam presste die Hände auf die Ohren, doch die grauenvollen Laute konnte er damit nicht vollkommen ausblenden. Nachdem endlich wieder Ruhe einkehrte, ließ er eine halbe Stunde verstreichen, bevor er es wagte, sich zu bewegen. Dann machte er sich auf den Weg zurück zum Turm.

Endspiel

Marc war ratlos. Sie hatten es zwar geschafft, Fynn loszuwerden, aber wie sollten sie gegen die Hundertschaft gut ausgebildeter Söldner bestehen, die bereits in das Stadtschiff eingedrungen waren?

Er stand mit Maja, Eve, Baran und Sam im Überwachungsraum und beobachtete, wie der verhasste Administrator von Arcadia Nova mit seinen Männern durch die rotleuchtende Dämmerwelt der dritten Ebene vordrang. Wenn sie weiterhin in dieser Geschwindigkeit vorankamen, dann würden sie den inneren Stadtsektor in wenigen Stunden erreichen.

»Wie sollen wir diese Söldnerarmee aufhalten? Ich bin ein durch und durch pazifistischer Mensch und habe schon immer jede Art von Gewalt verabscheut. Obwohl ich bei Falkner durchaus auch einmal diese Prinzipien über Bord werfen würde, bin ich kein Soldat!«

»Ich weiß genau, was du meinst«, überlegte Sam. »Doch wieso selbst kämpfen? Schließlich haben wir ein Labyrinth voller tödlicher Vorrichtungen zu Verfügung.«

Er wandte sich an den Bewahrer, der regungslos vor ihnen schwebte.

»Können wir die Fallen wieder aktivieren, um unsere Feinde aufzuhalten?«

***

Falkner hastete durch die rote Dämmerung der dritten Zone. Seit Stunden waren sie nun schon in dieser toten wüstenartigen Umgebung ohne Pause unterwegs, doch keiner der Männer murrte.

Will ich ihnen auch nicht geraten haben, bei dem Sold, den ich bezahle, dachte Joshua.

Achtlos schritt er an einem der kleinen Staubhügel vorbei, der als einer von Hunderten am Rand des Weges den sicheren Pfad durch diese höllische Ebene markierte. Vermutlich einer der Sträflinge von Lunar II, die seit Jahren die Drecksarbeit für ihn gemacht hatten. Falkner verschwendete keinen weiteren Gedanken daran, wer hier in Sekundenbruchteilen zu Asche verdampft worden war. Für ihn zählte nur, dass sie so schnell wie möglich hier herauskamen und die Stadt erreichten.

»Die Stadt«, murmelte er vor sich hin. »Endlich ist es so weit!«

Dieser Fynn Johannson hatte es tatsächlich geschafft, bis in den innersten Bereich des Kolosses vorzudringen und die Fallen abzuschalten. Allerdings hatte er sich seit seinem Sturz von der Brücke nicht mehr gemeldet, und Falkner war es nicht gelungen, den Kontakt wieder herzustellen. Ob der Schwede noch lebte oder nicht, war ihm dabei vollkommen egal. Der Mann hatte seine Mission erfüllt. Zumindest weitgehend. Sollte Johannson jetzt noch versagt haben und den übrigen Trapzone-Teilnehmern gelang es, die Fallen wieder zu aktivieren, dann konnte es gefährlich werden. Daher hatte er sich schweren Herzens dazu entschieden, dem gewundenen

Weg durch den dritten Sektor zu folgen und nicht abzukürzen.

Er verfluchte sich bereits für seine Dummheit, bei dieser Expedition persönlich teilzunehmen. Es hätte vollkommen genügt, den Söldnertrupp loszuschicken. Auf der anderen Seite konnte man nicht wissen, ob sich nicht einer der Männer hier nach Erreichen des inneren Bereichs selbst als Entdecker ausrief und die Lorbeeren für sich in Anspruch nahm. Am Ende stahl ihm Johannson noch das, wofür er – Joshua Falkner – sein ganzes Leben hart gekämpft hatte.

Verdammter Schwede.

Warum hatte der die fünf Menschen nicht sofort aus dem Weg geräumt? Joshua hatte sich darauf verlassen, dass sein Spion die Lage im Griff hatte. Und als der gemeldet hatte, hinter das Geheimnis der Fallen gekommen zu sein, hatte es für Falkner kein Halten mehr gegeben. Er hatte einem plötzlichen, und wie er zugeben musste überaus gierigen Impuls folgend, beschlossen, an der Spitze seiner Männer den Koloss zu bezwingen.

Nun ja, vielleicht nicht ganz an der Spitze.

Joshua wischte sich mit einem Seidentuch den Schweiß vom Gesicht und blickte über die Schulter, ohne seinen Marsch zu verlangsamen. Hinter ihm marschierte die Hauptstreitmacht, mit der er in den Koloss eingedrungen war. Vor ihm befanden sich zwei Gruppen von fünf Männern – jeweils zwanzig Meter voneinander entfernt. Er würde also bemerken, wenn sich die Fallen wieder aktivierten. Doch er hoffte, dass es dazu nicht kam, während er der Vorhut folgte und den ersten perlmuttweißen Korridor des vierten Sektors betrat.

***

»Es dauert vier Stunden eurer Zeit, um die Fallen wieder vollständig einzuschalten. Aktivierung erfolgt von den äußersten Sektoren nach innen. Soll die Sequenz gestartet werden?«

Die Stimme des Bewahrers schwebte durch den Kontrollraum, in dem die Gefährten in einer Überwachungsblase dicht beieinanderstanden und den Vormarsch von Falkners Privatarmee durch die vierte Zone verfolgten.

»Ja, bitte aktiviere die Fallen sofort«, antwortete Sam. »Werden sie wieder funktionieren, bevor die Angreifer die Stadtebene erreichen?«

»Nein. Meinen Berechnungen zufolge wird es zehn bis fünfzehn Prozent der Eindringlinge gelingen, in die innerste Ebene vorzudringen.«

»Verdammt«, brummte Marc und wies dabei auf den verhassten Administrator Arcadia Novas. »Dann wird diese Ratte wohl bei denen sein, die es schaffen.«

»Du recht«, stimmte Baran zu. »Wenn Soldaten nicht machen Pause, Falkner wird uns erreichen. Wir müssen treffen – wie sagt man – Vorkehrungen zu Verteidigung.«

»Lasst uns doch einfach im Turm bleiben«, meinte Eve. »Hier können wir uns verschanzen und sind sicher. Falls Falkner und seine Männer es wirklich bis hierher schaffen, dann kommen sie nicht an uns heran.«

»Wir aber leider auch nicht mehr hinaus«, gab Sam zu bedenken. »Und hier drinnen gibt es weder Wasser noch Lebensmittel. Selbst wenn wir die Vorräte, die in der Nähe sind, schnell genug hereinbekommen, werden sie irgendwann zur Neige gehen. Und was machen wir dann?«

»Hm, du hast recht«, stimmte Maja zu. »Also brauchen wir einen anderen Plan. Und das möglichst schnell.«

***

»Ich registriere einen massiven Anstieg der Energiewerte«, murmelte der Soldat an Falkners Seite. »Seltsam. Eine solche Signatur habe ich bisher nur einmal gesehen.«

Er starrte auf das Display seines Analysators und versuchte, genauere Daten zu erhalten. Doch da flackerte der kleine Monitor und plötzlich war die Anzeige tot. Im selben Moment brach auch die holografische Karte zusammen, die ihnen bisher den Weg durch den Koloss gewiesen hatte.

»Was ist hier los?«, herrschte Falkner den Söldner an, der noch immer auf das dunkle Display starrte, »Mann, reden Sie schon!«

»Na ja, eine ähnliche Spitze gab es, als die Fallen abgeschaltet wurden. Doch die Werte sind nicht genau gleich. Keine Ahnung, was ich davon halten soll. Und jetzt ist auch noch dieser verdammte Kasten hier ausgefallen.«

Der Soldat tippte frustriert auf den Tasten des Analysators herum, doch das Gerät hatte seine Funktion eingestellt. Erst jetzt realisierte Falkner, dass auch das Hologramm erloschen war. Schlagartig verstand er, was vorging.

»Aber ich weiß, was los ist«, knurrte er, »diese Mistkerle in der Stadt haben Johannson überwältigt und reaktivieren nun die Fallen. Die wollen uns hier auf einen Schlag erwischen, solange wir wie die Ratten in diesem Labyrinth gefangen sind.«

Er warf den nutzlosen Holoprojektor achtlos zu Boden, fing an zu laufen und brüllte im selben Moment los. »Alle so schnell wie möglich hier raus. Wir müssen den inneren Sektor erreichen, bevor die Fallen wieder funktionieren.«

***

Marc stand reglos in der Beobachtungsblase und sah zu, wie Falkner und seine Söldner um ihr Leben rannten. Schneller als gedacht, hatten die Eindringlinge realisiert, was geschah. Nun hetzten sie – von bloßer Angst zu Höchstleistungen getrieben – durch die Korridore des vierten Sektors.

»Verdammt, sie werden es schaffen!«, murmelte er und wandte sich dann mit lauterer Stimme an den Bewahrer. »Wie lange dauert es noch, bis die Fallen wieder funktionieren?«

»Vollkommene Reaktivierung aller Fangvorrichtungen in zehn Minuten deiner Zeit.«

Marc wandte sich frustriert ab und starrte auf seinen Fuß, der zwar nicht gebrochen, aber verstaucht war und ihn daran hinderte, mit den anderen draußen den Empfang für die Söldnerarmee vorzubereiten. Zu gerne wäre er dabei gewesen, wenn der Administrator endlich sein wohlverdientes Ende fand. Doch leider konnte er sich nur langsam humpelnd fortbewegen. Hier – allein im Turm zurückgelassen – kam er sich vollkommen nutzlos vor und konnte den Gefährten nur dabei zusehen, wie sie sich in den Gebäuden vor dem Stadttor verschanzten und auf die Ankunft der Soldaten warteten. Er veränderte die Ansicht der Überwachungsblase und sah nun vom Eingangstor des sechseckigen Kommandoturms auf den Platz hinunter, wo nur das gelegentliche Flackern der Luft auf die tödlichen Wächter hindeutete, die hier lauerten. Ein kurzer Schwenk zeigte das Gebäude gegenüber, auf dem Sam bei der Flucht vor dem Verräter gelandet war. Der Stalagmit, von dem aus man auch von dort die momentan deaktivierte Brücke wieder einschalten konnte, glänzte im Licht der Doppelsonne und brachte Marc auf einen Gedanken.

»Zu schade, dass wir die Wächter vor dem Turm nicht benutzen können, um das Brückengebäude zu sichern.«, flüsterte er. »Wieso gehen die eigentlich nicht in die Häuser? Schließlich gibt es in der ganzen Stadt keine Fenster und Türen, die sie daran hindern könnten.«

»Die Saka-ahck – oder flimmernde Wächter, wie der Mensch Samuel Winter sie nennt – können die Gebäude nicht betreten, da sie von einer Befehlsfrequenz, die jedes Bauwerk abgibt, davor zurückgehalten werden.«

Verblüfft zuckte Marc zusammen. Er hatte keine Antwort auf seine Bemerkung erwartet. Umso überraschter war er von der Entgegnung des Bewahrers.

»Äh, okay. Und ist es möglich, diese Frequenz für einzelne Häuser abzuschalten?«

»Das ist realisierbar. Möchtest du, dass ich den Zugang zu einem bestimmten Gebäude freigebe?«

***

Falkner taumelte durch das Tor und fiel auf die Knie.

Verdammt, nur zehn Mann haben überlebt, dachte er, während er sich nach Luft schnappend umsah.

Nur die Vorhut hatte es durch die letzten Fallen geschafft. Und natürlich er, was momentan das Wichtigste war. Die Söldner waren ersetzbar, doch er, Joshua Falkner, würde dem Koloss sämtliche Geheimnisse entreißen und in die menschliche Geschichte eingehen. Oder diese vielleicht auch in den nächsten Jahrhunderten maßgeblich bestimmen? Nach allem, was ihm Johannson durchgegeben hatte, konnte er nun, da er diese perfiden Fallen endlich hinter sich hatte, mit dem ewigen Leben rechnen. Er musste nur noch in Erfahrung bringen, wie Samuel Winter es geschafft hatte, in über einhundert Jahren im Koloss nicht zu altern. Der Pilot der Ares-9

Expedition würde ihm sicher alles verraten, wenn er ihn erst einmal in seiner Gewalt hatte.

»Sir, wie gehen wir weiter vor?«, riss ihn eine Stimme aus den Gedanken. Falkner blickte auf und sah einem der Kundschafter aus der ersten Gruppe in die Augen.

Ruiz, erinnerte er sich, *Diego Ruiz. Ehemaliger Oberstleutnant und fast so lange auf dem Mars, wie ich selbst.*

Auf den Mann konnte er sich verlassen. Bei den restlichen Überlebenden war er sich da nicht so sicher. Keiner der Söldner, die ihn umringten, kam ihm neben Ruiz bekannt vor.

Kunststück, bei über fünfhundert Mann, die für mich arbeiten, dachte er, *oder besser gesagt jetzt noch vierhundert.*

Der Rest seiner kleinen Privatarmee war in den Fallen des vierten Sektors verschwunden und würde auch nicht mehr auftauchen. Doch das spielte keine Rolle. Er hatte es geschafft, in die Stadt vorzudringen. Das allein zählte.

Falkner ließ sich von Ruiz hochziehen und klopfte den Staub von seiner Hose.

»Wir müssen weiter. Ich will die Stadt endlich mit eigenen Augen sehen!«

»Wie Sie wünschen, Sir.«

Ruiz wandte sich den Männern zu, die es ebenfalls bis hierhin geschafft hatten. »Abmarsch, Leute. Ivanez und Montoja – ihr beiden bildet die Vorhut.«

Wenig später marschierte der klägliche Rest seiner Einheit die Serpentinenstraße hinunter. Alles schien friedlich. Diego Ruiz begann, sich etwas zu entspannen. Die Fallen lagen hinter ihnen und obgleich die vor ihm liegende Stadt mit nichts zu vergleichen war, das er je zu Gesicht bekommen hatte, schien keine unmittelbare Gefahr von den Gebäuden auszugehen. Gelegentliche Schreie und Brülllaute, die aus dem Inneren der Metropole zu ihnen herübergetragen wurden, schreckten ihn nicht. Doch er blieb wachsam. Schließlich lauerten in dieser verlassenen Stadt die überlebenden Spieler von Trapzone auf sie. Vor allem aber war Samuel Winter ein ernstzunehmender Gegner. Immerhin hatte der Mann in diesem Labyrinth aus Gebäuden das letzte Jahrhundert überlebt und kannte sich somit bestens aus. Darüber hinaus waren die vier Menschen und der ehemalige Pilot laut Falkner schwer bewaffnet.

Mit Lasergewehren, dachte er, *kaum zu glauben.*

Unter normalen Umständen hätte er am Verstand des Administrators gezweifelt. Doch hier drinnen? Das Trapship war real. Wieso sollte es dann nicht auch Strahlwaffen geben, die alles zerteilten, was ihnen in den Weg kam. Woher Falkner dieses Wissen hatte, wusste Diego nicht. Doch er würde es nicht anzweifeln, solange er keine besseren Informationen hatte.

Mittlerweile hatten sie das Ende der schmalen Straße erreicht, die in scharfen Kehren steil den Berg herabgeführt hatte und hier in eine breite Allee überging. Ivanez und Montoja sicherten das Gelände, während der Rest der Truppe sich an dem Wasserfall erfrischte und die Feldflaschen füllte. Bei der Hitze, die hier drinnen herrschte, war das mit Sicherheit nicht die schlechteste Idee. Auch Diego kniete sich an dem tiefen Becken nieder, in das die Wassermassen stürzten. Er schaufelte sich das erfrischende Nass in den Mund, ließ es über Haare und Gesicht laufen und ergänzte seine Vorräte. Dann ging er nach vorne und löste die beiden Soldaten der Vorhut ab, die bisher Wache gehalten hatten. Falkner stand ebenfalls bei ihnen und tippte auf seinem Handscanner herum.

»Sir, wie gehen wir weiter vor?«, riss Diego den Administrator wieder einmal aus den Gedanken. Doch bevor dieser antworten konnte, zuckte ein nadelfeiner, grell leuchtender Strahl an ihnen vorbei. Ein gurgelnder Laut erklang hinter ihm und verwirrt wandte er sich um. Montoja fasste sich aufstöhnend mit beiden Händen an die Brust. Der Geruch von verbranntem Kunststoff und schwelendem Fleisch stieg Diego in die Nase, während der Soldat mit einem verwunderten Ausdruck im Gesicht zusammenbrach und zuckend unter dem Wasserfall liegen blieb. Bevor er wusste, was geschah, schnitt ein weiterer Strahl fauchend eine rauchende Furche neben ihn in den Boden.

»In Deckung«, brüllte er, »wir werden angegriffen.«

Er griff nach Falkners Arm und rannte, den Administrator hinter sich herziehend, in den Schutz der nahen Gebäude. Aus den Augenwinkeln bekam er mit, dass sich auch der Rest der Truppe in geduckter Haltung in Sicherheit brachte. Nachdem er Falkner in den Schatten einer schmalen Gasse gestoßen hatte, rollte er sich aus der Bewegung heraus elegant ab und hatte sein Gewehr bereits in der Hand, während er sich noch aufrichtete.

»Feuer erwidern!«, brüllte er über den Platz und nahm ein Dach gegenüber unter Beschuss, auf dem etwas in der hellen Doppelsonne aufblitzte. Ein Schmerzensschrei bestätigte ihm, dass er zumindest einen der Angreifer erwischt hatte. Als ein weiterer Energiestrahl prasselnd über ihm in der Fassade einschlug, duckte er sich weg und zog sich tiefer in die Sicherheit der schmalen Gasse zurück.

»Verdammt noch mal, wir hätten darauf vorbereitet sein müssen«, fluchte er leise vor sich hin.

Der unerwartete Angriff hatte drei seiner Männer das Leben gekostet. Montoja hatte es direkt vor dem Wasserfall erwischt. Lopez war geköpft worden, bevor er überhaupt realisiert hatte, was vor sich ging und lag am Ende der Serpentinenstraße am Boden. Sein abgetrennter Kopf rollte leise polternd die abschüssige Straße hinab und die in Agonie aufgerissenen Augen starrten blicklos in die Ferne, als er schließlich an einem Baum hängen blieb, der mitten aus dem Straßenbelag wuchs. Simons hatte es auf der Flucht in die Deckung erwischt. Beide Beine waren unterhalb der Knie sauber abgetrennt worden. Mit wissenschaftlichem Interesse stellte Ruiz fest, dass der Mann keine Blutspur hinter sich her zog, während er vor Schmerz brüllend versuchte, sich mit den Armen in die Sicherheit einer Häuserzeile zu ziehen. Ein zweiter Energiestrahl, der ihn im Rückenpanzer traf und diesen in Brand steckte, beendete sein Leid. Lautlos zog er sich noch einen Meter weiter über die Straße, bevor sein Gehirn registrierte, dass er bereits tot war. In der einsetzenden Stille hörte man nur das leise Knistern der Flammen, während die Überlebenden in Deckung blieben.

»Um meine Frage noch einmal zu wiederholen«, flüsterte Ruiz in Richtung des mit blassem Gesicht zitternd am Boden kauernden Administrators, »wie gehen wir weiter vor, Sir?«

***

»Verdammt, ich bin getroffen«, fluchte Sam und hielt sich den Unterarm. Unter seiner Hand sprudelte Blut hervor und überrascht stöhnte er auf: »Der hat mich tatsächlich erwischt!«

»Da – wir ziehen zurück. Überraschungsmoment ist vorbei und wir bessere Chance am Turm, wie hier. Angreifer könnten verschwinden in jedem Gebäude und umgehen uns.«

Baran zog den stark blutenden Piloten von der Kante des Daches weg, bevor er die Wunde notdürftig versorgte und sie sich auf den langen Weg zum Kontrollturm machten.

***

»Woher wollen Sie wissen, dass uns dieser Weg zum Ziel führt? Sieht jedenfalls nicht besonders sicher aus.«

Diego Ruiz stand vor der Hängebrücke und blickte in die Tiefe. Mindestens dreißig Meter ging es hier senkrecht hinab und alles, was ihn davon abhielt, sich dort unten das Genick zu brechen, war eine dünne Sicherungsleine. Und die hatte Ivanez eindeutig nichts gebracht. Der letzte Söldner, der es mit Falkner und ihm in diese verfluchte Stadt geschafft hatte, lag zerschmettert in der Mitte der Straße.

Montoja, Lopez und Simons hatte es am Wasserfall erwischt. Fox und Snyder waren von Laserstrahlen gegrillt worden, als sie sich zu weit aus der Deckung gewagt hatten. Kozlow und Becker hatten bei einem Gefecht mit getarnten Rieseninsekten dran geglaubt, die ihnen auf der Straße unten aufgelauert hatten. Und Putinjew war von einem Vieh, das wie ein riesiger sechsbeiniger blauer Panther ausgesehen hatte, der Kopf abgebissen worden, bevor der großmäulige Russe überhaupt mitbekommen hatte, was geschah.

Nicht dass das einen großen Verlust für die Menschheit darstellt. Der Dreckskerl hat sein Gehirn sowieso nie verwendet!

Und nun lag auch Ivanez dreißig Meter weiter unten und wurde von zwei abgrundtief hässlichen Raubtieren zerrissen, die sich, vom Blutgeruch angelockt, um den Kadaver des Söldners stritten.

Der Tod dieser Männer machte ihm nichts aus. Sterben gehörte in seinem Job zum Geschäft. Er war Soldat und seit vielen Jahren in verschiedenen gefährlichen Einsätzen gewesen. Doch diese Mission hier brachte sogar ihn ans Ende seiner Kräfte. Und das lag sicher nicht nur an den knapp fünfzig Grad Celsius, die ihm das analoge Thermometer anzeigte, das er alle paar Minuten kontrollierte. Er war ausgepowert und sehnte sich nach einer Pause. Dazu kam, dass seine Wasserflasche nahezu leer war und er sich bereits im Zustand der Dehydrierung befand. Die Anzeichen waren deutlich: Schwindelgefühl, Kopfschmerzen, und seine Zunge klebte am Gaumen, als ob er seit Tagen durch eine Wüste marschieren würde. Falkner, der das Gebäude erreicht hatte, an dem der wackelige Steg endete, antwortete, ohne sich umzusehen.

»Ich weiß es, weil das Implantat, das Johannson in seinem Schädel trägt, alles gespeichert hat. Wir müssen nur dem Weg in diesem Scanner hier zu folgen.«

Bevor er das Gebäude betrat, wandte sich der Administrator doch noch um und funkelte Ruiz genervt an. »Also hören Sie auf zu jammern und kommen Sie endlich. Laut den Daten in diesem Schätzchen hier haben wir den größten Teil geschafft!«

Diego zuckte mit den Schultern und machte den nächsten Schritt auf der knarrenden und wenig vertrauenserweckenden Brücke.

»Was bleibt mir schon übrig?«, knurrte er leise. »Aber dafür bekomme ich ganz sicher zu wenig Geld!«

***

»Ich brauch ne Pause, Leute«, keuchte Sam im selben Moment erschöpft, bevor ihn die Kräfte verließen und er inmitten des Gebäudes zusammenbrach, durch das ihn Baran und Eve gerade schleppten. Der Blutverlust, die Hitze und das Tempo, mit dem sie bisher über Dächer, Brücken, Straßen und durch die termitenbauartigen Türme gehetzt waren, forderten ihren Tribut.

»Geht ohne mich, dann habt ihr eine Chance, Falkner und seine Männer aufzuhalten.«

Baran schüttelte den Kopf. »Njet – keine gute Idee. Ohne dich, wir nicht wissen wohin.«

»Er hat recht«, stimmte Maja zu, und ließ sich aufstöhnend auf eines der weichen Pilzpolster fallen. »Wir finden nie den Weg durch dieses Labyrinth, wenn du uns nicht anführst. Und da Falkner ebenfalls ohne Karte durch die Stadt irrt, findet er den Weg zum Turm sicher nicht so schnell. Ich denke, wir können kurz rasten, bevor wir weitermachen.«

»Gut dann machen wir eine Pause«, erwiderte Sam. »Ich hoffe nur, ihr habt in Bezug auf diesen Falkner Recht und wir kommen vor ihm wieder bei Marc an.«

***

»Hände hoch, wo ich sie sehen kann«, brüllte Falkner. »Rühren Sie sich nicht von der Stelle! Ich weiß, dass sie die Brücke von dort oben wieder deaktivieren können.«

Marc, der momentan keine andere Möglichkeit sah, tat, was der Administrator von ihm verlangte. Wie hatte dieser verfluchte Mistkerl nur davon erfahren, wie man den einzigen Zugang in den Kontrollturm aktivierte? Wie auch immer er das geschafft hatte, jetzt kam er über die schmale Brücke langsam näher und zielte mit seiner Pistole auf ihn. Auf diese Distanz war es zwar unwahrscheinlich, dass Falkner ihn traf. Doch Marc rechnete sich kaum Chancen aus, den Projektilen aus dem Schnellfeuergewehr des Soldaten zu entgehen, der neben Falkner in dem Durchgang gegenüber aufgetaucht war.

»Ist ja schon gut«, brüllte er zurück und hob wie befohlen die Hände. »Ich mach ja, was Sie sagen.«

Er sah hinunter in die Tiefe, wo an der Basis des Turmes noch immer die unsichtbaren Saka-ahck lauerten. Als die bewaffneten Männer vorsichtig auf ihn zukamen, versuchte er, so ungefährlich wie möglich zu wirken. Schnell waren Falkner und sein Begleiter auf wenige Meter herangekommen und blieben stehen.

»Hallo Sanders«, rief der Administrator. »Ich freue mich, Sie zu sehen. Gut, dass Sie vernünftig sind und nichts Dummes unternehmen. Es hätte mir wirklich leidgetan, Sie jetzt schon umzubringen. Schließlich sind Ihre Kenntnisse der außerirdischen Sprache im Moment noch unverzichtbar.«

Marc schluckte trocken und versuchte, sich seine Todesangst nicht anmerken zu lassen, als unten in dem Brückengebäude die Luft zu flimmern begann. Ein kaum sichtbarer Schatten waberte langsam den Steg herauf, doch er unterdrückte die aufsteigende Furcht und blieb regungslos stehen. Der Schweiß lief ihm in kleinen Rinnsalen von der Stirn und tropfte auf die Brücke, während er sich zwang, nicht schreiend davonzurennen.

Trotzdem begann er unkontrolliert zu zittern, als das Luftflimmern immer dichter an den Soldaten heranrückte.

»Aber, aber mein Bester«, lachte Falkner gehässig auf. »Ich sagte doch schon, dass ich Sie nicht erschieße. Zumindest im Moment noch nicht!«

Ruiz, der dicht hinter Falkner stand, wurde von einer seltsamen Unruhe ergriffen. Er kannte dieses Gefühl, das ihn in der Vergangenheit schon etliche Male vor Gefahren gewarnt hatte. Nicht umsonst war er nach zwanzig Jahren im aktiven Dienst und unzähligen Aufträgen noch am Leben. Ein leises Kratzen ließ den Söldner herumwirbeln. Direkt vor ihm flimmerte die aufsteigende heiße Luft und verwischte die scharfen Umrisse der Häuser am anderen Ende der Brücke.

»Was zum ...«

Bevor er seinen Satz beenden konnte, überschlugen sich die Ereignisse. Der Söldner spürte einen Stich in seiner Brust und sah erstaunt an sich hinab. Es fühlte sich an, als ob ihn ein scharfes Schwert durchbohrte, aber er konnte nichts außer seinem eigenen Blut sehen, das pulsierend aus einer klaffenden Wunde quoll. Verwundert griff er danach, doch seine Hände stießen mitten in der Luft auf einen unerklärlichen Widerstand.

Erst jetzt setzte ein kaum zu ertragender Schmerz ein und Ruiz schrie gepeinigt auf. Er wurde zu Boden gerissen, und im nächsten Moment erschien eine Kreatur über ihm aus dem Nichts, die ihn mit einem ihrer spinnenartigen Beine durchbohrt hatte. Er umfasste die dolchartige Spitze mit beiden Händen und versuchte, sie herauszuziehen. Doch der urtümlichen Kraft des Wächters, der ihn auf der Brücke festnagelte, hatte der Söldner nichts entgegenzusetzen. Während sein Blut in Strömen den Körper verließ und an den Rändern des Steges in die Tiefe tropfte, überkam ihn eine nie gekannte Ruhe. Seine Bewegungen erlahmten, der Schmerz ließ nach, und Diego Ruiz schloss die Augen, während er in weiter Ferne einen durchdringenden Schrei vernahm.

Falkner schrie. Er konnte sich nicht erinnern, je einen so furchtbaren Schmerz gespürt zu haben wie den, der nun wie brodelnde Lava durch seinen rechten Arm jagte. Ungläubig starrte er auf den Armstumpf, aus dem das Blut in pulsierenden Fontänen herausspritzte. Die Pistole, mit der er einen Schuss auf das unerwartet aufgetauchte Monster abgegeben hatte, war mitsamt seiner Hand in dessen rotierendem Sägezahngebiss verschwunden. Er hatte die Bestie getroffen und sie war kurz zurückgezuckt. Doch die Albtraumgestalt schien nicht ernsthaft verletzt zu sein und stand nun wie erstarrt vor ihm, während er wimmernd auf dem Steg zusammenbrach. Er versuchte, die Blutung mit seiner linken Hand zu stoppen und gleichzeitig von der Kreatur wegzurutschen, die sich noch immer vollkommen reglos über ihm erhob.

Marc wich so langsam zurück, wie er nur konnte. Es kostete ihn alles, was er an Selbstbeherrschung aufbringen konnte, um sich nicht schreiend abzuwenden und in Panik davonzustürzen. Als er den Stalagmiten in seinem Rücken spürte und mit der Hand die Öffnung ertastete, mit der sich die Brücke abschalten ließ, atmete er erleichtert auf. Der leise Laut genügte, um den Wächter mit blutverschmierten Zahnkränzen zu ihm herumfahren zu lassen. Er drehte den Kopf von links nach rechts, während er versuchte, die Quelle des neuerlichen Geräusches auszumachen. Schließlich richtete sich das furchteinflößende Maul direkt auf Marc, der im selben Augenblick den Arm in die Öffnung der Säule rammte. Wie schon in der Nacht zuvor erklang das tiefe Dröhnen des Warnsignals. Die Bestie zögerte nur kurz, bevor sie sich umwandte und den Steg hinab auf die Gebäude zu hetzte.

Falkner, den nur noch wenige Meter von Marc trennten, richtete sich schwankend auf und kam langsam auf ihn zu gestolpert.

»Sie brauchen keine Angst vor mir zu haben«, rief er mit flehender Stimme. »Bitte, helfen Sie mir!«

Das tiefe Dröhnen verklang und Funken knisterten am Rand der Plattform, auf der Marc wie versteinert stand. Er wusste, was das bedeutete. Für Falkner kam jede Hilfe zu spät.

»Seien Sie versichert, dass ich vor Ihnen keine Angst mehr habe«, antwortete Marc mit leiser Stimme, während Falkner mit einem gellenden Schrei in der Tiefe verschwand.

Neuanfang

Irgendwo im Sagitariusarm der Milchstraße kreisen seit Jahrmillionen zwei Sonnen in einem Ballett aus Gravitation umeinander. Der größere von beiden, ein Stern der Klasse G schleuderte seine hellgelben Plasmalanzen weit in den Raum, wo sie sich in leuchtenden Wirbeln mit den Sonnenprotuberanzen des deutlich kleineren und dunkleren roten Zwergs vereinigten.

Weit entfernt – inmitten des sechs Planeten umfassenden Sonnensystems – war von dem atemberaubenden Anblick nicht mehr viel zu erkennen. Auf diese Entfernung dominierte die Helligkeit der gelben Sonne den schwarzen Sternenhimmel eines kleinen Mondes, der seine Bahn durch die Weiten des Weltraums zog. Doch seine gezackten und zerklüfteten Grate, Täler, Spalten und Risse waren nicht nur durch das Licht der Doppelsonne hell erleuchtet.

Denn von der Oberfläche des überwiegend aus gefrorenen Stickstoff- und Methanverbindungen bestehenden Himmelskörpers bot sich ein zweiter, nicht weniger sehenswerter Anblick.

Am Himmel über der westlichen Hemisphäre strahlte als flache Scheibe die sich aus Hunderten von Milliarden Sternen zusammensetzende Spiralgalaxie, die die Menschen Milchstraße nannten. Ihre fächerförmig abgespreizten Arme erzeugten den Eindruck eines gigantischen

Strudels aus Licht, der fast ein Drittel des ansonsten nahezu sternenlosen Himmels einnahm.

Schlagartig verblasste das weiße Leuchten der Galaxie, sowie das gelbrote Strahlen der Doppelsonne in einem so intensiven Blitz aus blauer Helligkeit, dass die Methanberge für den Bruchteil einer Sekunde durchscheinend wurden. Nur tausend Kilometer über dem Mond öffnete sich ein grell leuchtender Mahlstrom im Weltraum, durch den ein Schiff in das Sonnensystem eintrat. Es verharrte bewegungslos, während sich der Riss im Raumzeitgefüge wieder schloss, bevor es in Richtung des zweiten Planeten beschleunigte, der als blaugrüner Ball im Zenit über dem Mond stand. Nur Minuten später sank es – einen feurigen Schweif hinter sich herziehend – zur Oberfläche der Dschungelwelt hinab und setzte vollkommen lautlos zur Landung an.

***

Die Doppelsonne erhob sich hinter dem weit entfernten Bergmassiv und tauchte Sakahr in rotgelbes Morgenlicht. Zwei Menschen wanderten zum Rand des Tafelberges, auf dem die Triton gelandet war. Der Mann wandte sich zu dem riesigen Raumschiff um, das nun den Namen der Ares-9 Kommandantin trug und inmitten des Plateaus ruhte, als hätte es den Planeten nie verlassen.

Marc war noch immer fasziniert von dieser gewaltigen Konstruktion, die sie hierher nach Sakahr gebracht hatte. Er beschattete seine Augen und ließ den Blick über die glatte, graue Außenhaut der Triton gleiten. Als er sich wieder seiner Begleiterin zuwandte, sah er, dass Eve sich bereits ein gutes Stück von ihm entfernt hatte. Er beeilte sich, sie einzuholen, und rannte über das taubedeckte grünblaue Gras, das unter seinen Füßen leise, schmatzende Geräusche von sich gab. Als er bei ihr ankam, griff er nach ihrer Hand. Gemeinsam traten sie an die Kante der steil abfallenden Felswand. Die ersten Strahlen der aufgehenden Sonne strichen ihnen bereits so früh am Morgen wärmend über die Haut, während sie die Blicke schweifen ließen. Noch war es kühl, doch Marc wusste aus den letzten Tagen, dass die Temperatur zur Tagesmitte hin auf vierzig Grad Celsius ansteigen würde.

Er schüttelte nur ungläubig den Kopf, als er an die vergangene Woche dachte. War es wirklich erst sechs Tage her, seit sie Falkner besiegt und die Kontrolle über die Shor-tok übernommen hatten? Obwohl das Stadtschiff Jahrmillionen unter dem Marssand begraben gewesen war, stellte sich heraus, dass sämtliche Systeme voll einsatzbereit waren. Die Entscheidung, den Mars in Richtung Sakahr zu verlassen, war allen leichtgefallen. Auf Maja und Baran wartete die Minenkolonie Lunar II. Eve und er selbst verspürten keine Lust darauf, monatelang Fragen über die Ereignisse im Trapship zu beantworten, oder die Geschäftspartner Falkners davon zu überzeugen, dass sie nichts von dessen dunklen Machenschaften gewusst hatten. Was definitiv nicht stimmte. Vermutlich würden sie alle irgendwann mit Bleigewichten beschwert auf dem Grund des Meeres enden, nur damit irgendein reicher Mistkerl weiterhin seinen zwielichtigen Geschäften nachgehen konnte.

Und wer wusste schon, was die Wissenschaftler auf der Erde mit Sam anstellen würden, wenn sie ihn erst in die Finger bekommen hatten. Der hundertjährige Pilot verspürte keine Lust, als Versuchskaninchen in irgendeinem Labor zu enden, wie er erst vor Kurzem versichert hatte. Auf der Erde würde er nach einhundert Jahren niemanden mehr kennen und darüber hinaus wollte er Maja nicht verlassen. Sam hatte sich von Anfang an zu der taffen Diebin hingezogen gefühlt.

Marc schmunzelte, als er daran dachte, für welchen Wirbel der Start der Triton und die Öffnung des Wurmlochs kurz darauf wohl gesorgt haben musste, als der Wächter das mächtige Schiff nach Sakahr gesteuert hatte.

»Hallo, Marc?«, holte ihn die Stimme Eves zurück in die Gegenwart. »Du bist ja Lichtjahre weit weg mit deinen Gedanken!«

»Nichts, es ist nichts«, erwiderte er und sog mit tiefen Zügen die exotisch duftende Luft ein, bevor er sich zu ihr an den Rand des Plateaus setzte und den Arm um sie legte.

Über ihren Köpfen kreiste ein Schwarm Vögel lautlos durch den rotblauen Himmel. Die Tiere, die wie urzeitliche Pterodaktylen aussahen, stießen gelegentliche Schreie aus, während sie sich in den thermischen Aufwinden des Hanges nach oben schwangen. Links und rechts erhoben sich in einigen Kilometern Abstand weitere Tafelberge aus dem morgendlichen Dunst, die exakt dieselbe Größe hatten wie der, auf dem sie gelandet waren. Die Übersichtskarte, die sie in den letzten Tagen mit Hilfe der umprogrammierten AK10-Drohnen erstellt hatten, zeigte, dass zwanzig dieser Plateauberge in einem Ring um ein zentrales Massiv gruppiert waren. Der Bewahrer hatte bestätigt, dass es sich dabei um die Startplattformen handelte, auf denen die Raumschiffe von den Sakahrianern erbaut worden waren, um vor dem Dunkelschwarm zu fliehen und den Weltraum jenseits ihres Sonnensystems zu kolonisieren.

Das flache Bergmassiv, das sich inmitten des Ringes erhob, erinnerte Marc an das Hologramm, das im äußersten Sektor der Triton aufragte. Auch die Landschaft, die sich von Flüssen und Seen durchzogen weit unter Eve und ihm ausbreitete, ähnelte mit den blaugrünen Steppen und kleinen Wäldchen der ersten Ebene im Stadtschiff der Saka-hor. Doch die holografische Stadt, die sich dort am Ende der Zone weiß und strahlend auf dem Plateau erhob, war hier auf Sakahr von Pflanzen überwuchert. Sie hatte eine graue verwitterte Färbung angenommen und schien verwaist. Marc erinnerten die vom Dschungel überwachsenen Türme des Zentralmassivs an die aufgegebene Tempelstadt Angkor Wat in Kambodscha, die er vor vielen Jahren besucht hatte. Dieser verlassene Eindruck wurde von der Tatsache untermauert, dass auch nach den sechs Tagen, die sie bereits hier waren, noch kein Empfangskomitee erschienen war.

Sam schwebte über einem sarkophagähnlichen Block, der eindeutig nicht für Menschen gemacht war. Schwerelos und nackt in dieser fünf Meter langen, flachen Mulde zu liegen war eigentlich entspannend. Dennoch fühlte er sich unwohl. Er war von einem blauen Leuchten umgeben, und trotz der beruhigenden Worte des Bewahrers war er es gewohnt, dass Energiefelder dieser Farbe nicht unbedingt die Lebenserwartung steigerten. Dazu kam, dass ihn dieses Feld fixierte und er nicht einmal den kleinen Finger bewegen konnte.

»Wie lange wird es dauern?«

»Der komplette Bioscan ist in zehn Minuten abgeschlossen«, erwiderte Shom-ben, den Sam und die Übrigen mittlerweile der Einfachheit halber nur noch Ben nannten.

»Und du bist dir sicher, dass es ungefährlich für Menschen ist?«

»Das ist es, Sam. Sei unbesorgt.«

Der Bewahrer wandte sich der Tür zu, die in den kleinen abgeschlossenen Bereich der Triton führte, den sie erst gestern entdeckt hatten. Eigentlich war es einfach gewesen – man musste dem Hologramm nur die richtigen Fragen stellen. Es handelte sich bei dem Saal um die Krankenstation des Raumschiffes. Der Sarkophag, in dem Sam lag, führte eine komplette Untersuchung des Piloten durch, ohne dass dieser mehr als ein leichtes Kribbeln auf der Haut spürte, während die Strahlen ihn abtasteten.

»Die Frau, die du Maja nennst, nähert sich der medizinischen Abteilung.«

»Lass sie bitte herein.«

»Bist du dir sicher? Du bist nackt. Bei deiner Spezies löst dieser Zustand normalerweise ein starkes Schamgefühl aus.«

»Das ist in Ordnung. Lass sie bitte trotzdem herein.«

»Wie du wünschst.«

Ein Wandsegment am anderen Ende des Raumes schob sich lautlos zur Seite, und Sam konnte die Schritte Majas hören, die auf ihn zukamen.

»Sam, bist du hier?«

»Ja, Maja. Hier drüben.«

Die Geräusche ihrer Stiefel wurden lauter und Sam sah sie schließlich am Rand des Sarkophags auftauchen. Ihre Blicke glitten für einen Moment über seinen Körper, bevor sie zu sprechen begann.

»Sam, was tust du hier?«

»Wie hast du mich gefunden?«, konterte er mit einer Gegenfrage. Sie zuckte mit den Achseln. »War nicht schwer. Nachdem ich beobachtet habe, wie du gestern reagiert hast, als wir diese Abteilung entdeckt hatten, konnte ich mir zusammenreimen, wo es dich hinzieht. Aber was machst du in diesem Ding?«

»Das Ding – wie du es nennst – ist ein selbststeuernder Diagnosetisch, der jede erdenkliche Erkrankung erkennen und heilen kann.«

Die Stimme des Bewahrers klang fast beleidigt, als er sich Maja zuwandte. Die junge Frau lachte leise auf. »Ich bin mir sicher, dass es das kann, Ben. Ich wundere mich nur, was Sam darin zu suchen hat.«

In ihrer Frage schwang eindeutig Sorge mit und Sam beeilte sich, ihr zu antworten.

»Keine Angst, mir fehlt nichts«, entgegnete er ohne Umschweife. »Ich möchte nur endlich wissen, wieso ich in den letzten einhundert Jahren nicht gealtert bin. Und Ben meinte, dass dieser Diagnosesarg hier das Rätsel vielleicht lösen kann.«

Bevor Maja etwas erwidern konnte, erklang ein leiser dumpfer Ton, das blaue Energiefeld verschwand und Sam sank langsam in die flache Mulde des Sarkophags zurück.

»Die Untersuchung ist abgeschlossen«, erklärte Ben.

»Und was hat sie ergeben?«, wollte Sam wissen, während er vom Analysetisch glitt und sich in eine Tunika aus weichem Stoff hüllte. Nach einer langen Pause antwortete der Bewahrer endlich und spulte eine Reihe wissenschaftlicher Erklärungen ab, deren Sinn weder Maja noch Sam verstanden.

»Stopp, warte einen Moment«, rief Sam. »Denk daran, dass wir nur – wie sagtest du? – primitive Geschöpfe sind.«

»Du hast recht. Entschuldigt bitte.«

»Und wieso altere ich nun also nicht mehr?«

»Bakterien.«

»Bakterien?«, stieß Sam verblüfft aus und Maja ergänzte. »Ein bisschen genauer könntest du es schon erklären.«

»Ja. Es ist ein sehr komplexer biologischer Prozess, doch einfach erklärt sind die im Wasser der Shor-tok vorkommenden Bakterien die Ursache für dein extrem langsames Altern. Sie haben zellerneuernde Eigenschaften.«

»Und kommen diese Bakterien auch hier auf Sakahr vor?«, wollte Maja wissen.

»Positiv«

»Wir altern also alle nicht mehr?«

»Negativ. Ihr werdet älter. Nur eben nicht so schnell wie früher. Eure Lebensspanne beträgt hier auf Sakahr ungefähr zwei- bis dreitausend Jahre. Genauer lässt sich das momentan leider nicht sagen.«

Maja starrte fassungslos zwischen Sam und dem Bewahrer hin und her. Schließlich räusperte sie sich.

»Ben, würdest du uns wohl für einen Moment alleine lassen?«, fragte sie.

»Aber natürlich. Ruft nach mir, wenn ihr meine Hilfe benötigt.«

Das Hologramm verblasste und ließ die zwei Menschen alleine zurück, die noch immer versuchten, das Gehörte zu verarbeiten.

»Wir müssen es unbedingt den anderen sagen«, meinte Sam schließlich und wandte sich dem Ausgang zu. Doch Maja hielt ihn zurück.

»Warte«, flüsterte sie, »ich habe nach dir gesucht, weil ich dich etwas Wichtiges fragen wollte.«

»Und was war das?«

»Weißt du das nicht bereits?«, hauchte sie, zog ihn zu sich heran und küsste ihn vorsichtig. Als er ihren Kuss stürmisch erwiderte, durchfuhr sie ein unbeschreibliches Glücksgefühl. Nach einer gefühlten Ewigkeit löste sie sich atemlos von ihm und strahlte ihn an. »Das war dann wohl ein Ja, oder?«

»Das war es tatsächlich«, meinte er mit einem glücklichen Strahlen in den Augen. »Aber jetzt sollten wir wirklich zu den andern gehen und ihnen die Neuigkeiten mitteilen.«

»Das hat Zeit«, antwortete Maja und löste die Schulterspangen ihrer Tunika. Das Kleidungsstück glitt mit einem leisen Rascheln zu Boden. »Das hat sehr, sehr viel Zeit!«

***

»Es ist wunderschön hier«, flüsterte Eve und drückte zärtlich Marcs Hand. »Bereust du es, dass wir uns auf diese Reise eingelassen haben? Hätten wir lieber auf dem Mars bleiben sollen?«

Er erwiderte die Berührung und blickte ihr ernst in die Augen. »Um nichts in der Welt würde ich auf dieses Abenteuer mit dir zusammen verzichten wollen. Und weder auf dem Mars noch auf der Erde werden wir Ruhe finden. Falls es uns tatsächlich gelingt, wieder zurückzukommen, wird sich dort bestimmt jemand fragen, was mit Falkner passiert ist. Und es gibt mit Sicherheit viele Menschen, die nicht wollen, dass die Wahrheit über ihn oder Trapzone ans Licht kommt. Sam wäre auf der Erde eine wissenschaftliche Sensation, doch ich glaube, dass er andere Pläne hat, als die nächsten Jahre in Laboren als Versuchskaninchen zu verbringen. Davon abgesehen werden Maja und Baran wohl kaum nach Lunar II zurückwollen!«

Eve legte ihm den Arm um die Hüfte und seufzte.

»Und was ist mit dir?«, gab Marc die Frage zurück, »vermisst du die Heimat?«

»Ein wenig«, flüsterte sie leise. »Die Familie ist für uns Italiener wichtig. Doch wir zwei werden hier ein neues Zuhause aufbauen.«

»Und wer kann schon einen ganzen Planeten sein Eigen nennen?«, meinte Marc. »Selbst wenn wir es nie wieder zur Erde zurückschaffen, dann beginnt hier auf Sakahr unser neues Leben.«

Er wandte sich ihr zu und atmete tief ein. Der würzige, süßliche Geruch Tausender unbekannter Pflanzen, der sie umgab vermischte sich mit dem Duft ihrer Haare, als er sie eng an sich drückte. Doch bevor sie sich küssen konnten, unterbrach ein Kichern hinter ihnen die Einsamkeit.

»Wer sagt, dass Heimkehr nicht möglich?«, brüllte Baran laut lachend, der vom Schiff her auf sie zugeeilt kam. »Ich gesagt, ich komme zurecht mit Triton und ich recht gehabt!«

Beifall heischend ließ er sich an Eves Seite nieder.

»Ihr Turteltauben noch genug Zeit für andere Sache«, grinste er unverschämt. »Jetzt ist wichtig, dass Triton kann fliegen nach Hause. Ich gefunden Steuerung für Flug durch Raumfalten und kann steuern zu Mars zurück.«

»Aber nur, wenn wir wollen«, meinte Marc leise und deutete auf die Türme der Stadt, die in den Strahlen der aufgehenden Doppelsonne rot glühten.

»Eine neue Welt wartet hier auf uns. Saubere Luft, reines Wasser und keine machtgierigen Despoten, die nur darauf aus sind, noch mehr Macht und Reichtum anzuhäufen. Ich bin mir nicht sicher, ob ich wirklich zurückwill.«

»Irgendwann vielleicht?«, flüsterte Eve und kuschelte sich dicht an ihn, während sie den Geräuschen der erwachenden neuen Welt lauschten.

»Ja, irgendwann vielleicht!«

… noch mehr Spannung gefällig?

KOLLAPS – Funguszyklus Buch 1-3

In naher Zukunft steuert die Menschheit mit selbstgeschaffenen Problemen unweigerlich ihrem Untergang entgegen.

Doch die tödlichste Bedrohung lauert nicht über, sondern unter der Erde. Der Kollaps kommt schnell und unerwartet. Denn eine uralte Macht erhebt sich mit aller Kraft gegen die Zerstörung des Planeten. Und sie kennt nur ein Ziel: Die Vernichtung der menschlichen Rasse!
Die wenigen Verzweifelten, die in einer postapokalyptischen Welt zurückbleiben, sehen sich Gefahren gegenüber, mit denen bisher niemand gerechnet hätte…

Die Endzeittrilogie der etwas anderen Art …

...aber jetzt ist Schluss ... oder?

Solltest du immer noch nicht genug von mir haben, dann kannst du mich gerne auf meiner Website im Internet besuchen. Hier besteht nicht nur die Möglichkeit, alle Werke von mir einzusehen, es gibt auch einen kleinen Blog, in dem ich von Zeit zu Zeit Bücher, Comics und Filme vorstelle, die mich »gekriegt« haben.

Außerdem erfährt man dort einiges über das Drumherum des Bücherschreibens, den Autor und was dem (also mir) bei Rezensionen (also deinen) durch den Kopf geht.

Und die solltest du wirklich schreiben. Vor allem, falls dir das Buch gefallen hat. Wenn nicht, darfst du natürlich auch gerne auf das Verfassen einer Beurteilung verzichten.

Und selbstverständlich gibt es ein Kontaktformular, über das du mit mir in Verbindung treten kannst. Also dann, nichts wie hin ...

www.heiko-kohfink.de